王者之刃

KINGSBLADE

［英］安迪·克拉克 著　吴天骄 译

浙江科学技术出版社

English version first published in Great Britain in 2017 by Black Library.

Games Workshop Ltd., Willow Road, Nottingham, NG7 2WS, UK.

This edition published in China by Zhejiang Science and Technology Publishing House in 2024.

Copyright © Games Workshop Limited 2017.

This translation copyright © Games Workshop Limited 2024.

Translated and used under licence by Zhejiang Science and Technology Publishing House. All rights reserved.

Kingsblade © Copyright Games Workshop Limited 2017. Kingsblade, GW, Games Workshop, Black Library, The Horus Heresy, The Horus Heresy Eye logo, Space Marine, 40K, Warhammer, Warhammer 40,000, the 'Aquila' Double-headed Eagle logo, and all associated logos, illustrations, images, names, creatures, races, vehicles, locations, weapons, characters, and the distinctive likenesses thereof, are either ® or TM, and/or © Games Workshop Limited, variably registered around the world. All Rights Reserved.

No part of this publication may be reproduced, stored in a retrieval system, or transmitted in any form or by any means, electronic, mechanical, photocopying, recording or otherwise, without the prior permission of the publishers.

This is a work of fiction. All the characters and events portrayed in this book are fictional, and any resemblance to real people or incidents is purely coincidental.

本书英文版由Black Library于2017年出版

Games Workshop Limited，地址：Willow Road, Nottingham, NG7 2WS, UK.

本书中文版由浙江科学技术出版社于2024年出版

Copyright © Games Workshop Limited 2017.

This translation copyright © Games Workshop Limited 2024.

浙江科学技术出版社可在授权下翻译与使用。

Kingsblade © Copyright Games Workshop Limited 2017。王者之刃、GW、Games Workshop、Black Library、荷鲁斯之乱、荷鲁斯之眼标识、星际战士、40K、战锤、战锤40,000、"天鹰"双头鹰标识，以及所有相关标识、插图、图像、名称、生物、种族、载具、地点、武器、角色及其中的特色同类物，所有带有®、TM，以及©Games Workshop Limited的标识均为在全世界注册的商标或为Games Workshop Limited版权所有。

未经许可，不得将本书任何部分以任何形式复制、存储在某个检索系统中，也不得以任何形式或手段，包括电子、机械、影印、记录或其他方式，传播本书的任何部分。

本书为虚构作品。书中人物、事件均为虚构，如有雷同，纯属巧合。

WARHAMMER 40,000

导 言

  这是人类历史上的第四十一个千年。一百多个世纪以来，帝皇沉睡在地球的黄金王座上。他是神授的人类之主，用无穷无尽的军队征服了百万世界；他也是一具朽坏中的躯体，在黑暗科技时代的力量下隐隐痛苦挣扎着；他是帝国的腐肉之主，每天都有一千个灵魂为他献祭牺牲，让他永远不会真正地死去。

  即使处在假死状态下，帝皇仍延续着他永恒的警惕。强大的舰队跨越恶魔肆虐、瘴气弥漫的亚空间，航行于被帝皇的强大灵能产生的星炬所照亮的，能在遥远恒星间通行的唯一航路。庞大的军队以帝皇的名义在无数世界奋战。而帝皇的士兵当中最伟大的，是阿斯塔特修会——星际战士，一群经由生物工程改造的超级军士。他们的战友众多：星界军和不计其数的行星防卫军，时刻保持警惕的审判庭和机械修会的科技神甫，诸如此类，不计其数。但即便集合他们全体的力量，也不足以阻止那些迫在眉睫的威胁：外星异形、异端叛徒、变种人，甚至更恐怖的存在。

  这个时期的普通人类默默无闻，生活在所能想象到的最残酷血腥的政体之下。战锤40000的故事，正是属于那个时代的传说。人们忘掉了科学技术的力量，因为它们已经被遗忘了太多，再也无法被学习掌握；人们忘掉了进步和宽容，因为在冷酷黑暗的未来只有战争。群星之间没有和平，只有永恒的杀戮，以及贪婪的众神的嘲笑。

关于阿德拉斯塔波尔贵族家谱头衔

阿德拉斯塔波尔的各大骑士家族自豪地维护着他们的习俗、守则和称呼形式。虽然这些神圣传统的价值毋庸置疑,但在与其他帝国机构整合时,其迷宫般的复杂性可能会导致一定程度的困难。

最基本的是,阿德拉斯塔波尔式的称呼形式是在姓氏(贵族之家的姓氏)前面加上表示地位的尊称。虽然不寻常的或局部的前缀层出不穷,但希望理解我们的骑士在战争中地位的局外人,应该很快学会和理解三个关键术语。

谭——这个前缀专为那些皇室直系后裔所保留。每个贵族家族的家主都有使用"谭"作为前缀的特权,他们的直系亲属也是如此。例如,至尊王托尔温·谭·德拉科尼斯和子爵杰朗特·谭·奇迈罗斯。

达——最常见的骑士前缀。这个术语可简单地翻译为"家族的"或"属于家族的"。任何成功完成骑士授封礼的人都有权使用这种称谓。例如,如果米诺托斯家族的见习骑士威廉幸存下来,其后,他将被正式认可为威廉·达·米诺托斯。

卡——一个更为罕见,也不那么体面的头衔。"卡"作为前缀,只适用于那些失去了原有贵族家族的人。不管是家族本身作为一个机构被摧毁,还是那个骑士或其他贵族被家族流放驱逐,"卡"作为前缀,永久地取代了之前的任何尊称。

这往往是耻辱的标志。

——摘自森德拉格霍斯特的著作
《阿德拉斯塔波尔的智者战略·第三卷
关于阿德拉斯塔波尔贵族家族和军国主义帝国一体化的论述》

阿德拉斯塔波尔的贵族家谱

德拉科尼斯家族

至尊王托尔温·谭·德拉科尼斯 ………………… 费雷尔之心

王子达尼亚尔·谭·德拉科尼斯 ………………… 火焰之誓

守门人珍妮卡·谭·德拉科尼斯 ………………… 火之蔑视

传令官马科斯·达·德拉科尼斯 ………………… 荣誉之光

骑士奥尔里克·达·德拉科尼斯 ………………… 天龙火焰

骑士戴维德·达·德拉科尼斯 …………………… 火葬堆毒牙

骑士加拉斯·达·德拉科尼斯 …………………… 钢铁巨龙

骑士西尔韦斯特·达·德拉科尼斯 ……………… 烈火之爪

女骑士苏塞特·达·德拉科尼斯 ………………… 余烬之剑

骑士珀西瓦恩·达·德拉科尼斯 ………………… 火焰风暴

奇迈罗斯家族

子爵杰朗特·谭·奇迈罗斯 ……………………… 泰瑞安特罗斯

骑士卢克·谭·奇迈罗斯 ………………………… 英雄之剑

骑士赫克图尔·达·曼蒂克斯 …………………… 剑刃侵略者

艾丽西娅·卡·曼蒂克斯（子爵谭·奇迈罗斯的伴侣）

怀沃恩家族

大公邓肯·谭·怀沃恩 …………………………… 铁神

佩加森家族

女侯爵劳蕾特·谭·佩加森 …………………… 神谕

女骑士伊莲娜特·达·佩加森 …………………… 萨加西托斯

女骑士谭桑娜·达·佩加森 …………………… 萨吉泰尔

米诺托斯家族

大元帅古斯塔夫·谭·米诺托斯 …………………… 雷霆赞美诗

骑士费德里希·达·米诺托斯 …………………… 力量之歌

骑士杰瑞米亚尔·达·米诺托斯 …………………… 雷霆之怒

骑士威尔霍姆·达·米诺托斯 …………………… 冷酷无情

目录

第一幕　天空之火

3	第一章
14	第二章
27	第三章
37	第四章
47	第五章
60	第六章

第二幕　灰烬与余烬

76	第七章
87	第八章
96	第九章
109	第十章
120	第十一章
132	第十二章

目录

第三幕　地狱

第十三章	148
第十四章	159
第十五章	168
第十六章	179
第十七章	191
第十八章	202
尾　声	219

第一幕
天空之火

房间里，只有一根孤零零的蜡烛燃着。有个人跪在阴影里。

他们并不孤单。邪恶之物盘旋于此，在阴影中窃窃私语。它说出了预言，话语充满血腥。

"充满烈火与杀戮的世界，
信任遭到背叛。
探索的灵魂已经破碎不堪。
剑刃折断了。
在黑漆漆的塔楼阴影中，
天龙必死无疑。
从它散落的灰烬中，
一位女王将会崛起……取而代之。"

那个人影低伏于地，用前额触碰冰冷的石板地面。

他们虔诚地喃喃自语："原来如此。那就这样吧。"

第一章

潘塔克霍斯特燃起了熊熊大火。港口半岛的南部区域在饥渴的火焰中显得飘忽不定。贮藏室和仓库的水晶玻璃窗发黑开裂。沉重的铁门在沉闷的轰鸣声中被炸开了,留下破烂不堪、空荡荡的门洞,喷吐着浓烟。满是瓦砾的街道上,到处都是烧焦的尸体和车辆。大部分死者在火灾发生前几天就已遇难,但直到现在,他们的尸身才得以享有火葬的尊严。惨白的塑钢码头起重机在酷热中融化,带着痛苦的呻吟声翻倒在被污染的拉尔喀什海洋中。灼热的能量冲击波从云层中刺下,淹没了海岬上的钸精炼厂。于是,野火开始了,激光和助长了火势的炽热燃料,将码头上的贫民窟点燃,火势从那里一路向北蔓延开来。

潘塔克霍斯特曾经是一个肮脏的工业贸易总站,先是变成了一个异教徒要塞,现在又变成了一个火焰肆虐的地狱。尽管大火狂暴地席卷了港口,但仍有漆黑的身影蹲在屋顶上,在风化的居民区大厦之间穿梭,徘徊在火焰前。有些是弯腰驼背、奇形怪状的生物,破破烂烂的衣服难以掩盖他们发生的基因变异。其他的人——大多数人——要么穿着劳工的衣服,要么穿着星球防卫民兵的衣服。他们的脸上沾满了灰烬和鲜血的痕迹,盔甲上涂满了肮脏的标语,这些叛徒对着天空尖叫着反抗。

非常不幸的是,天空对他们做出了回应。

——摘自森德拉霍斯特的著作
《阿德拉斯塔波尔的智者战略·第十七卷 多纳托斯叛乱》

达尼亚尔·谭·德拉科尼斯,德拉科尼斯家族的王子、阿德拉斯塔波尔的王位继承人,极力抑制不让自己呕吐出来。他被牢牢固定在他的机械王座上,在游侠骑士机甲——火焰之誓的心脏部位。机械王座的神经插口插在他颅骨的仿生支架上，其塑钢复合材料的织带紧紧地缠绕着他的身体。这架骑士机甲是台近似人形的战争机器，高达十二米，被牢牢地锁在它的甲胄中。像它一样巍峨的金属巨人还有十几个，它们高高耸立在空降舱的登陆甲板上。不过，达尼亚尔还是像个破布娃娃似的被颠来倒去。战斗空降的湍流非常狂暴，重力产生的压力也毫不逊色。机械王座内的鬼魂让他感到迷离。这有点像一个人背对帘子站着，知道帘子后面挤满了几十个窃窃私语的陌生人，随时可能伸出手来抓住他的肩膀。在那里，又像是盯着一面镜子，他感觉自己的倒影在透过眼睛向后望去，就像怀抱无数的想法和梦想，却只意识到这些精神碎片中没有一个是他，只能忍受强烈的意识错位，让人很不自在。它的机魂就像所有那些东西一样，但又有所不同。他为理顺这种感觉所做的每一次努力，都只会让他感觉更加恶心。像溺水快要淹死的人紧紧抓住最后一根浮木一样，达尼亚尔苦苦抑制反胃的不适感。如果他连自己的生理缺陷都不能克服，或者不能在第一次真正交战前熟练掌控自己的机械王座，那么他又如何在光荣的战场上赢得一场真正的战斗呢？况且，他也不想让马科斯看到他失败的样子。

"令人振奋的纵身一跃，是吧，达？"卢克的声音在通信器网络中噼啪响起，欣喜若狂。他当然会欣喜若狂。没有什么能吓倒卢克·谭·奇迈罗斯。至少达尼亚尔还没看到过。

"是的。"他从紧咬的牙关中挤出了这句话。

"哈哈！我从你的声音里听出了一丝坠落带来的晕眩感。是吧，达？"

"我一点都不晕。"达尼亚尔回答道，然后把一只戴着手套的拳头按到嘴上，万分绝望。他机甲的机魂以内部齿轮的颤动表达同情，那轻微的颤动贯穿了机身甲板。

从通信器中传来一个女子的声音，声音很坚定："奇迈罗斯家族的光荣守护者，我们即将进入实战区。我想请您克制自己，不要再像骑士侍从那样开轻佻的玩笑来取笑我弟弟了。"

"抱歉，女骑士。"卢克回应道，带着些许安抚之意。他的机甲骑士——英雄之剑的伺服电动机发出轰鸣，偏了偏头盔。"你是对的，珍。不要分心。"

从通信器里传来一个低沉的、如沙砾般粗糙的声音："她的头衔是珍妮卡·谭·德拉科尼斯，尊贵骑士团的守门人。你披着全套甲胄的时候，我会提醒你这样称呼她，小子。"达尼亚尔对这唐突之语扮了个鬼脸。这是马科斯·达·德拉科尼斯，尊贵骑士团的传令官，他父亲麾下的首席骑士。他不机智，也不算能言善辩。

达尼亚尔和他的朋友亲如手足，他知道卢克会把这句训斥看得很重。

达尼亚尔机甲驾驶舱内的灯本是翠绿色，色泽柔和，却忽然闪过一道狂暴的红光，这打断了他的思绪。悲伤的钟声响彻了空降舱的登陆甲板，通过战甲外壳上的拾音器传到了每位骑士的耳中。空降舱的着陆推进器按顺序启动，进一步加大了压力，达尼亚尔咬紧牙关。熟能生巧，他不假思索地开始进行最后的检查，当他与火焰之誓进行交流时，海量的信息如洪水般流过他的神经插孔。符文在他的视网膜上滚动，他的视野扩大了，能看见骑士机甲的外部感应阵列所能看到的一切。对于一个未受过训练的人来说，这种体验会是暴戾的、排山倒海般的，是一种伪感知的、令人发狂的机械侵害。但对于达尼亚尔来说，这是一种感知提升，让他肾上腺素激增，集中精神。恶心感消失得无影无踪，连织带和皮带缠绕的感觉都消失了。达尼亚尔的身体变成了塑钢和陶钢镀层。他的心脏跳动就像雷霆万钧的等离子体熔炉。他的感官变成了鸟卜仪读数和突加负载的分流器。在那一刻，达尼亚尔·谭·德拉科尼斯与他的骑士机甲融为一体，深悉它对战斗的渴望。

空降舱伴着巨大的轰鸣声击中了基岩，在达尼亚尔机甲的金属机身里产生了震荡波。在他的前面、后面和两边，他的骑士同伴们打开了保护他们甲胄的塑钢笼子。当这些巨大的双足战争机器甩开束缚，准备开战时，气体嘶嘶作响地成缕喷出，符文锁闪着光，从琥珀色变为绿色。在甲板边缘的阴影中，电炉燃起了熊熊火焰。在空降舱外壳厚重金属板的掩盖下，达尼亚尔听到了自动军号的奏鸣声，低沉而又洪亮。号角声中夹杂着一阵阵断断续续的轰隆声，他意识到那一定是空降舱的武器炮台在开火。它们正在向外面的敌方目标射击。再过一会儿，他将直面敌人。他的心怦怦直跳，几乎要扰动他的注意力了，但这位年轻的勇士以坚强的意志保持沉着冷静。

"阿德拉斯塔波尔的骑士们。"一个庄严的声音从通信器网络中隆隆传来，听到这声音，达尼亚尔充满了强烈的自豪感。这是他的父亲，至尊王托尔温·谭·德拉科尼斯在向聚集在一起的东道主致辞，"德拉科尼斯、奇迈罗斯、米诺托斯、怀沃恩和佩加森等家族的尊贵后裔，来自星界军、坦霍利斯、穆布拉克西斯和卡迪亚的尊敬的盟友们。今天，我们服从帝皇的命令。今天，我们就是涤荡之焰。多纳托斯所在的这个星球已经知晓了变种人、异教徒和叛徒的阴险手段。"至尊王满怀厌恶之情吐出这番话，这让达尼亚尔对敌人的仇恨之火也熊熊燃烧起来。"但这种情况将不复存在！今天阿德拉斯塔波尔骑士团将会出征，让这些叛徒看看那些逃避帝国之光的人会有什么下场。尊敬的各位骑士，为了阿德拉斯塔波尔和帝皇。让他们知道他们犯下的罪过不可饶恕，只能以死谢罪！"

"只能以死谢罪！"聚集在一起的骑士们吼道，他们的声音通过通信器，从二十个独立的空降舱的登陆甲板上传来。达尼亚尔的声音夹杂在周围战士的声音中，那一刻他觉得自己比以往任何时候都要强大。空降舱前端陶钢镀层的吊闸不停地发出咔哒咔哒的响声。战场的轰隆声淹没了达尼亚尔的骑士机甲。

地狱之火的光芒向内倾泻，同时，零星的激光爆矢弹和子弹，从他战友机甲的红黑装甲上跳弹而出。

托尔温陛下对德拉科尼斯家族的战友们喊道："燃起伊克赛尔西厄姆之怒吧。"

他们大声回应："驾驭内心的火焰。"这是他们骑士家族古老的战吼。

伴随着战吼，他们用意念操控自己的战争机甲上了战场。

达尼亚尔看着在他前面的骑士们启动了动力系统前进。液压肌腱弯曲，齿轮加速转动。烟雾和香气从装甲上的排气口中滚滚而出，登陆甲板上充满了翻腾的烟雾。骑士们的驾驶盘上的流明在阴暗中闪闪发光，这让达尼亚尔想起了神话中的天龙，他们的家族名称就来源于此。突然，他面前的道路变得畅通无阻，骑士戴维德和骑士加拉斯顺畅自如地操控着他们的机甲在前方战斗。达尼亚尔感到一阵恐慌，因为他所学的每一课都被忘得干干净净。他的骑士机甲犹豫了一下，原地打战。年轻的王子羞恼地将这种感觉抛到一边，并启动了动力传动装置。火焰之誓迈了一大步，然后又迈了一大步，来到了突击吊桥的边缘。再迈一大步的话，他就会进入一个陌生星球的炽热光芒中。当他踏下吊桥，进入混乱的战斗中时，他的脸上绽开一个凶狠的笑容。

达尼亚尔聚精会神地关注着鸟卜仪的实时数据更新和成像返馈。空降舱正中目标，摧毁了一座市政厅，它砸落在潘塔克霍斯特北部的商业区中。其他的空降舱也像它一样砸了下来。他们展开了自己的家族旗帜，开始号角齐鸣，露出他们的伺服炮塔，形成了一道高耸的防御工事，扼住了半岛的咽喉。叛敌被困在野火和骑士机甲群之间，正如国王托尔温和子爵杰朗特之前所计划的那样。当火焰之誓冒险踏上市政厅前到处开裂的广场时，达尼亚尔看到混乱的天际线映出地狱之火的轮廓。

粗大的黑色烟柱升起，似乎像巨大的柱子一样撑起了低垂的云层。

在他骑士机甲的头顶上，飞舞着伺服小天使，这些奇形怪状的小生物在重力推进器和旋翼的协助下飞向天空。每个空降舱都释放出小天使，它们会形成一个低空传感器网，这将大大提高下方骑士机甲上鸟卜仪的灵敏度。圣物维保士称它们为天国圣体，显然为他们可怕的成果感到骄傲。不知怎的，这些婴儿机仆弄得达尼亚尔很不舒服，有点伤感。

灰烬像雪一样纷纷扬扬地飘落，覆盖在广场周围挤满敌人的肮脏建筑上，达尼亚尔的鸟卜仪符文噼啪作响，显示里面到处都是敌人。从他所在的高处向下俯瞰，他们显得渺小，犹如昆虫，在毫无用处的掩蔽物之间四处乱窜。有人挥舞着带有不洁标志的破烂旗帜。许多人明显发生了变异。

卢克在通信器里说："他们就像深岩蟑螂一样。"他的游侠骑士机甲和达尼亚尔的机甲一起移动起来，他们都启动了离子盾牌，寻找目标。这位年轻骑士的声音中的轻蔑显而易见，达尼亚尔很难反驳。他的身体里涌起一股巨大的力量。相比之下，敌人显得渺小而又弱小。他们的战友已经与敌交战了，他们熟练地斜持离子盾牌，阻隔从破碎的窗户和车辆残骸中射来的小型武器的火力。

在达尼亚尔的右边，骑士奥尔里克天龙火焰火力全开，他的机甲是圣骑士机甲。他的复仇者加特林加农炮发出尖锐刺耳的声音，震耳欲聋，它的炮弹急流般不断迸发，狂扫一座裁判所的正面，在它的身后留下了断瓦残垣和血淋淋的尸体。

在他的左边，骑士戴维德的豪侠骑士机甲——火葬堆毒牙，在自动机枪疾风暴雨般的疯狂扫射中前进。他的死神链锯剑切开了一栋建筑的正面，碎石轰隆轰隆地落下，劈头盖脸地砸向下面尖叫的邪教徒。

达尼亚尔大声说道:"他们为什么还要负隅顽抗?那样的枪是伤不了骑士机甲的。"

"因为仇恨?恐慌?绝望?"传来了他姐姐的声音,珍妮卡的火之蔑视大步行走,从达尼亚尔的侧面经过,"不要尝试揣摩异教徒的动机,小弟。只要杀了他们就好。不过也别小瞧了他们。"仿佛是要佐证她的话,一枚导弹从附近的屋顶上激射而出,撞在珍妮卡的离子盾牌上爆炸了。能量场闪过蓝光,弹头的力量消散了,没有造成伤害,片刻之后,火之蔑视的战斗加农炮轰鸣了两声。屋顶上喷出火焰,弹片纷飞,消灭了这群倒霉的异教徒和他们的反坦克武器。

骑士马科斯在通信器中说:"王子,以女骑士珍妮卡为首组成先锋部队,带上谭·奇迈罗斯。你们俩学点东西,把你们那该死的盾牌举起来。我可不想向你们俩的父亲解释,为什么这样的乌合之众竟然会使他的宝贝儿子失去成为骑士的资格。"

达尼亚尔迅速服从指令,加大动力输入,他的骑士机甲阔步前进时,他感觉它加速了。当他的热能加农炮启动时,大地在他的脚下震颤,目标数据充斥他的脑海。卢克的骑士机甲跟在后面,在德拉科尼斯家族战友的深红色和黑色相间的家徽中,奇迈罗斯家族绿灰相间的家徽显得很不协调。

卢克在私人频道里悻悻说道:"你知道你们都是尊贵骑士团成员,是吧?他没有权力管你,达。"

达尼亚尔回答道:"但他是个老兵,参加过十几场甚至更多场战争。"他迈开大步跟上他姐姐。"这是我们第一次参战。我们还不知道自己在做什么,真的不知道。"

"也许只有你不知道。"卢克回答说,片刻之后一股巨大的热浪爆发,达尼亚尔的鸟卜仪闪起了亮光。有那么一瞬,他惊慌失措,以为他的老朋友被击中,死掉了,然后他意识到那道闪光是卢克的热能加农炮在开火。

过热能量的炽热爆炸穿透了附近一栋建筑的正面,随着整个建筑的倒塌,少数代表叛徒的符文闪了几下消失了。

珍妮卡说:"打得好。现在,形成纵队。我们要把第四纵队推进到7-0-7-2号标记处。"

达尼亚尔上前,操纵大步行走的机甲来到珍妮卡的机甲身后,配合她的步伐行进。卢克紧紧跟在后面，他的机甲动作迅速，闯劲十足，渴望战斗。当他们进入队列的时候，敌人的火力一度减弱。骑士们听到的不是愚蠢的喧闹声，而是沉重的嘎吱嘎吱声和机甲铁蹄踏碎碎石路障和车辆残骸的声音。潘塔克霍斯特高耸的建筑像群山一样将他们紧紧围在其中，战友们在广场上奋战的声音变得模糊不清，这让达尼亚尔突然感到孤立无援。骑士机甲已经算是巨大的机器了，但这些建筑更加庞大，阴沉沉的钢筋混凝土和铁板，高达数百米。王子望着它们那肮脏的、沾满烟灰的墙壁，脏兮兮的窗户和灰黑的雕像。隐约可见的石像鬼身上挂着乱糟糟缠在一起的铁丝网，上面挂满了那些反对叛乱的人的遗骸，令人毛骨悚然。

他喃喃自语道："这个地方一点也不像我们的家园。"顷刻间，机械王座上的窃窃私语不绝于耳，这些话语模糊不清，让人干着急。达尼亚尔的脑海中不由自主地闪过各种影像：寒风凛冽的苔原上耸立着巍峨的冰塔；泥泞的沼泽和交错盘杂的铁丝网，战士们像野兽一样在污秽中战斗；一片白骨色的沙漠，阳光照耀着银光闪闪的城市。在那一刻他明白过来，他的祖先是在向他展示他们曾经战斗过的地方，甚至可能是死亡的地方。

银河系是一个远比达尼亚尔·谭·德拉科尼斯所知更广阔、更陌生的地方。

一声碰撞警报把他带回了现实，当他感觉到火焰之誓的左肩盾牌斜撞在了一栋高耸的居民区大厦上面时，他发出了咒骂。

"注意脚下，达。"卢克喊道，掉落的碎石拍打着他的离子盾牌，噼啪作响。

"对不起。"达尼亚尔说道，调整了方向。他向骑士机甲的机魂敬了个礼，并感到一股安慰的情绪传来。他的骑士机甲没有受损。

"你的机械王座？"珍妮卡的语气暗示她已经知道了问题的答案。

达尼亚尔承认道："是的。"他操控机甲扭了扭臀部，此时他们正穿过一个遍布尸体的十字路口，他的鸟卜仪上没有显示任何生命迹象。潘塔克霍斯特的这一部分似乎已经是一片死寂。

"保持专注。"他的姐姐告诫他，她的语气尖锐，但不失友善，"我们的机械王座是力量和智慧的巨大源泉，但熟练掌控它们需要时间。骑士授封礼只是一个开始，当你与祖先的连结还不够紧密的时候，任何开小差的行为都是危险的。而且从一开始这个计划就不是最安全的。"

达尼亚尔点了点头，他的操作界面将这一动作转化为嘀嘀声，以示确认，并通过通信器传了过去。

列队行进的机甲在高耸入云的建筑间缓缓走着下坡路。一架帝国海军的雷电战斗机低空掠过，喷气发动机的轰鸣声回荡在峡谷般的街道上。他们的武器闪闪发光，对着某个远处的目标发射激光，卢克沮丧地咆哮起来。

"在我看来已经很安全了，珍。那些叛徒都到哪里去了？大火不是应该把他们赶到我们的枪口上吗？"

"我们在进攻侧翼的附近，卢克。放宽你鸟卜仪的搜索半径看一看。达尼亚尔，你也是。"

达尼亚尔用意念扩张自己的感知力，他一边指挥骑士机甲，一边花时间审视更广泛的战局。作为入侵部队中级别最高的贵族，至尊王托尔温身负重任，不仅要调集派遣各个骑士家族的兵力，还要调集派遣随行的星界军和太空帝国海军的兵力。他的计划一直很大胆。海军先锋部队的攻击引发了一场野火，将窝在战壕里的叛徒们赶出了巢穴，直接撞到骑士团的枪口上。然而袖手旁观等待敌人是不光彩的，更不用说还要费时良久。至尊王已经下令，要赢回一个星球，帝国军队在保卫滩头阵地上就要坚决果断，不可犹豫不决。他已经命令帝国防卫军的侍卫团作为预备队登陆，并守住空降舱周围的防线，确保没有叛徒能蒙混过关逃走。然后，骑士们会进入正在燃烧的城市，粉碎最大的抵抗者集中地。这样一来，可以迅速消灭敌人，同时消除异教徒有预谋突围的危险。达尼亚尔将盘旋在视网膜上的战略分布图和符文军力部署摄入眼底，他看出这招起作用了。

珍妮卡问道："你看到那儿了吗？"她突出显示了几个关键的符文，让它们闪现在战友的视网膜显示器上，"马科斯已经解除了对法务部管辖区的围攻。在那里，敌人正在集中，直逼中心区域。"

卢克饶有兴趣地说："而且他们正成群结队地死去。"

达尼亚尔说："好了，珍，向我们的目标坐标靠拢。"他突出显示自己视网膜上的符文，手指无意识地抽搐起来。他的驾驶舱随着骑士机甲的每一次大步走动而摇来晃去，但对他来说，这些信息一目了然，就像白天一样清楚。"我们前方有敌人。"

"好眼力，弟弟。"珍妮卡说，"卢克，你会有机会战斗的。但你们俩都要小心。我的读数显示那群乌合之众配有盔甲。举盾防护，准备好武器，大步前进。我们要赶在他们之前到达下一个十字路口。"

达尼亚尔听姐姐说话尽显睿智，就立刻按照她的命令行事。敌人在装甲部队的掩护下从南面向第四纵队推进。谁能先到达十字路口，谁就能把敌人堵在潘塔克霍斯特人的居民区大厦之间。王子把注意力转到了眼前的战斗上，同时感知关注着更大的战略地图。这激起了他的兴趣，他很想知道在更广阔的战局中他们占据了什么位置，即使当他全神贯注于手头的工作时，也观察着成群移动的符文在更大的战略地图上的流动情况。

就在火之蔑视从高耸的居民区大厦之间激射而出，进入十字路口的空地时，敌人的第一拨火力向他们猛烈袭来，枪林弹雨呼啸而至。炮弹和激光击中了珍妮卡的离子盾牌，火花四溅，她踏过成堆破损的政务部地面车。当他姐姐在十字路口的中心减速停下时，达尼亚尔操纵他的骑士机甲来到她的右翼，并发现卢克也操纵机甲去了她的左翼。伴随着轰隆隆的脚步声，三位骑士停了下来，竖起盾墙，迎向来势汹汹的敌人。

行星民兵的坦克正以最快的速度呼啸着冲向列队而来的敌人——大部分是步兵运输车，还有几辆主战坦克在他们中间左突右闪。肮脏的战斗机器上涂抹着粗陋的标语，而它们的顶部则飘扬着破烂的旗帜。旗帜上有扭曲的符号和图标，达尼亚尔无需知道这些符号和图标的确切含义也明白它们是邪恶的。一些机器上悬挂着裹着铁丝的尸体，这些人大概是拒绝了和他们的伙伴一起成为叛徒。

在这披覆铠甲的拳头后面，鸟卜仪读取的符文显示有一群步兵乌合之众，至少几百人。达尼亚尔感觉自己机械王座上的鬼魂在骚动，他努力平息了骚动。

"不是现在。"他嘶吼着，专注于研究目标解决方案和应付猛烈攻击盾牌的火力。

珍妮卡郑重地吟诵道："德拉科尼斯家族的骑士和奇迈罗斯家族的骑士，随意开火。"

达尼亚尔的意念变成了火焰，热能加农炮中的力量也随之激增。他攥紧一只触控手套，向前出击，开了第一炮。杀气腾腾的热力向外，从达尼亚尔的拳头上喷出，撕裂了敌人的坦克。一辆叛徒的黎曼鲁斯主战坦克首当其冲，它的灰色装甲瞬间变成了红色，然后蒸发成滚烫的超高温雾气。它周围其他叛徒的坦克也受到了爆炸的影响，它们的履带熔化失控了，装甲钢板弯曲变形，像蜡一样脱落下来。发动机和弹药库发生爆炸，而暴露在外面的坦克手甚至来不及尖叫就像水泡一样爆开了。热能加农炮的威力如此之大，以至于它在道路上凿出了一个巨大的弹坑，留下了一条玻璃状的沟渠，另外两辆叛徒的坦克滑了进去。它们嘎吱嘎吱地停了下来，发动机冒出浓烟。在车辆残骸和达尼亚尔炮击留下的还在发光的弹坑之间，机甲纵队就像被堵死了一样。

达尼亚尔的耳中轰轰作响，他的头脑因震惊而变得麻木。他做到了。他杀了人，第一次杀了人，杀死了一群异教徒，就像用靴子踩烂脚下的虫子一样轻而易举。兴奋之情汹涌澎湃。当一发炮弹打穿他的盾牌，在他的机甲胸口爆炸，使其踉踉跄跄时，王子才被震回了现实。驾驶舱中几个系统迸出了火星，火焰之誓发出隆隆的机械声以示抗议。

"盾牌，小弟！"珍妮卡尖叫出声，发射战斗加农炮的炮弹，精准地轰击停滞不前的敌方坦克。达尼亚尔急忙调整离子盾牌，护住自己的战斗机甲。尽管受到了震荡的冲击，他却咧着嘴笑了起来，活像个疯子。他能听到卢克正在大笑。

"真是枪法如神。"他的朋友一边用热能加农炮轰击剩余的敌方坦克，一边欢呼道："达尼亚尔·谭·德拉科尼斯，神枪手大师，专杀异教徒的杀手。"

更多的叛徒坦克爆炸，敌方步兵被困住动弹不得，他们的前方是正在燃烧的残骸，而饥饿的野火正席卷他们身后的街道。代表敌人的符文在达尼亚尔的鸟卜仪上东一撮西一撮的，叛徒们在绝望中砸毁了店铺门面和居民区的窗户，想要找到安全的地方。

珍妮卡说："不要放任他们散开。"

达尼亚尔回应道："明白。"他操控机甲大步向前走去，目光掠过燃烧的叛徒坦克顶部。机甲的重机枪启动了，用大口径子弹扫射衣衫褴褛的叛徒们，他们还被困在街上。与此同时，他的热能加农炮又闪了一下，烧穿了最近的一栋建筑的正面，歼灭了试图从走廊和房间逃跑的步兵。钢筋支架熔化了，砖石蒸发了，居民区大厦正面的一块大石板被切断，像雪崩一样砸向机甲纵队。达尼亚尔的鸟卜仪显示珍妮卡和卢克造成了同样巨大的破坏，代表敌人的符文像大风中的烛火一样消失得无影无踪。

达尼亚尔的战略分布图显示，战场上的情况大同小异。潘塔克霍斯特叛变的乌合之众不是阿德拉斯塔波尔骑士团的对手，成千上万的叛徒正在死去。

有少数骑士机甲在战斗中受到了轻伤，但圣物维保士无法很快修复。三级通信器数据在星界军中来回闪动，他们正准备部署炮兵部队，炸出一条穿过城市中心的火力通道。野火已经完成了它们的使命，现在帝国军队将尽可能地保留潘塔克霍斯特的一切，为自己所用。

当最后一个代表敌人的符文闪烁着消失时，达尼亚尔缓缓地让火焰之誓退到十字路口，打量着他和战友们的歼敌成果。

他充满敬畏地深吸了一口气，惊叹道："这就是成为骑士的意义吗？"

"这意味着胜利。"卢克回答道，声音中洋溢着骄傲和兴奋之情，"对于我们的敌人，这意味着死亡。"

珍妮卡说："这意味着责任。"不过达尼亚尔也能听出他姐姐声音中的欣喜。没人能在这样行使权力之后依然心如止水。他的心在胸腔里怦怦跳动。他的祖先们的窃窃私语已经变得喧闹起来，虽然还是模糊不清，但肯定是在祝贺，充满了嗜血的兴奋。达尼亚尔想再次战斗，想感受神一般的力量在他的指尖跃动。但战斗已经胜利，而火焰正在逼近。

珍妮卡说："我们应该返回空降舱那里。"她的声音再次变得平稳。达尼亚尔敲了敲他的通信器表示确认，并操控他的骑士机甲转过身来。他们在此处宣告了胜利，但当他天生的实用主义扑灭了新燃起的战争欲望之火时，达尼亚尔知道这只是开始。他们有了自己的滩头阵地，但外面还有一个有待重新征服的星球。

第二章

至尊王托尔温·谭·德拉科尼斯沿着柱廊迈着坚定的步伐大步行走，靴子声在拱形天花板间回荡。阿德拉斯塔波尔的至尊王身材高大，四肢瘦长，他那矫健的力量和充沛的精力让人看不出他已年至高龄。他的络腮胡和小胡子都是银白色的，修剪得整整齐齐，而且精细地打了蜡。托尔温的长发也是类似的色调，衬得金色发圈格外引人注目。五个精心制作的伺服头骨盘旋在他的头顶，每个头骨都是手工制作的，活像神话中野兽的头颅——飞马、喀迈拉、米诺陶斯、怀沃恩，当然还有天龙。至尊王一直穿着骑士的战甲，他对传统的唯一让步是穿了件色彩浓重的深红和黑色相间的无袖罩衣，他的仆人们把它披在他的肩上，然后在他的腰间束紧。托尔温甚至没有擦去额头上的汗水，也没有擦拭靴子上的灰尘，这是有原因的。他去参加的是战争会议，一个由武者和经验丰富的战士组成的聚会。他必须平易近人，使自己成为他们中的一员，而不是显得高高在上、盛气凌人。

至尊王深知自己作为战士和战术家的价值，但就像处理宫廷事务一样，外表很重要。他可能不喜欢政治活动，但如果不熟知宫廷舞蹈的舞步，就不会拥有托尔温·谭·德拉科尼斯那样的地位。

即将处理国事的至尊王精神状态很好。他在这场战争中采取了大胆的开局战略，它像时钟运行一样准确到位。

"伤亡报告呢？"他问跟在他身边的魁梧战士。

马科斯·达·德拉科尼斯瞥了一眼装饰华丽的数据板。关于这位传令官的一切，从他那伤痕累累、光秃秃的脑袋到他好斗的举止，都说明他为战斗而生。在他手中，那个数据板显得华而不实，托尔温想，觉得很好笑。

"无一伤亡，陛下。"马科斯咕哝道，"我想，除非算上帝国防卫军。"

托尔温皱了皱眉头。

"我算上了帝国防卫军，老朋友。我必须这样做，你也应该如此。这些都是我们宝贵的盟友，每一个都是帝国的士兵。他们也许不如我们气派，也没有我们高贵……"

"……但他们和我们目标完全一致。"马科斯不情愿地说完了这句话，"您总是这么说，陛下。"

国王轻笑着说："我会一直这么说，直到我们老态龙钟，最接近战争的时候就是伏在弑君者战棋游戏的棋桌前，眯着眼睛看棋子。"

马科斯大笑起来。

"呵呵，让我们两个都战死沙场、马革裹尸吧，免得受那样窝囊度日的耻辱。"

"的确，老朋友。"至尊王点了点头，"不过现在来说说看，我们盟友的伤亡情况如何？"

马科斯看了看自己的数据板，说道："谢天谢地。战损并不严重。"

"当叛徒试图从西侧推进时，坦霍利斯高地人的两个排遭到了袭击，但他们守住了。运气不错，只损失了四辆卡迪亚坦克。在轨道上没有任何战损，敌人的星舰已经远离我们的星舰，反之亦然。一场无聊的比赛很可能会让双方都感到失望。"

至尊王嗤之以鼻。

"祈祷你永远不要做外交官吧，马科斯。"

头发斑白的传令官答道："祈祷永远不要让我做外交官，陛下。"

当他们走近一组沉重的铜门时，托尔温问道："那我的儿子怎么样了？"守门的卡迪亚老兵迅速立正，干脆利落地敬礼，将他们的激光枪托砰的一声抵在大理石地板上。

"您的儿子还活着。"马科斯停顿了一下，回答道，"仅凭这一点，我就很欣慰。"

"嗨！"至尊王答道，在他的老朋友身边停下。"这评价似乎有点不太厚道啊。我从好几个渠道得到的消息是，他在首次交战中表现得非常出色，年轻的卢克也是如此。"

马科斯晃了晃身子，显然很不自在。

"好吧，如果这就是你听说的，陛下……"

至尊王逼问道："马科斯，咱俩可是好交情的剑刃兄弟，难道不是吗？我就想知道你的想法。"

马科斯·达·德拉科尼斯叹了口气,点了点头。

"那好吧,陛下。我觉得他们两个都还没准备好。同样,西尔韦斯特·达·德拉科尼斯和苏塞特·达·德拉科尼斯也没准备好。在我们上飞船前的几周内,四个人都面对他们骑士授封礼的事务……"

至尊王微笑着说道:"老朋友,在你骑士授封礼完成后的那个早晨,你自己第一次操控骑士机甲时,可是相当愤怒啊。"

"是的,但那是必须的,陛下。我本想礼貌地提出请求,但兽人似乎不愿意等我完成训练。"

两位骑士都大笑了起来,至尊王注意到那几位卡迪亚老兵的嘴角也微微一翘。马科斯又变得严肃起来,他继续说道:"奇迈罗斯家的小子年少轻狂,而且缺乏常识。假以时日,他会是一个好剑客,但就目前而言,他的脾气还相当暴躁。至于您的儿子……达尼亚尔向来不喜欢打架,托尔温。你知道的,他对书本的热爱比他对打斗、女人和酒的渴望更强烈。他总是犹豫不决。有一次,他站得太久了,女骑士珍妮卡在他屁股上踢了一脚,他才动起来。即使这样,他还是像一只迷路的小狗一样,只知道跟在她后面战斗。"

对这样严厉的评价,至尊王挑了一下眉毛,但脸上依然留着笑意。

"我想,我要求的是诚实。马科斯,我的老朋友,有时候我担心你根本看不到达尼亚尔内心的力量。就因为他和大多数同龄的小伙子有点不一样……"

传令官喊道:"有点不一样?陛下,他都十八岁了,还没跟女人厮混过!他……"托尔温举起一只戴着手套的手,突然变得严肃起来。

"够了,够了。你说了肺腑之言,也有贬损之意。我们将在更私密的场合继续讨论这个问题。现在,请你记住,他是我的儿子,是王位的继承人。如果你这么确定达尼亚尔还没有做好承担责任的准备,那么我会感谢你尽一切努力为他继承衣钵做准备,而不是宣布他无法胜任。"

马科斯脸色一变,迅速跪在至尊王面前,低下了头。

"抱歉,陛下。我将为我的御前失态进行忏悔。"托尔温俯身抓住传令官的肩膀,催促这位肌肉发达的战士再次站起身来。

"你的忏悔已经足够了,我要你庄严宣誓,帮助我儿子得到他应有的地位。"

马科斯点了点头。

"当然，陛下。我以我的机械王座起誓。"

"很好！"托尔温说道，他的眼角泛起了一丝笑意。人们称他那目光锐利的绿眼睛为"天龙之眼"，这是所有真正拥有德拉科尼斯家族血统的人共同的遗传特征。"现在，军事会议在等着你。"

转过身来，至尊王做了个开门的手势，看到这个手势，一个卡迪亚人挥动了一下钥匙权杖，巨大的铜门笨重地打开了。国王深深地吸了一口气，调整了一下笑容，露出饱经战争洗礼的自信，像上战场一样大步前行。

至尊王带他的传令官进入了一个非常宽敞的房间，它大到一个战将级泰坦都可以站在房间的中心。在战争之前，这里曾是潘塔克霍斯特内政部的大独裁政权所在地。现在，它已经成为托尔温的战略指挥中心。尽管从一面墙上的拱形窗户里透进了灰蒙蒙的日光，但绘有壁画的圆形穹顶几乎消失在阴影中。在那些身穿长袍的大人物的阴沉肖像画之间，每隔一段距离就放了几个电子烛台。巨大的圆形空间的地板上有一个巨大的天鹰座图标，用廉价而俗丽的镀金加以装点。是的，至尊王想道，这个地方就像它所鼓吹的组织一样，庞大而没有灵魂。

一大群男男女女聚集在一张巨大的全息投影桌旁边。托尔温一进来，屋子里嗡嗡的谈话声就渐渐平息了，所有人的目光都转向了他和马科斯。作为回应，托尔温随行的伺服头骨突然鸣响了一声，示意众人安静的号角声响彻洞穴般的房间。

"陛下，至尊王托尔温·谭·德拉科尼斯。"马科斯说道，传令官的声音在空荡荡的巨大房间中轰隆作响，"阿德拉斯塔波尔的统治者，德拉科尼斯家族的家主，五大家族的君主，君权之盾。请向他致敬。"骑士们和聚集在一起的贵族们整齐划一地单膝跪下，低下了头。其余的人，星界军军官、机械教修会代表和星球各职能部门的人员，也都做出了表示尊敬的姿态。

至尊王挥开了他的伺服头骨，脸上有明显的懊恼之意。当然，这都是表演的一部分。

他向聚集在一起的军事会议的全体成员苦笑了一下，感叹道："这样的仪式，在战争时期不太合适。拜托，还是像之前那样站着吧，我的朋友们。"

托尔温一路走到全息投影桌前，而骑士们则一边站起身来，一边打量着聚集在一起的军官和助手们。这里有其他阿德拉斯塔波尔家族的统治者：大元帅古斯塔夫·谭·米诺托斯，穿着古老的战甲，身形巨大，他那惊人的胡须打了蜡，样式古怪；大公邓肯·谭·怀沃恩，他一脸严肃，眼中从未露出诙谐笑意；女侯爵劳蕾特·谭·佩加森，是个面容冷峻、英姿飒爽的女人，身穿长袍，罩有半身铠甲，银白色的头发犹如冰雪，编成三股辫垂在背后；当然，还有子爵杰朗特·谭·奇迈罗斯，尽管他的左脸上伤疤纵横，包裹着他左臂和左腿的机械支架嘶嘶作响，但他还是很英俊，魅力超群。每个贵族都有自己的扈从、各自的尊贵骑士团，以及偏爱的家臣、伙伴等。子爵杰朗特的伴侣艾丽西娅·卡·曼蒂克斯女士黑发飘逸如鸦翅，托尔温与她进行了短暂的眼神交流，而她对他露出了热情的笑容。

算上骑士们的扈从，全息投影桌边的人数接近五十。

然后还有由各个家族机械技师兄弟会组成的圣物维保士代表团。这些奇异的、经过赛博化改造的工匠身上的长袍一半是各个家族的专用色，一半是火星红，领头的是高等圣物维保士机械师波卢克西斯·达。他们都是维持阿德拉斯塔波尔骑士机甲运作的神秘人物，至尊王冲波卢克西斯的方向点了点头，以示尊重。那位高等圣物维保士低下了被斗篷罩住的头作为回应，在他的兜帽下，层层叠叠的护目镜像炭火一样闪闪发光。

在阿德拉斯塔波尔诸位领袖的旁边，站着卡迪亚军团、穆布拉克西斯斯军团和坦霍利斯军团的指挥官，所有人都穿着他们星球的正式制服。每一位指挥官的所在之处都引人注目，随行的有成群的高级军官、副官、仆役、旗手、星语者。以穆布拉克西斯的酋长哈尔纳爵士为例，他还带了三只看起来像犬科动物的凶悍野兽，被链子拴着。

还有一群多纳托斯内政部的官员挤成一团，在这样一群聚在一起的战士中努力表现得泰然自若。肥胖的多纳托斯主教——神圣的普尔西凡，在桌子的另一边盘旋，他穿着长袍高坐在一张悬空的宝座上。站在他旁边的是多纳托斯的最高法官，这个星球法务部的主人。星球防卫民兵的指挥官科尔格穿着一身皱巴巴的军装，脖子上挂着一块沉甸甸的忏悔石，脸色苍白，疲惫不堪。帝国海军的上尉沃斯特里把部队空运到了这个饱受战争摧残的世界，并担任这支舰队的代表。名单不止于此,总共有数百个名字。至尊王托尔温善于记忆，注重细节，肯定会对他们所有人的底细一清二楚。谁也不知道这些信息什么时候会有用。

托尔温停在全息投影桌前,手掌放在上面。

"各位大人、各位女骑士、各位指挥官,还有各位可敬的专家,欢迎于多纳托斯救赎之旅的开端之时莅临此地。"托尔温停顿了一下,波浪般的掌声和拍桌声在人群中传开,"我们的初次空降突击取得了圆满成功。我们在多纳托斯·普里穆斯大陆的滩头阵地已经安全了。祝贺你们,同时也要感谢那些卡迪亚军团和坦霍利斯军团的英勇战士,他们为此献出了自己的生命。"又是一阵掌声,这次的掌声更为响亮。卡迪亚和坦霍利斯指挥官们冲着托尔温满怀感激地直点头,托尔温以同样的方式回应了他们。当掌声逐渐平息时,内政部的领导者举起了他的权杖。托尔温暂停他准备好的演讲,对行政长官做了一个亲切的手势,示意他继续。那位穿长袍的男子又高又瘦,他清了清嗓子,低头深深鞠了一躬。

"在您继续发言之前,至尊王,我谨代表多纳托斯所有幸存的保皇派统治者发言,我们永远感激您,对我们实施了最有效的拯救。我们之前真的以为叛徒大军会把我们撕成碎片,他们很快就会攻破潘塔克霍斯特法务部要塞的壁垒,用他们的邪恶终结我们的生命。我们感谢帝皇,也感谢您,拯救了我们。"

听到这些话,最高法官的眉头皱得更紧了,而民兵指挥官科尔格则畏缩了一下,好像在等着有人踢他一脚。那可不行,托尔温想道。

托尔温问道:"第一行政官赫尔利斯,是吧?"那位内政部官员点了点头,显然很高兴能得到骑士至尊王这般威严之人的认可。

"我和我手下的战士们心领你们的谢意。"托尔温露出了和蔼的微笑,"我很高兴我们能够打破法务部辖区要塞周边的困局。好在这个星球这么多的统治者大都被救出来了。即使总督格诺苏尔未能被救出,但我也必须表达我自己的感谢。不,我必须表示衷心的祝贺。向多纳托斯法务部所有勇敢的人,以及多纳托斯星球民兵的忠诚军人表示祝贺。我和帝皇都感谢你们。"

在桌子对面,最高法官和指挥官科尔格都做出了天鹰座的手势。尤其是科尔格,听了托尔温的话,他的身子挺得更直了。至尊王很清楚,这个人曾经玩忽职守,因为在他的眼皮底下,混沌的恶性腐化已经在他的士兵队伍中蔓延开来。毫无疑问,指挥官科尔格会因为他的失败而面临死刑,但现在还需要他。根据最初的报告,十二个军团的忠心耿耿的多纳托斯民兵还在战场上,还在为证明他们对逝去的前战友的忠诚而战斗。他们的士气可能很低落。他们需要他们的指挥官以保持坚强。

主教普尔西凡皱着眉头，神色凝重地说道："也许吧。如果他们没有让这个星球沦陷，帝皇会更感谢他们的。"

托尔温感到一阵恼怒。这句插话适得其反，让人心烦意乱，而且是出自一个看似一辈子都没见过战场的人之口。

至尊王冷若冰霜地答道："请告诉我们，圣座，这次叛乱的核心原因是什么？"

主教偷看一眼托尔温，被这个问题弄得不知所措。

"呃，那显而易见。"他虚张声势地说道，汗水顺着脖子上绽出的青筋流了下来，"腐败。异端邪说！缺乏虔诚！这些人任其肆意蔓延，使得这个星球的普通老百姓对帝皇的祝福忘恩负义，以致大批叛变。"

托尔温点了点头，环视了一下那张桌子。

他对着那位高大的、因为战斗而伤痕累累的骑士说道："子爵杰朗特·谭·奇迈罗斯，是谁在掌管阿德拉斯塔波尔人民的精神福祉？是谁在巩固我们的群体信仰？"

杰朗特眉毛一挑，似乎考虑了一下，然后用他那浑厚而低沉的声音回答道："呃，陛下，那应该是帝国国教的牧师们。"

托尔温若有所思地点了点头，说道："帝国国教的牧师们。"

"至尊王大人……"普尔西凡开口说道，但托尔温举起一只手制止了他。

"上校布罗斯特，在卡迪亚军团，是由你们军官阶层负责普通士兵的精神健康吗？"

布罗斯特是个瘦骨嶙峋的士兵，五官硬朗，一副贵族派头，他摇了摇头。

"不，长官，不是的。这由我们团的牧师负责。恕我直言，他们中的很多人都是出色的英雄，长官。"

至尊王回答道："你确实可以这么说，上校。你确实可以这么说。"

主教再次开了口："至尊王，我必须抗议……"托尔温突然做了一个手势，打断了他的话。

"主教普尔西凡，我对你的抗议不感兴趣。我猜想，帝皇也对此不感兴趣。当一个农夫的畜群被野兽吞噬，或者愚蠢地掉进了深谷，他会责怪他的农夫同伴，还是会怪那些畜生自己呢？或者他是否承认，是他自己让畜栏年久失修，并在损失更多牲畜之前努力修复它们呢？神圣的普尔西凡，在你指责那些为了保护你这位圣人安全而浴血奋战的英勇士兵之前，先管好你自己的事情吧。你和其他人一样，都有责任恢复这个星球的士气和精神洁净，并为你信众的过失承担大部分责任。我希望你在这次会议中不要再继续发言了，除非是想补充一些有用的、中肯的或者积极的东西。"

当托尔温训斥完主教后，主教已经脸色发白，他结结巴巴地说了几句忏悔的话，表示歉意。至尊王没有理会。他已经表明他可以是一个善良的、公平的朋友，也已经表明他可以态度很强硬，不会容忍傻瓜。普尔西凡至少在这方面帮了他的忙。会议已经准备就绪。他们可以开始今天真正的工作了。

托尔温说道："我们已经在责备上浪费够多的时间了。"他摊开双手，做出和解的姿态。"我们围墙外的敌人已经够多了。请给我做个战略总结，我们可以继续制订我们的战争计划了。"

听到此话，两个身穿长袍的人向前走去。一个是多纳托斯的机械教修会僧侣会的技术神甫，另一个是阿德拉斯塔波尔圣物维保士的代表。在他们之间，机械神甫们进行着觉醒仪式，而那张全息投影桌也嗡嗡作响。它的表面闪耀着光芒，从桌上跳出一幅绿色的、静态的图像，上面是多纳托斯星球及其轨道层。随着星球缓缓旋转，可以看到两个陆地板块，多纳托斯的普里穆斯和西昆德斯，象征战斗区域和具有战略意义的地点的图标错落其间。

作为至尊王的传令官，骑士马科斯负责主持简报会。托尔温相应地做了一个手势表示准许，马科斯随即拿着数据板走了过来。他从那位多纳托斯技术神甫的金属爪中接过一根控制权杖，点头致谢，然后清了清嗓子，开始向屋里的人讲话。

"如你们所知，多纳托斯是一个二级工业星球，与机械教修会关系密切，有义务为里扎战区提供物资。普里穆斯大陆是一个物资丰富的工业超级巢都，一个横跨数千千米的组合城市，岩石荒地和废墟的区域点缀其间。西昆德斯大陆是一个受辐射的垃圾场，仅有少数几家防护严密的全自动回收工厂，除此之外几乎别无他物。以恒星时计算，十个月零六天前，在普里穆斯大陆发生了一场武装叛乱。起初为工人暴动和帮派破坏暴力，在北部工业区的巢都蔓延。当被派去镇压暴徒的民兵小队调转枪口加入他们的行列时，情况愈加恶化。在异端邪教分子被揭穿，引发了暴力事件后，局势就失控了，仅仅过了几个星期,北部工业区和邻近的大工厂就都落入了叛徒之手。"

大元帅古斯塔夫·谭·米诺托斯愤愤不平地叫道:"他们为什么不干脆把所有该死的一切全都炸了呢?决不容忍堕落的叛徒!"

女侯爵谭·佩加森冷静地回应道:"不是所有问题都能用武器解决,大元帅。一座城堡如果只剩下遍地瓦砾,就毫无用处了。"

"女骑士说得没错。"马科斯说道,他用控制权杖放大了叛乱最初发生地的全息地图,"这个地区的战争物资的产出价值很高。即使民兵能够调用足够的火炮、空军或轨道支援,完全镇压该地区,附带损害也实在太大。"

杰朗特·谭·奇迈罗斯评论道:"因此,叛乱得以蔓延。在这个星球上,人的生命还不如机器值钱。"

第一行政官赫尔利斯回应道:"确实是的。呃,对帝国而言,大工厂每平方米的净资产,就抵得上五十多万条贫民生命的价值。光是材料……"在看到谭·奇迈罗斯脸上怒气冲冲的表情时,行政官抱怨的声音渐渐消失了。子爵深吸了一口气想要回答,但他的伴侣把一只手轻轻放在了他的手臂上。杰朗特·谭·奇迈罗斯安静了下来,对着慢慢旋转的全息地图怒气冲冲地皱着眉头。

骑士马科斯敏锐地从他的简报中找到了线索,说道:"不管是什么情况,叛乱在多纳托斯普里穆斯大陆的北部地区迅速蔓延开来。民兵努力阻止叛乱的蔓延,但是,由于不确定他的士兵是否忠诚,指挥官科尔格谨慎部署他的手下。他假设坚石要塞的兵力会阻止叛乱,这不无道理。"

穆布拉克西斯的酋长请求道:"如果您愿意的话,不妨详细讲解一下,骑士马科斯?"马科斯则向高等圣物维保士波卢克西斯示意。高等圣物维保士走上前去,一个机械树突从他厚重的长袍下蜿蜒而出,与全息桌侧面的一个数据端口紧密相接。按照礼节,这一荣誉应该授予当地机械师的代表,但他们让波卢克西斯担起了这个责任。这充分说明多纳托斯人对他们的救援者的屈从。

全息图像模糊了片刻,然后被一连串的循环视图所取代:巨大的装甲堡垒嗖地一闪而过,与伺服炮台、自动化飞弹发射井和庞大的发电厂燃料库混在一起。

"坚石要塞,"波卢克西斯开口说道,他的声音是一种单调的数字信号音,"是机械教修会为多纳托斯定制的防御设施。根据神圣的算法,这些防御工事遍布整个主要大陆，由机仆负责，并由多纳托斯机械教修会的神甫进行维护。虽然每个建筑群的形式和功能不尽相同，但它们占据了大陆上许多具有战略价值的地点，并且旨在建起无懈可击的防线，保护这个星球不受人性弱点的侵害。例如，在这次叛乱中所表现出的人类弱点。"

听了这话，全息投影桌旁的几位军官很不自在地动了动，但波卢克西斯似乎对此浑然不知。

"那么发生了什么事？"至尊王问道，虽然他已经知道了答案。

高等圣物维保士回答道："就在这个时候，真正的敌人出现在了多纳托斯。"全息石上的图像再次闪烁，当图像再次清晰显现时，托尔温听到了周围传来惊呼声。一名阿斯塔特修士——帝皇自己的星际战士，他的全息影像显得高大而又可怕。然而这个人物并不是虔诚的典范，也不是帝皇光辉的拥护者。这名星际战士的盔甲上潦草地涂满了奇怪的符号，遍布突出的尖刺和钩子，在它的护肩甲板上有张尖叫的恶魔面孔。那人的脸是其外貌中最令人震惊的地方——脸色苍白，黑色血管在脸上交错成网状，深陷的双眼闪着光。在这个憎妖的前额上，伸出了一对长长的卷曲的角。

"混沌星际战士，向反对我们挚爱帝国的黑暗势力宣誓效忠。"说这话时，骑士马科斯充满了厌恶之情，"你们中有些人可能从未听说过这样的事情。有些人可能就要提出抗议，说像这样的憎妖不可能存在，也许甚至认为这是异端邪说。不要这样。从这一刻起，你们都可以查看加载到你们简报板上的深红色级别数据卷轴了。阅读它们，理解它们，相信并畏惧它们。如果你需要的话，请寻求精神咨询。这是一个叛变的星际战士，被逐出教会的恶魔怀言者，这就是我们敌人的模样。"

房间里爆发出一阵喧闹之声，有人咒骂，有人低声交谈，有人惊恐地喊叫，有人虔诚地祈祷。至尊王放任这种情况持续片刻，然后才提高嗓门恢复秩序。

"朋友们，请注意礼节！这次简报会还没有结束。是的，对于那些不知情的人来说，这是个令人震惊的消息，但我希望你们带着信念和勇气继续前进。我们将在这里取得胜利。现在，高等圣物维保士，如果你愿意的话，麻烦说明一下，这些憎妖是怎么来破坏坚石要塞的呢？"

所有人的目光都转向了波卢克西斯，在突如其来的沉默中，他的仿生眼咔嗒咔嗒地转着。

"这……现在我们还不清楚，陛下。"托尔温猛然做了个手势，想要阻止恐慌再次卷土重来，好让高等圣物维保士继续说下去，"多纳托斯的机械教修会记录了某种形式的敌对机魂显灵。他们将其描述为阴魂不散，一种恶魔的垃圾代码，怀言者针对盾牌装置释放的。不管他们做了什么……都非常有效。几天之内，敌人就把坚石要塞变成了他们的。"

"剩下的事情可想而知，令人沮丧。"马科斯继续说道，又一次打断了喃喃自语和祈祷的声音，"以坚石要塞作为集结点，在人数不详的叛徒阿斯塔特修士的领导下，异教徒赶跑了多纳托斯民兵。民兵们每一次试图延缓敌军前进的步伐，或者夺回领土的努力，都以失败而告终，而且损失巨大。最后，保皇派的部队被赶回了在坚石要塞的导弹发射井和等离子体炸弹射程之外的掩蔽飞地。剩余的保皇派部队被围困，分散且寡不敌众。他们被击溃似乎只是个时间问题。"

听取完传令官的简报，托尔温说道："然而，英勇的保皇派并非完全没有可取之处。首先，他们保卫尖塔都城中星语者圣所的时间够长，足以让求救信号发出。求救信号被星域指挥部听到了，并精心安排了回应。作为离多纳托斯最近的军事化星球，阿德拉斯塔波尔和她的骑士们肩负重任，要带领入侵者夺回这个至关重要的星球。所以，我们，会这样做！"

掌声回荡在房间里，人们高喊着复仇誓言。

托尔温说："但这并不是这个星球勇敢的民兵组织取得的唯一成功。在被迫退回潘塔克霍斯特之前，科尔格指挥官麾下的一个团，那群勇敢的保皇派成功地进行了一次破坏行动，可能会让我们迅速取得这场战争的胜利。指挥官？"

科尔格睁大了眼睛，因为他发现自己突然成了众人关注的焦点。尽管脖子上挂着沉重的忏悔石，这位指挥官还是挺直了脖子。他走上前去，接过骑士马科斯递过来的控制权杖，花了片刻熟悉它的工作原理。科尔格犹豫不决地对着全息图像比划着，试了几次之后，成功地重新打开了多纳托斯的普里穆斯大陆的地图。指挥官滚动着图像，直到显示出半岛滩头阵地北部的一个地区，那里看起来大多是巨大的、黑乎乎的火山口，工业扩张在那里中断了。

"根据机械教修会提供的情报，"科尔格开始说道，他的声音刺耳而又沙哑，但越来越有自信，"坚石要塞有——曾经有过——两个主要的动力源。一个在大陆南部的半岛工厂，另一个位于赤道以北的银金矿山谷。"

"你的手下把一个动力源炸上了天！"大元帅谭·米诺托斯叫道，深表赞同。

科尔格回答道："嗯……是的，阁下。银金矿山谷坐落于居民区的层峦叠嶂之中，防卫森严。只有穿过重兵把守、戒备森严的峡谷，深入大陆才能到达，它上方还有从山顶投射出的双层虚空护罩保护。即使我们全力作战，一旦坚石要塞转而攻击我们，我们就攻不下那里了。不过，幸运的是，第十九军团的几名士兵一直……呃……好吧，战争爆发前，他们通过在半岛的工厂里招揽生意，额外赚了些钱。"在科尔格继续说的时候，托尔温暗自叹息。至尊王想，他不算是个坏军官，但治军不严纵容了犯罪。难怪腐败蔓延得如此之快。

"那些人知道隧道，废弃的污水管道在半岛工厂下面延伸了数千米，并一直延伸到初级等离子体发电厂的下面。一个团，整个第十九团，带着我们能凑齐的所有炸药和热熔武器进去了。无人生还。"科尔格卡壳了一下，眼中透出忧虑。他继续说道："他们成功地完成了任务。他们把半岛工厂的发电机炸上了天。"指挥官在结束他的叙述时，表情既悲伤又骄傲。他的双肩耷拉了下来，仿佛讲完这个故事耗尽了他仅有的一点精神。

骑士马科斯向科尔格点头致谢，平静地收回了控制权杖。

"爆炸的结果立竿见影。"他边说边将地图放大，显示出整个大陆的情况，"一个动力源被摧毁，所以为坚石要塞提供动力的重任完全落在了银金矿山谷的动力源身上。它无法胜任这个任务。虽然我们的鸟卜仪扫描结果显示银金矿山谷动力源还在全力运行，但敌人似乎被迫牺牲了一些外围防御工事，以免丢掉全部防御工事。此外，爆炸席卷而来的力量摧毁了最靠近半岛工厂的坚石要塞。在几个小时后，敌人就失去了他们在赤道以南的优势。"

至尊王宣布："而这，是我们的幸运。正是基于这个原因，我们选定了最初的空降点。等我们的滩头阵地安全了，我们将向北推进，击退我们面前的敌人。一旦他们失去了坚石要塞，我们面对的许多敌人就跟乌合之众差不多了。当然，他们很狂热，但不是骑士和训练有素、忠心耿耿的帝国防卫军士兵的对手。"

子爵杰朗特抚摸着伤痕累累的下巴，边点头边说道："单刀直入，直击要害。趁着敌人的防御仍很薄弱，我们干脆向银金矿山谷进军，也将其摧毁。"

至尊王露出了爽朗的笑容，说道："正是如此，老朋友。一旦除掉坚石要塞，我们的敌人就会对骑士机甲大规模的冲锋束手无策。他们的防空系统将被一举歼灭，他们的反轨道能力也将荡然无存。即使有这些叛徒星际战士参战，我们也会战胜敌人，与那些留在北半球的保皇派部队联合作战，彻底粉碎叛乱。"

劳蕾特·谭·佩加森说："这是个大胆的计划，陛下。"

"一个简单而有效的计划。"大公邓肯·谭·怀沃恩补充道，语气急切，"听起来很光荣。只希望我们的盟友能够跟我们齐头并进。"

星界军的军官们对这种含沙射影的侮辱感到愤怒。至尊王托尔温被怀沃恩的不够圆滑激怒了，这已经不是第一次出现这种情况了。

上校布罗斯特冷静地回答："我向您保证，陛下，卡迪亚军团的人都不会拖后腿。"

"坦霍利斯和穆布拉克西斯军团的人也不会拖后腿，"艾丽西娅·卡·曼蒂克斯流畅地接过了话头，让周围几乎忘记了她的存在的男人们大吃一惊，"但还要讨论具体的细节。备战方面，要计划打击路线。策划这次进攻，星界军、帝国海军和所有地方领导人都将发挥不可估量的作用，我想我是在代表所有这些优秀而高贵的阿德拉斯塔波尔骑士发言。"

托尔温对杰朗特和他的伴侣感激地笑了笑。他真心理解，他的老战友怎么会如此彻底地爱上那个才华横溢的女人。

"正是如此。但是，我的朋友们，这就是我们来这里的原因。让我们所有人一起统筹规划战争，让多纳托斯重回帝皇的恩典之下。上尉沃斯特里，不如你先给我们介绍一下帝国海军对行星战略事务的看法，然后我们再从中着手。"

当海军上尉走上前去，开始汇报的时候，至尊王微笑起来。他们已经欣然接受了他的计划，没有任何异议。现在，正如他计划的那样，可以开始重新征服了。让他们讨论具体的细节，感觉好像在策划即将到来的战争时，所有人都同等重要——托尔温明白一个指挥官有必要安抚下属和盟友的自尊心。他将在多纳托斯赢得胜利，以帝皇的名义赢得胜利。

第三章

　　荣耀时刻已经近在咫尺。他的指尖拂过它。他脖子后面传来一股热烘烘的气息，他的眼睛因充血而变得血红，头痛压迫着他的头颅，让他觉得耳中嗡嗡作响。瓦拉克洛尔感觉到兽人之神的恩宠像幽灵般的火焰在他周围燃烧，它只带来了刺痛感，空气中只有淡淡的烟味。然而威胁足够真实。成功了，那些火焰就会流入他的体内，将他的凡胎浊骨重塑成和火焰本身一样神圣的东西；失败了，那些火焰就会彻底吞噬他。

　　如果他直面自己内心的话，黑暗使徒发现危险令人陶醉。他能感觉到周围的遮蔽物在渐渐变薄，亚空间从四面八方向内挤压。他站在悬崖边上，冒着被瀑布冲下去的风险。进入肺部的每一次吸气都带着能量，每一次呼气都凝结了潜能。他不知道这群咩咩叫的帝国绵羊是怎样过着枯燥无味的生活。也许他们只是愚蠢，能力不足。

　　想这个问题有失他的身份，而且黑暗诸神的工作还没有完成。瓦拉克洛尔被他一时的心烦意乱所激怒，他从幻想中挣脱了出来。

　　哥特罗戈尔低沉地说道："这种情况发生得越来越频繁了。你的思想离开了我们，它必须回来。"

　　瓦拉克洛尔怒视他的保镖，但终结者那面无表情的头盔没有给出任何回应。保镖的护目镜上映出了黑暗使徒的面容。一张拼接而成的人肉面具——这个红色面罩由八个星球总督的血肉拼凑而成。凶狠、布满血丝的眼睛透过八个尖叫的受害者被盗的眼窝凝视着。三根带刺的角像王冠一样从覆盖在他头皮上的一丛电缆中升起。许多人称之为恶魔，但瓦拉克洛尔知道得更清楚。而且他知道，他的保镖没有说错。

　　他回应道："兽人之神的祝福，紧压在我心头。但我会保持专注。我是这股力量的主人。"

　　哥特罗戈尔没有回话。他只是沉默地赫然耸立，身形巨大，长着獠牙，陶钢镀层和塑钢上镶嵌有尖刺，盔甲的动力装置发出嗡鸣声。他们站在被洗劫一空的房间里，到处都是这种声音。他的身躯如此庞大，以至于他的护肩甲板几乎刮到了天花板。瓦拉克洛尔的保镖全副武装，体形是黑暗使徒的两倍大小。他让任何空间都显得局促。

并不是说这个地方一开始就很大。这只是个仆人的房间，某个自认为很重要的卑微的人类管理者。事实上，房间的前任主人还在这里。他的身体已破碎，被铁丝网缠成一团挂在房间的电烛台上，而他的血在几天前就被用来在房间的地板上涂抹了八角星。他曾经是这个发电厂综合设施的负责人。尽管这个被杀害的管理员很悲惨，但他已经是那些怀言者所能找到的最有价值的祭品了。

"现在，我不会失败的，哥特罗戈尔。"黑暗使徒说道，几乎是自言自语，"我不会把这种残羹剩饭喂给黑暗诸神的。他们渴望第九次盛宴，我必须奉上，不然就见鬼去吧。"

"是。"哥特罗戈尔回答道，他的声音十分低沉，震得散落在地板上的玻璃碎片嘎嘎作响。

瓦拉克洛尔又在管理员的房间里逗留了一会儿，整理着自己的思绪，对亚空间持续不断的喧嚣声充耳不闻。现在每一天都是一场斗争，但他能够胜任。他的军队在等待他。

黑暗使徒往身后扫了一眼他那件潦草地涂满了符文的羊皮斗篷，推开办公室天鹰座形状的门，大步走到外面的阳台上。在他的上方，天空突然变得开阔，翻滚的云层和噼啪作响的红色闪电在穹顶形成了一个拱形的旋涡。在他的眼前，银金矿山谷像某种庞大的机器一样伸展开去。这景象如此宏大而又错综复杂，即使是疲惫不堪的瓦拉克洛尔也不得不承认它的壮观。大神庙和锻造厂向四面八方延伸，中间散布着冷却剂塔、交换器神殿和电雾能量塔。整齐的网格状钢筋混凝土运输通道贯穿其中，把这个庞大的工业城市划成整齐的街区。机械教修会有序的、封闭的思维在这里得到了充分的体现。在瓦拉克洛尔的背后，耸立着巨大的发电厂二号大厦。它的孪生兄弟——一号大厦和三号大厦——位于它的两侧，每个与它都相距1.6千米。每一座大厦都是宏伟的工程，令人叹为观止，有管道、哥特式的排气塔、电容器神龛和规模庞大的装甲侧翼。瓦拉克洛尔感觉能量冲刷过它们身上，听到它们为维持大陆上坚石要塞的运行而发出稳定的嘎吱声。黑暗机械教修会的机仆们像蛛形纲动物一样在巨大的发电厂里爬来爬去,不知疲倦地劳作着,以维持机械装置超负荷的运转。

整个城市,从它巨大的工业中心,到环绕其外围的破败不堪的工人居民区,都在一个巨大的石头拳头里。四周群山耸立,高耸入云、饱经风蚀的石块和嶙峋的峭壁上遍布着隧道和防御设施发出的耀眼灯光。在最北边的山顶上——当地人称之为铁峰——坐落着坚石要塞,它的巨型加农炮和导弹炮台闪动着黑色的放电光球。其他的山顶,一共五座,则是虚空盾生成器的所在地,正是它们在瓦拉克洛尔头顶上方的高空筑起了一道无形的屏障。它是一个经过美化的发电厂,但它也无心掩饰自己的本质。它是一座要塞,而且令人敬畏。

当然,如果没有军队的保卫,即使是最雄伟的要塞也毫无用处。黑暗使徒踱步来到阳台破碎的边缘,俯视着下面。在他下面几百米的地方,多纳托斯的背叛者成群结队,挤满了宽1.6千米的无情劳作广场。成千上万的行星防御部队、劳工帮会的农奴、变异的底层居民和狂热的邪教徒,从下面抬头凝视他们的主人,对着天空尖声叫喊,表达他们绝望的崇拜。声音如潮水般涌来,甚至连瓦拉克洛尔适应力极强的感官都快无法承受了。他知道,更多的崇拜者包围了广场的四面八方,簇拥在工厂的窗口,把街道挤得水泄不通,希望能一睹救世主的风采。这个想法让他的脸上露出了一个恶毒的奸笑,他那八个最强大的受害者组成的面孔无助地与他一起奸笑。是的,是的。荣耀时刻已经近在咫尺。

瓦拉克洛尔对着遭受重创的天空举起双臂,启动了内置于盔甲颈甲处的通信器扩音器。

"多纳托斯的子民们,"他低沉的声音隆隆作响,犹如神祇,穿透了人群盲目的咆哮,"寻求救赎的人们啊,伪帝的受害者,我给你们带来了这个星系真神的消息,你们应当欢欣雀跃!"

他的话一出口,下面的喧闹声就变得更加震耳欲聋了。人们挥舞着粗糙的圣像,用枪炮向天空开火,激光爆矢弹拖着细长的流光向上飞去。忠实的信徒们在绝望中叠起了罗汉,一个个踩着下面的人奋力往上爬去,想离他们的救世主更近一些,可瓦拉克洛尔对他们的蔑视愈来愈深。他们甚至都算不上是人类,只能算是适合宰杀的牲畜。然而,即使是这些可怜的畜生,也能派上用场。

他大声呼喊，声音回荡在广场边的高楼大厦中："你们，你们已经揭竿而起了。你们已经从地狱中复活并获得了你们应得的自由。你们极大地取悦了众神！"

听到这番话，人群中传出奉承和歇斯底里的尖叫声，淹没了他的声音。当发电厂大楼前巨大的装甲门打开之时，尖叫的音量加倍了。污浊的烟雾喷涌而出，淡紫色的精神熏香在人群杂乱的边缘翻腾不休。那些吸入熏香的人情绪爆发，他们在旋涡状的烟雾中看不见其他人，不停地捶打着、尖叫着。怀言者走出门口。那些瓦拉克洛尔忠实的、真正的战士，一如既往地遵从他的意志。

当混沌星际战士大步走下大楼的台阶，走进情绪激动的人群中时，不成形的紫红色烟雾飘在他们的身后。身穿深红色盔甲的战士只有三十三人——他的兄弟的一半。其他的兄弟分散在多纳托斯普里穆斯大陆的各处，带领着叛徒大军，在奋力消灭残余的一小撮保皇派抵抗力量。这并不重要。哪怕只有一个怀言者，在下面纷乱的人群中也会像灯塔一样超然于众。他们三十二个人，仅凭自身存在，似乎就比他们周围的数千人还要有气势。

人群中那些看到怀言者的人都匍匐在地，或是跪倒，疯狂地敬拜。狂热的信徒从后面争先恐后地涌来，想要一睹他们所谓的救世主的风采。许多人被踩伤，骨头碎裂，鲜血染红了地面。可怜的尖叫声淹没在人群愚蠢的叫声中。瓦拉克洛尔凭借敏锐的感官，听到了每一声惨叫，这让他残忍的笑容变得更为明显。

黑暗使徒吼道："有价值的人将成为神选之子！"话音刚落，那些混沌星际战士就开始在人群中穿行。他们将那些速度太慢的人拍到一边，清出道路，每一次无情的挥击都会让那些人的骨头断裂。怀言者们假装要在人群中寻找某种具有难以形容的品质的人，他们带角的头盔和扭曲的、伤痕累累的脸庞四处搜寻着。和往常一样，首先进行挑选的是达克萨。瓦拉克洛尔轻蔑地想着，太心急了。期待、群众暴动、选择导致的狂喜和恐怖，这都是仪式的一部分，不应该操之过急。然而达克萨渴望流血，因为红色魔主牢牢地控制着他的灵魂。在他身上，耐心这种美德已经越来越少了。

达克萨的铠甲上布满了血淋淋的肉钩，他走到人群中，抓住了一名民兵破烂制服的前襟。怀言者毫不费力地把这个士兵从人群中举了起来，像举着某种奇怪的战利品一样把他举得高高的。被选中的人既恐惧又欢喜地哭了起来，完全被强烈的情绪所控制，像布娃娃一样全身发抖。

瓦拉克洛尔宣布道："第一个！还有谁会被发现有价值？你们中间还有谁当在众神面前受到祝福？谁赢得了他们的赠礼？"人群中传来疯狂的哀求哭泣，人们疯狂地宣称自己有价值。有些人互相攻击，想当场用暴力来证明。密集拥挤的人群陷入了暴动之中，人们尖叫着，试图保护自己，而拳脚如雨，从四面八方袭来。怀言者们无视这些野蛮的混战，从人群中扯出他们选好的人。男人和女人被高高举起，而周围那些没有被选中的人则哀号起来，痛苦地撕裂自己的衣服。瓦拉克洛尔放声狂笑，因为他看到一个被选中的人被人群中的其他几个人抓住了，他们满怀嫉妒之情，试图把他从怀言者的手中拖出来。那个怀言者叫卡索尔科尔，他把自己的战利品从那些紧紧抓着的手里提了起来，漫不经心地对离他最近的一个碍事的人反手一击。那个女人被这一击折断了脖子，她毫无生机的身体被甩在了众人的头顶上。瓦拉克洛尔听到了这一切，仿佛他站在拥挤的人群中间，对卡索尔科尔的不屑感同身受。在这之后，没人再尝试打断他们的选择了。

"众神的战士们也看到了你们当中最有价值的人！"瓦拉克洛尔喊道，用一根带爪的手指指着人群，"也看到了那些优秀的人，他们被赋予了更伟大的命运！"

听到他的话，怀言者们一齐转身，开出一条路，回到发电厂那些高耸的大门前。当他们消失在缭绕的紫红色烟雾中时，每个战士都扛着一个多纳托斯人。那些多纳托斯人在他们的背后挣扎不休，痛苦地狠命撞在门上。黑暗使徒任由混乱持续了片刻，然后吼出了一个词。

"安静！"

随后人群就安静了下来，只传来了一些呻吟声，那是那些太麻木或太痛苦而无法服从指令的人发出的。安静来得那么突然，似乎是超自然的。成千上万张面孔仰视着瓦拉克洛尔，他们的表情饱含哀求，或满怀恐惧，或两者兼而有之。

黑暗使徒说："有价值的人已经成为神选之子。但你们所有人的内心都充满力量，也能成为神选之子。你们只需要向诸神证明自己。你们想摆脱凡间的枷锁吗？"

瓦拉克洛尔跳到了破损阳台的边上，蹲在阳台布满弹痕的突出部分，活像某种恶魔石像鬼。他的羊皮斗篷在肩上飞起又落下，像翅膀一样。在他的下方，疯狂的众人大吼着说出了他们的答案，活像一个怪物在咆哮，只有一个声音。

"是的。"

"你们想从污秽中挣脱吗？想从痛苦中挣脱吗？想从凡间的奴役中挣脱吗？"

"是的，"他们怒吼道，不知道他们想要的是什么。

"为了赢得众神的青睐，你们会不惜一切代价吗？"

"是的。"他们尖叫着，瓦拉克洛尔细细品味着他凌驾于盲目人群之上的控制权。在下方发电厂的内部，被选中的人将为他们的命运做好准备。在这里，无数的傻瓜低声诉说他们的欲望，想要加入他们的行列。他们会不惜一切代价来赢得他提供的奖励。是的，荣耀时刻就近在咫尺了。

瓦拉克洛尔喊道："那就战斗吧！为你们的新神而战。为展现你们的忠诚、你们的价值而战。就在此时，伪帝的恶犬正在这个星球上逍遥自在，他们想夺走你们新获得的自由。"

听了这番话，人群中响起了愤怒的尖叫声、怒吼声。所有的疯狂和深渊般的怒意袭来，黑暗使徒就像喝了血酒一样被这样的情绪感染了，感觉自己的神经在歌唱。

"他们之所以来到这个星球，是因为他们想用尽一切办法夺走你的希望。想用尽一切办法，把他们的靴子踩在你们的背上。想用尽一切办法，强行把你们的脸再次埋入污秽。"这可能性很小，瓦拉克洛尔心怀残酷的乐趣想着。帝国的入侵者只想让这些叛徒血债血偿。尽管如此，他的话还是起到了预期的效果。

愤怒如火焰风暴般在这群暴徒中燃烧。他们的愤怒和恐惧像新星一般炽热。

"敌人已经从那些无力阻止他们的人手中夺走了潘塔克霍斯特！"瓦拉克洛尔小心地让他的声音中充满了恰到好处的轻蔑、失望和愤怒的混合情绪。众人对这些情绪感同身受，并咆哮着喊出他们对复仇的渴望。

"他们会大摇大摆地前进，如入无人之境吗？"

"不。"人群齐声咆哮。

"他们能打败我面前的忠诚勇士吗？"

"不。"他们又吼道。

"难道你们要容许伪帝夺回这个星球，并窃取真神的应得之物吗？"

"不。"他们怒吼道。瓦拉克洛尔尽情享受着从他面前这群人的虔诚和愚蠢中得到的乐趣。

他喊道："那就去吧！去吧！把这个消息传给所有你遇到的人！不惜一切代价，都要把帝国的奴隶们赶回去。你们将证明自己的价值。你们也将成为神选之子！"

瓦拉克洛尔转身背对他的崇拜者，任由他们吃力地从广场上挤出去。他们当中的牧师和军官会利用他们的热情，引导他们的力量。他已经对他们失去了兴趣。在下面他的神秘圣地里，还有更重要的事情等着他。黑暗使徒又消失在发电厂的血色阴影中，哥特罗戈尔可怕的脚步声在他身后砰砰作响。

在被破坏的发电厂深处，经过引擎室、导线管集合体，以及超重型坦克大小的不可思议地相互纠缠的机械，就到了瓦拉克洛尔的神秘圣地。那些怀言者已经将这栋建筑中供奉万机之神的主神龛改造一新，把那些科技神像扔到了地上，在它们原本的位置上竖起了黑暗诸神的雕像和圣像，表面都爬满了杂乱无章的符文。那些机仆被扯下了他们的工作岗位，并被吊在十字架上、可怕的铁丝网托架里。偶尔，当邪恶生命的微光从他们身上掠过时，他们还会蠕动和呻吟。电烛台和火炉坑燃烧着黑色的火焰，紫红色的烟雾从火焰中翻腾升起，天花板上挂着一颗巨大的八角星。

当瓦拉克洛尔进入神秘圣地时，那些被选中的人已经在那儿了。他们脸色苍白，浑身发抖，站在八角星下，围成一个完美的圆圈，间隔均匀。他们谁也无法忽视那些陈旧的血迹，从他们站的地方一直通向放在房间地板上的那只宽宽的铜盘。每一个被选中的人身后都站着一个怀言者，牢牢地抓住他所负责的人的肩膀，确保他们无法改变主意。黑暗使徒的进入，让那些被选中的人因惊讶和恐惧而颤抖起来。大多数人从未近距离见过他们的拯救者。到目前为止，他们中的一些人已经开始质疑叛乱是否明智了。至少，那些肺里弥漫着恶魔的熏香还能清醒思考的人已经开始质疑了。遗憾的是，现在要放弃自己的罪孽已经太迟了，太迟了。

瓦拉克洛尔能看到一些恶魔的面孔在他的眼角余光处闪烁，他无视这些幻象，带着温暖的笑容说道："诸位神选之子，你们是最有价值的人。你们适合诸神的眷顾，也适合他们的餐桌。"听到这番残酷的话，那些最警觉的受害者脸上出现了真正的恐慌。其余的人则看着熏香的云雾向他们展示的景象，茫然地瞪大了眼睛，有人哭了，有人歇斯底里地笑了。这并不重要。他们没人能离开，哪儿也去不了。

黑暗使徒一声令下，三十二名怀言者拔出祭祀之剑，高高举起。同时，瓦拉克洛尔大步走向了圆圈的中心，留下哥特罗戈尔伫立在圆圈的边上。黑暗使徒开始了吟诵，黑暗的、长短不一的咒语，使神秘圣地中的光线减弱，阴影跳跃着，匍匐而行。他在铜盘前停了下来，举起剑划过他覆有铠甲的手掌。瓦拉克洛尔已经很久没有真正脱下他的铠甲了，在他的剑刃亲吻下，他覆有铠甲的手掌裂开了，黑色的血液流了出来，像酸液一样嗞嗞作响，喷溅到献祭用的洗礼盘里。

瓦拉克洛尔喊道："什泽奇、索西尔、克扎克、赫扎恩。"现实的景象在这句话中抖动起来。他的追随者们重复着这句吟诵，声音充满威胁，极为怪异，冷酷而又残忍。追随者们将以血献祭……

说完最后一句讲道词，瓦拉克洛尔的吟诵结束了。

柱子的底座脱离了洗礼盘，火与血在空中旋转起来。它们融为一体，炽热和严寒倾泻而下。之后，随着最后一声内爆的巨响，它们稳定下来，成为现实中一个发光的洞。

从那可怕的裂口吹出一阵酸臭的风，带着未知虚空的恶臭。火焰在洞的外围跳动不休，虽然它像隧道入口一样悬在空中，但鲜血缓缓地滴入那个裂口，仿佛滴进了某个可怕的无底深渊。

瓦拉克洛尔跪了下来，他所有的兄弟也都跟着跪了下来，只有哥特罗戈尔没有。黑暗使徒感受到了居住在那些无尽阴影中的东西的可怕注视，那潜伏在遮蔽物之外的存在就像童话故事中躲在洞穴里的食人魔一样。然而这个怪物太真实了，虽然瓦拉克洛尔很强大，但他只要一想到那东西从它的洞穴里爬出来，就感到前所未有的恐惧。怀言者与许多恶魔进行过交易，但很少有像那个黑暗中的存在那样可怕的。

沉默持续了很长时间，变得越来越令人难以忍受。

"听我说，哦，恶魔。"瓦拉克洛尔最后开了口，意识到这个存在在等待被人呼唤。

"瓦拉克洛尔——"那东西的声音从深渊里传了出来，是一种滑溜溜的死亡之声，黑暗使徒做了个鬼脸，话音如蛛丝般拂过他的肌肤，轻飘飘的、湿漉漉的。

"我给你带来了一份祭品，按老规矩，就像以前一样。"瓦拉克洛尔吟诵道，"叛徒的血、无辜者的血、违背意愿所取的血，在兽人之神的眼前献上。"

一时间，除了那懒洋洋的、冰冷的微风外，什么都没有出现。在神秘圣地遥远的另一头，曾经的合唱池里，一个巨大的影子动了动，发出不满的隆隆声。瓦拉克洛尔没有理会它，他的注意力完全集中在那个现实中旋转的洞上。

如果把目光移开，就是对那个黑暗中的存在的不尊重，这样做就会招致它可怕的诅咒。终于，传来了恶魔的声音。

"很好——"

"这让我很高兴。"瓦拉克洛尔说道，他努力不让他的声音流露出释然之意。在恶魔面前，绝不能表现出一丝一毫的软弱。那些老战友都因为表现出软弱而失去了灵魂。

"你有什么愿望？"

这个问题充满了无言的威胁，瓦拉克洛尔的心脏跳得更快了，因为他看到了黑暗之中有什么东西像眼睛一样闪烁。他用尽全力，才在回答时将目光牢牢地定在那道亚空间的裂缝上。

"我要和那个说谎者进行交流。"他说，没去理会他的一个鼻孔里滴下的黑色的血液，"我想知道我们敌人的计划。"

很长一段时间，寂静无声。瓦拉克洛尔感到有什么可怕的东西在他的皮肤上到处蠕动。他意识到那些四处摸索、昆虫似的东西正扭动着从他的盔甲缝里匆忙钻出，一只眼睛下面的肌肉抽搐不已。其中一只爬进他的喉咙，并滚过他的舌头，它的腿到处乱动，触角盲目地拍打着。他拼命克制自己，不让自己呕吐出来。最后，就在他以为自己再也受不了的时候，那个恶魔回答了他的问题。

"好吧——"

昆虫似的存在消失了，瓦拉克洛尔松了一口气，满心轻松，裂缝内的恐怖存在也退回了黑暗中。几秒钟的时间像焦油滴落一样缓慢，合唱池里的庞大身影又微微动了一下。然后，黑暗中传来一个声音。听不出性别，带着回声，几乎算不上是耳语。然而在瓦拉克洛尔强化过的感官中，感知得一清二楚，听到这声音，他又恢复了信心。

那个声音传来："我在跟谁说话？"

"你可以称我为瓦拉克洛尔，怀言者的黑暗使徒，抄写之刃的主人，统治这个星球的混沌之主。"

那个身处远方的人低声说道："幸会，瓦拉克洛尔大人。"

黑暗使徒逼问道："那你是什么人？以前你曾经通过恶魔对我说话。要向那个黑暗中的存在乞求恩惠，你必须得到众神的眷顾，但你声称自己是这个星球上帝国军队的一员。这怎么可能呢？"

虚空中冰冷的气息在他身上缓慢爬行。幽暗的火光闪烁，恶魔的威胁就像一层阴影笼罩在所有人的身上。最后，终于传来了回答。

那声音回答道："我是你的盟友，大人。我是谁并不重要，重要的是我能告诉你什么。帝国的远征军已经来到了这个星球，军力十分强大。但在他们制订征服计划时，我就身处他们中间。我可以告诉你打败他们所需要的一切，而且正如我之前所承诺的那样，我给你们带来了武器，能让你们彻底取得胜利。如果你愿意履行我们的交易的话？"

瓦拉克洛尔回答道："我会按你的要求帮助你获得权力，只要你按我的要求为我提供帮助。但你要知道，恶魔的契约不会轻易破裂。如果你欺骗我，盟友，我会用火焰把你的灵魂从身体里逼出来，然后喂给复仇女神。"

低低的声音传来："我明白了，大人。我是你忠诚的仆人。你不用怕我。"

瓦拉克洛尔冷笑着，用黑色的舌头舔着尖尖的獠牙。"是的，我不怕你。现在，把你知道的一切都告诉我吧。"

低低的声音说道："照您的吩咐。在多纳托斯登陆的远征军是由至尊王托尔温·谭·德拉科尼斯率领的，他是德拉科尼斯家族的领主，也是阿德拉斯塔波尔骑士星球的统治者……"

随着那个声音缓缓的述说，在怀言者神秘圣地的黑暗之中，帝国军队的秘密被揭露出来。瓦拉克洛尔把每一个细节都牢记于心，并和他的叛徒盟友一起密谋击垮他的敌人。

第四章

　　在多纳托斯战役的初期，阿德拉斯塔波尔的骑士和他们的盟友必须从半岛的瓶颈之处向北推进。俗话说得好，被遏制的敌人就是被打败的敌人。国王托尔温派出了几十支先锋部队，每一支都有星界军的侦察组随行。他们的任务很简单——他们要通过侦察敌人的阵地，确保运输路线和大部分帝国军队前进的走廊安全，为部队大规模推进银金矿山谷铺平道路。作为集结点、撤退集结点和次要防御工事的理想地点被确认没问题后，在鸟卜仪上它们会被发光的符文标记出来。虽然这不是一场光荣的战斗，但却是必要且有益的。骑士们全副武装地前进着，他们的机甲迈着高贵的步伐穿过荒原。

　　美丽的阿德拉斯塔波尔是一个崎岖不平的星球，有许多广阔的平原和雄伟崎岖的大片草原。

　　多纳托斯却从来不是这般景象。最初人类把它转变成了一个工业区。现在，它又被叛徒弄得残缺不全。对于那些勇敢的骑士来说，这里一定是真正的地狱，因为他们早已习惯了简朴美丽的家乡和广阔蔚蓝的天空。多纳托斯是一个伤痕累累的工业混乱地带，而且这种混乱似乎永远不会结束。灰蒙蒙的工业城市杂乱扩张，纵横交错着有裂缝的钢筋混凝土高速公路，每一条都很宽，足够六架机甲并驾齐驱。在这些交通干线的周围，矗立着炼油厂综合设施、发电神殿、制造厂、机仆车间、武器店、坦克工厂、军火传送带、工人居民区和其他上千种金属和石头堆砌的怪物。它们聚集在一起，像城市丛林一样。在某些地方，这些建筑高耸入云，甚至连高大的骑士机甲在其阴影中也会自觉渺小。狭窄的道路网格、小巷和管道像毛细血管一样散布在这些建筑之间。许多建筑都有阴森的雕像、巨大的由骷髅和齿轮组成的机械教修会圣像、工业焚香炉和其他阴森的哥特式华丽装饰。根据目击者的叙述，许多装饰已被叛乱分子在战斗中损坏或污损，上面装饰的图案和旗帜代表了毁灭性力量的威力。万机之神的雕像被推倒打碎，散落在道路上。尸体悬挂在高耸的建筑物上摇来摆去，令人毛骨悚然。那些拒绝与异端邪说同流合污的人，他们的遗骸正在腐烂。

据记载，年轻的达尼亚尔·谭·德拉科尼斯参加了这次探查行动，他在传令官马科斯·达·德拉科尼斯率领的一支先锋部队中，由他从骑士侍从时期就交好的朋友卢克·谭·奇迈罗斯陪同。

在伦纳德·科瓦什少校手下的卡迪亚士兵的护送下，他们沿着多纳托斯的普里穆斯大陆的东海岸行进，除了帝国海军含糊地许诺会有空中掩护以外，有很长一段路他们都孤立无援……

——摘自森德拉格霍斯特的著作
《阿德拉斯塔波尔的智者战略·第十七卷 多纳托斯叛乱》

卢克·谭·奇迈罗斯挥舞着离子盾牌，抽动左手的触控手套重新调整。子弹击中它的时候，半透明的能量场在激光中闪烁，却没有对他造成任何伤害。

"谭·奇迈罗斯，别再浪费时间了。小伙子，那些邪教分子拿来开火的是激光枪，不是激光加农炮。"

当马科斯·达·德拉科尼斯在通信器中厉声向他发号施令时，子爵杰朗特的儿子皱起了眉头。

"我现在知道了，骑士马科斯，但我并不确定他们所使用的武器。我听从您的直接命令，谨慎行事——"

马科斯粗暴地打断了他的话："我不需要你对我重复我的话，小子。我说过，在敌人的地盘上要谨慎行事，而不是每次有人用流明照你的方向时，你就缩在盾牌后面。如果我要让你和达尼亚尔作为这次前进的冲锋助手，我就不会让你见到个影子就跳来跳去，弄得我看起来像个傻瓜。"

卢克按捺住想要为自己辩护的怒意。他认识马科斯·达·德拉科尼斯已经很多年了。在那段时间里，他明白了和传令官顶嘴只会让事情变得更糟。马科斯非常肯定，从战争到宫廷礼仪，从美酒到姑娘，在每一件事情上，他都比乳臭未干的骑士侍从懂得更多。至少在最后这一点上，卢克自以为是地觉得他可以教给这只伤痕累累的老军犬一些东西。当他的骑士机甲猛然震荡不已的时候，他的傻笑渐渐消失了。撞击警报声响起，他的控制板上有几盏绿灯变成了琥珀色。

"被击中了!"马科斯气愤地喊道,"他前一分钟还像女仆躲着蜘蛛一样东躲西藏,下一分钟就直愣愣地站在这里任由他们射杀。"

卢克很生气,检查了一下鸟卜仪。前面是交战的居民区大厦,他的两侧只有大片的钢筋混凝土。要找到攻击他的人并不难,一辆简单改装过的炮车已经绕过他的盾牌,正在用大口径武器朝他开火。他咆哮一声,机械王座上的鬼魂也发出了回应,年轻的骑士操控他的骑士机甲转向。英雄之剑流畅地响应了他的命令,以腰间的万向节为轴心转过身来,迈出了一步,震得地面晃动不止。卢克开了火,机甲的重机枪怒吼起来,将临时搭建的简易炮车拆成了两半。车子的引擎爆炸了,卢克通过感觉中枢满意地注视着它的燃烧。

"那儿,死了。"卢克真讨厌自己说这话时听起来那么暴躁,但马科斯·达·德拉科尼斯总是有办法激怒他。

"很英勇嘛。"马科斯哼了一声作为回应,卢克一边咆哮一边扫射,将几个从那辆地面车残骸中逃出来的邪教徒打倒在地。

卢克下定决心不再犯错误,他心念一动,扩大了自己鸟卜仪的探测范围。符文在他眼前游走,他花了好一会儿才完全读取了视网膜上滚动的信息。他和马科斯手下的那些骑士正站在一块巨大的工业用地上,这是一块宽八十千米的钢筋混凝土平地,存放过无数喀迈拉坦克底盘。这些坦克现在都不见了,被叛徒或保皇派暂时征用了。

它们原先所在的位置只剩下了灰色的废墟和一摊摊油污。在骑士机甲的影子里,停着一辆笨重的圣物维保士的爬行者。这是一辆装饰华丽的交通工具,车身下面有八个充气装甲轮胎,几乎和一辆超重型主战坦克一样大。爬行者的电枢钻机被加长了,它的维修吊臂上挤满了圣物维保士和机仆,他们正在对马科斯的骑士机甲进行小规模维修。

马科斯在通信器中发话了:"达尼亚尔,你干掉那些叛徒坦克了吗,小伙子?"

达尼亚尔的游侠骑士机甲就在前面,高耸的居民区大厦俯瞰整个地区,他就守在大厦之间的空隙处。

他回答道:"是的,骑士马科斯,全部摧毁了。"

"干得好。"马科斯哼了一声,卢克听到他在切换频道,"科瓦什少校,你听到了吗?不会再有异教徒加入战争舞会了。"

"我听到了，骑士马科斯。"那位卡迪亚军官的声音在他们共用的频率上噼里啪啦地响了起来，"请向骑士达尼亚尔转达我们的感谢。这里差不多安全了。"

这令卢克印象深刻。科瓦什手下的卡迪亚人在二十分钟前进入了居民区大厦，以三百人对付数量疑似过千的叛徒。

卢克在通信器中问道："你需要炮火支援吗，科瓦什少校？"如果可以的话，他渴望协助战斗。

马科斯轻笑一声，说道："小心点，谭·奇迈罗斯，你会得罪人的。"

卢克的问题得到了回答，西边那栋大厦的顶部三层楼发出了一串雷鸣般的爆炸声。窗户一连串地被炸开。玻璃像闪亮的冰雹一样落下，还有燃烧的尸体。在噼啪作响的火焰背景下，一个卡迪亚人的声音在频道里响起。

"居民区安全，正在撤出。"就像是在报告他的给养令人满意一样，他听起来十分平静。帝国防卫军的牛头车已经就位，战斗车辆在大厦入口附近就位，从大厦撤出的卡迪亚人可以迅速登车。

科瓦什的声音传来："狙击小组沃切克、卡斯谭斯、德雷尔，确保屋顶安全。通信器-虚拟化技术，注意入口——先生们，你们知道该怎么做。"

回复声此起彼伏，卡迪亚士兵确认了命令。

爬行者的频道里响起了一个二进制声音："信号确认并许可。位置安全，阵地外加载。"在卢克的鸟卜仪上，新的符文亮起了绿色的光芒，显示这个位置是安全的，在保皇派手中。头顶上，一群赛博小天使短暂地盘旋，自动高声唱起了赞美诗，然后回归它们的主要职责。

"在我面前列队。"卢克的耳边传来了马科斯的声音，"我们沿着四十七号干线向外移动，最远到7-7-9-1那个点。卢克，我要你大步后退五步，掩护左边；达尼亚尔，大步上前四步到我前面，掩护右边。注意协作，让卡迪亚人发号施令。还有，不许乱跑。"

卢克在私人频道里对达尼亚尔说："他是一条卑鄙的老狗。"

达尼亚尔一本正经地答道："他是我父亲的传令官。"但卢克很了解他的朋友，能听出隐藏在礼节背后的消遣意味。"即使在私人频道上，你也要小心别用粗野的话吐槽他。他可没少跟人决斗。"

"哼！"卢克给骑士机甲的动机传动装置供能，大步走入编队阵形中，"欢迎他来考验考验我。"

达尼亚尔轻笑着说："他会把你打得落花流水、满地找牙。现在安静下来，仔细观察你的鸟卜仪。我们现在是在战区。"

在卢克的前方，骑士马科斯那巍峨的守护骑士机甲大步走到了自己的位置上。这台骑士机甲看起来和驾驶它的人一样令人生畏。在虚张声势的自信之下，卢克暗自庆幸，马科斯是他的盟友而不是敌人。不过，这不代表他得喜欢那个粗暴的老怪物。

传令官命令道："来吧，你们这些咯咯笑的伺候人的家伙。加强阵形，留心你们的机械王座。卡迪亚人正在往外移动，我不会让你们中的任何一个人因为掉队而让我们的家族蒙羞。"

达尼亚尔尽职尽责地回答道："是，骑士马科斯。"卢克翻了个白眼，大步走到战友们身后。他们操控着自己的骑士机甲在居民区之间穿梭。这将是漫长的一天。

在卢克的计时器上，时间嘀嗒嘀嗒地流逝着。他们的先锋部队沿着海边公路在高耸、残破的建筑物之间向前推进，数分钟慢慢变成了数小时。他的机械王座在喃喃自语。骑士授封礼结束之后，他依然难以清晰辨认其鬼魂的声音。卡迪亚人开着牛头车在骑士机甲沉重的脚步声中隆隆前行，荷枪实弹，随时准备战斗，但敌人并没有现身。

不过，每到一处他们看到的亵渎和残忍的景象，都让年轻的骑士们更加痛恨叛军。

"怎么会有人这样做？"卢克问道，与其说是问他的战友，不如说是问他自己。

"我不知道。"达尼亚尔回答道，声音不稳，"太可怕了。"

骑士马科斯低声咆哮道："恐惧，绝望。这样或那样的弱点。别试图去理解异教徒，小伙子们。只要杀了他们就好。"

达尼亚尔答道："森德拉霍斯特写道，了解你的敌人是打败他的第一步。我希望我能理解是什么样的悲哀或谎言能让善良的帝国公民对这样的异端邪说深信不疑。"马科斯突然生气了，唾骂道："书本，不能代替钢制武器和勇气胆量。你无需理解他们的悲哀，孩子。你得像清除异端垃圾一样把他们从银河系的表面清除。我们是德拉科尼斯家族的骑士，不是神殿缮写室里的三流作家。"

"我的意思只是……"达尼亚尔开了口，他的语气充满了防备，但马科斯打断了他的话。

"我知道你的意思，孩子。'智者战略'并非一无是处，但这是战斗，而不是天龙尖塔的图书馆！我们此刻不是在对战争进行理论分析，达尼亚尔。我们正处于一场战争中，而你们两个人就像高原草地一样青葱。所以，别再胡思乱想了，在那些异教徒拔掉我们机械王座的电源抓住我们之前，先仔细观察你那该死的鸟卜仪吧。"

在这次唇枪舌剑中，卢克犯怵了。他为朋友被训斥感到不快，怒火中烧，想要为朋友辩解，但他抑制住了。现在那么做无济于事。此外，他们正接近一座宽阔的拱形桥，桥下是条石油化学品的河流。即使从远处看，卢克也能看出这对他们不利。

"在前面。"卢克说道，打破了令人不舒服的沉默。

马科斯回答说："我看见他们了，那些可怜虫。"

在那座桥面宽阔的大桥中间，一个摇摇欲坠的大理石拱门下，那些异教徒筑起了一道路障。被毁的民用车辆、战损的防御部队坦克、沉重的钢筋混凝土块，以及异教徒们所能搜集到的所有碎石被堆得又高又厚。每一段都用偷来的金属钢筋加固，而路障的顶上是一团乱七八糟的铁丝网，突出的尖刺上都是污秽之物。

卢克增加了他的鸟卜仪放大倍数，在标准视图上分层加载了热能探查滤镜。

他说："他们那儿人数众多，成百上千。"

达尼亚尔的骑士机甲在桥头停了下来，等待着它的同伴，但王子没有回答，反而是卡迪亚人的首领科瓦什少校在通信器中发了言。

"前方三百六十六米处有敌人集结。荣誉之光先锋部队，请回复。"

卡迪亚人的装甲车在道路两旁呈扇形散开，卢克和马科斯在火焰之誓身边停了下来。

他们停顿了一会儿，其间有烟雾从头顶上慢慢飘过，那是从远处的火光处飘过来的，赤红的闪电劈开了上方的云层。卢克能看到路障处有动静，就像一窝岩鼠在疯狂奔跑。

"好吧，小伙子们。"先锋部队的通信频道里传来了马科斯的声音，"我们冲锋。举盾防护，迅速前进，压制敌人火力。不管他们那儿火力如何猛烈，我们都可以从容应对。卡迪亚人无法抵挡敌人火力。我们顶住异教徒的火力，突破他们的路障，然后让卡迪亚人冲上来，把幸存的敌人赶出去。"

科瓦什的声音再次传来："荣誉之光先锋部队，重复一遍，请回复。"

这一次，骑士马科斯回答了，并概述了他的战略。当他说完后，达尼亚尔开口了，这是他几分钟以来说的第一句话。

达尼亚尔说："骑士马科斯，我们远离所有支援单位，而且这里的信号很差。由于靠近西海岸的电神庙，机魂都很不安。很难看清桥上等待我们的是什么，传令官阁下。也很难看清方圆 1.64 千米以内的任何地方。"

"如果他们那里有什么东西大到足以让我们担心，达尼亚尔，我们能看到的。谨慎是赢不了战争的。"

科瓦什的声音传来："确认我们的战略。我手下的三辆牛头车会跟在你们的爬行者后面，为圣物维保士提供额外的保护。"

由于兴奋，卢克只是心不在焉地听着。堂堂正正的冲锋，荣耀要在正面攻击中夺取。这个想法使他的心激动得怦怦直跳。当他意识到那种渴望正部分通过神经链接传递到他的机械王座时，他启动了机甲。他的祖先喜爱战斗。他第一次听到了他们的低语声，开始转化为实际的话语。

"……拿起你的武器'注意侧翼'，一定要把你的盾牌放在最合适的位置。不要把耻辱带到……"

"你听到这个了吗？"他用通信器向达尼亚尔私下发问，努力把注意力集中在相互重合的喃喃低语声上。过了一会儿，达尼亚尔的回答才传来。

"机械王座的声音？是的，我的机械王座已经窃窃私语好一阵子了。那……让人心烦意乱。"

"我感觉快疯了。"卢克说道，声音里带着一丝惊慌失措。

达尼亚尔回答："不要把注意力集中在那上面。观察你的仪器，检查你的感觉中枢。在脑海里背诵骑士守则，想想真实的东西。我读到过，你越是无意识地关注这些鬼魂，你就越容易控制和理解他们。"

"当然。"卢克说道，他做了个深呼吸，对驾驶舱系统进行战前检查，"不要把注意力集中在那上面，专注于真实的东西。"

达尼亚尔说了句不吉利的话："还有随机应变，卢克。我一直在看战略地图，最后一次轨道鸟卜仪扫描表明敌人有重型装甲。"

卢克问道："你能从那堆乱七八糟的符文中看出这些？"

达尼亚尔惊讶地说："是的，难道你看不出来？"

"先生们……"骑士马科斯打断了他们的话，"愿天龙圣火在你们内心熊熊燃烧。准备好你们的武器，高举起你们沾满鲜血的盾牌，让你们的祖先为你骄傲。听我口令，冲锋。"

马科斯带头进攻，卢克大步走在他的左边，而达尼亚尔走在他的右边。卢克给他骑士机甲的动力传动装置加大动力，当英雄之剑的机魂对即将到来的战斗感到欣喜时，他感到了一种迫切的激动。他们的脚步落下，那座桥便应声摇晃起来，一块块砖石从敌人路障上方的大理石拱门上崩裂下来。他与他的骑士机甲一起摇晃着。它的加速让他兴奋不已，游侠骑士机甲每迈出一大步，就会摇晃倾斜。他机甲的发电机隆隆作响，它的期待呼应着他的期待。在他身后，他隐约意识到卡迪亚人的牛头车队正以分散的阵形前进，但现在他们对他来说意义不大。他机甲的熔炉心脏跳动着，他所关注的只有刮过机甲金属外壳的风，以及它准备发射武器的热切刺痛。他正步步逼近前方叛徒的路障。

当那些骑士机甲逼近到一百米以内时，路障顶上倏然亮了起来，就像团结日燃放的焰火。

"联络前面的人。"马科斯咆哮道，他的骑士机甲一头冲进了火焰风暴中，步态像公牛般横冲直撞，和它的驾驶员一样，"准备好你们的盾牌。随意开火。"

激光武器发出闪光。从便携式火器灼热的枪口喷出等离子流体。被盗的民兵武器开了火，火箭弹拖着灰黑色的尾迹疾速飞过天空。冰雹般的枪林弹雨突如其来，卢克本能地往后退，机甲摇摇欲坠。他的离子盾牌上噼啪炸响。一枚导弹在英雄之剑的头盔前几米处爆开，没有造成任何伤害。

"机械王座！"他喊道，他的离子盾牌承受住了敌人的射击。达尼亚尔也在第一轮密集炮火猝然攻击他们时犹豫不前。马科斯却没有丝毫犹豫。传令官的守护骑士机甲全力冲下桥，对异教徒的阵地进行还击。加特林机枪的子弹沿着路障的边上密集扫射，大团的石屑、弹片和火花到处乱飞，溅到空中。

异教徒们像破布娃娃一样被抛了回去，或者在大口径子弹的冲击震荡下，像血泡一样被炸得四分五裂。马科斯的伊卡洛斯加农炮为轰炸更添火力。爆炸声如雨点般响起，劈裂了瓦砾和金属。当硝烟散去时，敌人的路障上露出了一个极为醒目的大窟窿。

卢克再次加速，决心不被马科斯甩在身后。达尼亚尔也在做同样的事。这两个朋友几乎同时开火，卢克咧嘴笑了起来。堆积如山的残骸发出白热的光芒，然后爆炸，产生了大量的弹片。倒塌的砖石和污损的雕像炸裂开。两门热能加农炮轰击并摧毁了敌人的防御工事，数十名异教徒灰飞烟灭。

叛徒开火还击，造成了伤亡。一枚导弹被达尼亚尔的离子盾牌弹飞了，迎面击中一辆牛头车。这辆卡迪亚人的车被熊熊燃烧的火球掀得腾空而起，翻转后车顶朝下轰然坠落。等离子体烧穿了他的盾牌，熔化了他骑士机甲的右膝板，神经连结带来的痛苦令卢克惨叫起来。片刻之后，那名射手被消灭了，荣耀之光的脚像打桩机一样踩在他身上。传令官灵巧地操控他的机甲向前倾斜，即使当他沿着路障的顶部挥动雷击拳套，将一大群敌人打得血肉横飞时，机甲的枪仍在不停地射击。

卢克睁大了眼睛，他发现有三个衣衫褴褛的身影争先恐后地翻过路障，直奔达尼亚尔的骑士机甲，胸前都抱着笨重的东西。他的鸟卜仪瞬间证实了这一点，在他的视网膜上闪烁着示意图，并将警报数据直接传送到他的大脑皮层。那是炸药包。如果近距离投掷，它们可以炸掉达尼亚尔机甲的双腿，或者更糟。

"机枪，引导你的目标。集中火力。"

这些话从他的机械王座传出，不自觉地涌入卢克的脑海里。他的身体做出了下意识的反应，猛拉了一下触控手套。子弹从他的重机枪中不断弹出，撕裂了冲锋的异教徒，他们倒在了血泊中。那三个人都跌倒在地上，距离火焰之誓不到三米。达尼亚尔不断向路障外的导弹小队倾泻火力，根本就没有时间转身应对。不过他已经看到了自己的危险，过了一会儿，他在通信器里气喘吁吁地说了声谢谢。

骑士马科斯说："射击技术不错，谭·奇迈罗斯。我们会让你成为一名骑士的。"

"我已经是个骑士了。"卢克咕哝道。他不禁对马科斯的精湛战技赞叹不已。

荣誉之光跨过路障的防线，把在它枪口下幸免于难的极少数幸运儿踩在了脚下。他朝着西岸的方向，几个模糊的鸟卜仪符文被解析出来，那是个叛徒的黎曼鲁斯坦克中队。卢克的资料库告诉他，是胜利者型号——装甲杀手，正是达尼亚尔一直担心的那种威胁。

荣誉之光的加特林加农炮把两辆坦克变成了滚动的火球。第三辆坦克开炮了，在轨道上猛然震荡，它那长得离谱的主炮向马科斯的骑士机甲吐出了一枚炮弹。传令官巧妙地用离子盾牌挡住了这一炮，并在周围翻腾的爆炸气浪中安然无恙。他迅速上前四大步，冲破了大理石拱门，机甲轰隆隆地落在下面的异教徒身上。荣誉之光用它的雷击拳套，击毁了坦克上的一个胜利者炮塔。火焰从支离破碎的坦克外壳喷出，然后它炸开了。

卢克意识到，并不是达尼亚尔错了。马科斯也不是没有意识到潜在的危险，尽管他可能看起来对此不屑一顾。只是骑士马科斯·达·德拉科尼斯太擅长他所做的事情了，他和他的骑士机甲完美地融为一体，以至于他对自己的能力极度自信。

荣誉之光从叛徒坦克的残骸中站起来，转身面对它的同胞，还有那些卡迪亚人。他们甚至直至此刻还在守卫路障，用刺刀劈刺最后还活着的异教徒。传令官把骑士的自动信号旗升到最高，并高高举起他的触控手套。

"荣誉和光荣！"他大吼一声。

"荣誉和光荣！"两个年轻的骑士也跟着吼道。

"那座桥是我们的了，你们两个都活着顺利通过了。"马科斯说道，语气粗暴，但挺满意，"干得好。让那些圣物维保士修复战损，然后我们继续前进。在天黑之前还有很长的路要走，对那些掉队的人来说，这可不算光彩……"

第五章

　　帝国军队从南部滩头阵地向前推进，历经数天，战火连天，血战不断。阿德拉斯塔波尔五大家族的骑士们都获得了荣誉，而星界军和帝国海军的士兵们则一次又一次地证明了他们的价值。这其中有一个教训：永远不要低估帝国战争机器中下级武装力量所能给予的援助，帝皇赐予我们力量，让我们可以为他的伟业而奋斗。

　　一个接着一个，工厂大教堂、帝国大教堂、普罗米修斯主教教区和赫斯普拉十二教堂都从叛徒手中夺了回来。至尊王托尔温的远征军向北推进，继续确保补给线和有指定符文标记的后方阵地安全。虽然速度很快，但推进是彻底的、有条不紊的，是精心安排的。有好几次，敌人集结了大量兵力，我军进行了真正的荣耀之战。每次至尊王都亲自率领他的战士投入战斗。他那古老的帕拉丁骑士机甲费雷尔之心挥舞着它的圣髑激光剑，技巧高超，令人自愧不如。而他那鼓舞人心的话语在通信器中回荡。虽然达尼亚尔·谭·德拉科尼斯在几千米开外的侦察部队中行军，但据说听说了他父亲的英雄事迹，并为他们所取得的辉煌胜利而感到强烈的自豪。

　　虽然混沌的信徒们派出了大批的邪教徒、变种人和叛徒民兵投身战场，但他们无法减缓帝国报复的强大破坏力。在枪林弹雨和刀光剑影中，他们被赶出了临时搭建的战略要点。幸存者心怀恐惧，向北逃窜，钢铁战神紧随其后。帝国部队没有发现据说在多纳托斯发动叛乱的叛徒星际战士的踪迹，有些人——那些没有在上方的虚空中看到叛徒的飞行器，也没有在战斗中面对叛徒的人——开始窃窃私语，说也许他们只是妖怪，是为了将这个星球上发生的恐怖事件合理化而编造出来的幻象。不管真相如何，骑士团和他们的盟友们都以惊人的速度继续前进。在潘塔克霍斯特遇袭后不到一个月的时间里，他们就进入了银金矿山谷的可打击范围。帝国军队在那里集结了兵力，在城市大小的工厂综合设施的废墟中，为结束这场战争进行攻击准备。

——摘自森德拉格霍斯特的著作
《阿德拉斯塔波尔的智者战略·第十七卷　多纳托斯叛乱》

　　达尼亚尔站在由岩石和黄铜管筑成的岬角顶上，那些大人物中间努力让自己看起来像是其中的一员。他的黄褐色头发不再像骑士侍从那样剃得短到紧贴头皮，但长得还不够长，不足以让人们摆脱之前对他的印象。尽管他穿着骑士的半身铠甲紧身衣，但与周围的人相比，他的体格略显瘦弱，而且也比他们中的许多人都矮。达尼亚尔想，至少他像模像样地留起了胡子。否则，以以前的样子置身于这群人中间，他会觉得自己更像是个孩子。在达尼亚尔的周围聚集着攻击部队的高级军官——那些阿德拉斯塔波尔的主将和女骑士，每个人的身边都有尊贵骑士团的少数骑士陪同。帝国防卫军的指挥官们也出席了，他们的衣着和举止对王子来说都很陌生。他们用望远镜四处查看，请教先知的预言，和他们最亲密的副官们低声认真商讨着。多纳托斯可敬的领袖们也在那里，不过他们闷闷不乐——看着别人夺回他们无法保护的东西，已经让这个星球上的一些领袖颜面尽失、疲惫不堪。其他的人，尤其是那个肥胖的主教，更是怨愤满怀。

　　在军事会议最前面，那块最高的岩石上站着达尼亚尔的父亲，他的头发和斗篷在风中飘扬。今天，国王托尔温选择以英勇的统治者的身份出现，这位鼓舞人心的英雄将为他的追随者带来胜利。他身着华服，头戴一个由奥利达恩叶子编成的花环——就是为了这样的场合，从阿德拉斯塔波尔大老远带来的，一路都处于静止状态。至尊王的天龙宝剑巨龙之爪就系在腰间，他的伺服头骨在上方盘旋。他朝北凝视敌人的要塞。

　　达尼亚尔一直很敬畏他的父亲，敬畏这个男人的威风凛凛，敬畏他对王权的驾轻就熟。不管是治国方略还是指挥作战，至尊王托尔温总是强大有力，总是沉着自信，总是深受爱戴。达尼亚尔不知道他该如何做才能不负他父亲的期待。不过总有一天，他必不辜负他父亲所树立的榜样，有所作为。德拉科尼斯家族可能在接受女性成为骑士这方面很开明，但继承法很明确，只有男性继承人才能登上王位，而达尼亚尔是他父亲的独子。

王子注意到珍妮卡对他挑起了眉毛。她比达尼亚尔高两厘米左右，比他年长三岁。严厉的面容、锐利的眼神、高贵的举止，他姐姐看起来完全是个老练的骑士。她留着短短的寸头，有天龙文身。女骑士谭·德拉科尼斯像她母亲一样，有一种锋芒毕露的美。这是别人告诉达尼亚尔的，至尊王后过世时他还太小，没有那时的记忆。

珍妮卡喃喃地说："我知道那种表情，达。少思考，多倾听。"

达尼亚尔把注意力集中在军事会议上。托尔温转身面对他召集的那些战争领袖，自信地微笑着。在他身后，被摧毁的平原上有破碎的基岩和被夷为平地的废墟，居民区所在之处群山巍峨，耸立于山脚的防御棱堡所组成的防线之上。

托尔温开始说道："那里矗立着敌人的要塞，通往银金矿山谷的入口。动力源维持着敌人最强大武器的运转。我们已经把他们赶出了南方，逼回了最后的要塞大门。一旦我们征服了这个地方——我们会征服这个地方——坚石要塞就会停止运作，叛徒们最后的希望也就破灭了。"

集会者发出了激动人心的欢呼声，人们疯狂地鼓掌。达尼亚尔注意到，有些人看起来不那么热情，而大公谭·怀沃恩和大元帅谭·米诺托斯以夸张的欢呼回应，女侯爵谭·佩加森和她的尊贵骑士团的回应则礼貌而又矜持。高等圣物维保士波卢克西斯几乎没有什么反应，护目镜在他的蒙头斗篷下闪烁着光芒，看起来高深莫测。达尼亚尔认为那只是他与万机之神交流的方式。肌肉结实、头发乌黑的卢克，站在他父亲的身边。他正和其余人一起鼓掌欢呼，并向达尼亚尔调皮地眨了眨眼睛，王子忍不住笑了起来。

托尔温说："我们还剩下最后一个障碍，我的朋友们。我们必须前进，穿过这片平原，通过山口进入银金矿山谷。任务艰巨，但我们已有计划，我们将坚持到底。杰朗特，你愿意吗？"

子爵谭·奇迈罗斯低下了头，他的仿生支架嘶嘶作响。他握了下他伴侣的手，爬上一根横档的管子，站到托尔温的身边。达尼亚尔看着艾丽西娅的脸，她的丈夫昂首站在至尊王身边。她真的很美，达尼亚尔若有所思地想着。不知怎的，她黑暗而又神秘，那双淡绿色的眼睛里有冰蓝色的斑点。只要看一眼她的表情，你就能看出她对那个她抬头凝视的男人的情感有多么强烈。这几乎是一种催眠，王子试图摆脱让人想入非非的白日梦，不去想那个男人就是他。

杰朗特宣布:"我们将在明天黎明时分开始前进,北面居民区所在的群山挡住了我们。如果我们的占卜可信的话,正如你们所见,横跨山口的防御建筑物仍然有效。毫无疑问,敌人也会出战,试图阻止我们。因此,我们的推进必须充分利用全部力量,必须像帝皇自己的判断一样迅速而致命。"

听罢,更多的掌声响起。达尼亚尔也使劲鼓掌,迫不及待地想听到计划的实质内容。他从不理解那些人,只满足于陈词滥调和夸夸其谈,而不是实际的战略,但他认为他看出了它们的用途。

"我们将以坦霍利斯高地人和穆布拉克西斯炮兵连的全面轰炸作为开端。他们连同帝国海军不间断的空袭,将削弱敌人炮台的攻击力,并在他们的队伍中散布恐惧和混乱。在敌人被压制的情况下,我们的骑士团先锋部队将继续前进,而卡迪亚军团提供后备支援。"

对这个那么光荣的任务,达尼亚尔在上校布罗斯特的脸上没有看到一丝不满。在这个男人鹰一般刚毅的脸上,只有责任和决心。

"女侯爵谭·佩加森和大公谭·怀沃恩将率领他们的骑士向侧翼进发,对居民区所在的群山进行远程轰炸。扫描显示,在那些斜坡上布满了武器掩体和加固的城垛,消除这些危险至关重要。"

达尼亚尔注意到,与卡迪亚人不同,谭·怀沃恩的脸色变黑了。因为他接到的是次要的战斗任务,从远处轰击城堡并没有什么光荣可言。女骑士谭·佩加森的神色一直很平静,王子不知道在那冰冷的外表背后隐藏着什么情绪。他忽然意识到马科斯正盯着他看,于是赶紧把注意力放回杰朗特的演讲上。

子爵饶有兴趣地说:"将由米诺托斯家族、奇迈罗斯家族和——当然还有——德拉科尼斯家族来进行主攻。至尊王和他的家族将在先锋部队的最前面行军,而奇迈罗斯家族的骑士团在左边行军,米诺托斯家族的骑士团在右边行军。我们的任务是突破山口的防御工事,消灭任何可能迎战我们的敌军,并找到一条通往这个重要的叛徒要塞入口的路线。"

古斯塔夫·谭·米诺托斯叫道:"哈哈!我们要让他们见识一下帝皇的仁慈,嗯,小伙子们?而且不是那么幸运的仁慈!"在大元帅的尊贵骑士团中,他们沉重的米诺托斯锤咯咯作响。他们互相拍打着后背,一边高喊着以帝皇的名义屠杀叛徒的誓言,一边捻动小胡子,摆出惹人注目的样子。达尼亚尔看到军事会议中的一些人互相投出揶揄的目光,但他见过米诺托斯家族战斗。虚张声势和荒谬表演的背后,隐藏着致命的军事机器,他不相信大元帅像他表现出来的那样像个浮夸的傻瓜。

"谢谢你,古斯塔夫。"至尊王微笑着,举手示意大家平静下来,"你们都听到了这个计划。你们都知道自己的任务。我们将会在数据板上传送细节和时间标记。阅读它们,理解它们。如果你们有问题,一定要问。女骑士们,先生们,我们将在黎明发动攻击。在那之前,你们都可以发问。"

当军事会议解散,人群涌回下面的武装营地时,至尊王向达尼亚尔和珍妮卡招了招手。

"来吧,"他说道,朝他们笑了笑,"我们一起下去吃点东西,嗯?来个战前的最后一餐什么的?"听了父亲的话,达尼亚尔高兴得满脸通红。在这样的大战之前,至尊王有权选择与谁共进晚餐。他选择了孩子们的安静陪伴,而不是手下骑士们的喧闹欢呼,这是极大的尊重。

珍妮卡微笑着说:"我们很乐意,父亲。非常乐意。"

托尔温拍了拍手,说道:"太好了!那回我的住处吧。"

他们三个人一起爬下岩石和管道,在战争前夕重新回到巨大的营地,身处旋风般的喧嚣中。大工厂的废墟绵延若干千米,被炸毁的棚屋和被火烧毁的济贫院像巨兽的尸体一样,在坑坑洼洼的道路和破裂的燃料槽之间若隐若现。帝国军队已经收复了这里的每一寸土地,供自己使用。卡迪亚和穆布拉克西斯军团的哨兵在外围巡逻,机甲队伍耸立在中心地带,静默不动。当三位德拉科尼斯贵族走过喧嚣又嘈杂的营地时,他们看到圣物维保士爬过骑士们的金属外壳,许多人利用爬行者上的气动钻机进入装甲上半身,或者发动机和武器系统。焊工们焊接时火花四溅。圣洁的熏香飘荡,空气中弥漫着新鲜油漆的气味,机甲战痕累累的全套甲胄被修整得非常华丽。他们看到了穿着各种盔甲的骑士机甲,从佩加森家族的冰蓝色和银色、米诺托斯家族的橙色和黄铜色,到怀沃恩家族的绿色。

他们驻足片刻,观看机械师马高斯·谢迪戴亚·达和他手下的圣物维保士在奇迈罗斯家族耸立的灰绿色机甲上进行神圣仪式。每架机甲的机械王座检查和维修工作完成后,圣物维保士会派出伺服头骨。伺服头骨携带着沉重的罐装油膏,在空中摇摇晃晃。油性液体被大量喷洒在机甲的铠甲上,让它们发出彩虹般的光泽,当谢迪戴亚和他手下的侍僧们用参差不齐的二进制代码脱口吟诵时,这种光泽迅速消失了。

珍妮卡问道:"他们为什么要这样处理机甲?德拉科尼斯家族的骑士机甲无需如此安抚。"

"达尼亚尔?"托尔温问道,他知道自己的儿子会有答案。

"这是奇迈罗斯家族特有的祝福方式,怀沃恩家族近年来从他们那里学了这一招。"达尼亚尔解释道,他一如既往地希望自己在展现长期待在图书馆取得的成果时,听起来不要太过自负,"奇迈罗斯家族的座右铭是通过适应获得力量。"

"通过适应获得力量。我知道,小弟。我更喜欢我们的座右铭。"

"但你知道这个仪式是和他们的座右铭联系在一起的吗?这是'智慧的洗礼'。在这过程中,圣物维保士祈求骑士们的机魂从敌人那里夺取他们可以利用的东西,并将其转化为对抗敌人的力量。我以前从来没有见过这种仪式——奎尔的《波兰德罗斯》里面写道,他们使用熏香而不是油膏。但我想这是因为文字记载与真实情况有所不同吧。"

"只有你会得出这样的结论,达。"珍妮卡大笑了起来。

"来吧。"托尔温皱着鼻子催促他们两个,"这也许是场智慧的洗礼,但它闻起来就像用了生鸡蛋和戈洛兽粪便。"

他们三个人交换了一个八卦的笑容,在暮色中继续走着。他们路过跪在地上祈祷的星界军士兵,军团牧师走在士兵中间给予赐福。机仆装卸工笨拙地经过,由金属和血肉构成的怪异身躯背负着巨大的弹药板条箱或钜燃料箱。装甲运输车隆隆作响。伺服锻铁炉燃起熊熊烈火,浓烟滚滚。骑士家族的战士们在化学炉的火光下练习剑术,而现实生活中习得的剑术会帮助他们指挥机甲近距离作战。有些人穿上了滚轮架,这是一种特殊的安全带,限制了四肢,以模拟大多数机甲在战斗中的活动范围。

最终,托尔温和他的孩子们到达了至尊王宽敞的住所。这是一个名副其实的大帐篷,用彩色塑料和铁制品搭建而成,上面用德拉科尼斯家族的专用色进行了装饰。他们经过守在外面的骑士,达尼亚尔对着高大的骑士戴维德微笑,他友好地稍一点头回应。另一个守卫,骑士加拉斯,则完全无视了达尼亚尔,只是色眯眯地瞄着女骑士珍妮卡。

而珍妮卡，则对这只好色的老军犬视而不见，跟在父亲身后信步走进他的住处。

这个建筑的内部融合了帝国的技术和古老的阿德拉斯塔波尔式的宏伟。家具精美，用奥利达恩木精心雕刻而成，旁边放着一块便携式全息石和一个巨大的、遍布符文的通信器阵列。满满一架的天龙宝剑——德拉科尼斯家族的祭祀用剑——占据了一面墙的一部分，旁边是一台机械净水器，外表丑陋，但和华丽的剑一样功能强大。化学灯挂在住处天花板框架上的挂钩上，投射出冰冷的磷光，在装饰性的龙灯和烛台下，光线变得柔和。角落里托尔温的卧室被掩盖在厚重的气体帷幕后，一张手绘的地图铺在住处中间的木桌上，表面闪烁着全息图表和旗帜。有个全息投影仪不断地更新着作战地图，上面有预计的兵力、军事行动和实时轨道鸟卜仪数据。达尼亚尔径直向这张地图走去，而珍妮卡和她的父亲则走向住处的化学火炉，那附近有几把华丽的椅子，他们挑了两把坐下。夜晚已经很冷了，他们习惯了这样的多纳托斯。托尔温一边声音响亮地拍手，一边问道："地图告诉你什么了，儿子？"穿制服的仆人从住处的服务附属建筑物匆匆赶来，手里端着玻璃瓶装的伊恩蒙特葡萄佳酿，还有从家乡带来的盘装食物。

达尼亚尔和他的亲人坐在一起，面带微笑地说："地图告诉我，我们要赢了，父亲。很高兴看到我们的侦察兵已经和多纳托斯的另一个军团会合了。"

"是的。"国王吃了一点面前的食物，陷入了沉思，"可怜的、饥饿的生灵。你为所有这一切感到内疚，是吧？"

达尼亚尔停了下来，手里端着一杯酒，他重新审视他的地位给他带来的奢侈品。珍妮卡摇了摇头。

"不，不会的。他们经历了我难以想象的艰辛，但我们为这个星球努力奋战过，父亲。明天我们将再次为它而战，比以往任何时候都要努力。我不会拒绝那些给我力量去赢得这场战斗的东西。"

"呵呵，说得好啊，我的女儿。你一直是实用主义者。"托尔温对着两个孩子笑了笑，他那沉思的表情让达尼亚尔觉得有些不安。

"你们两个，现在……是骑士了。长大成年了。经过了骑士授封礼。在你们自己的机械王座上全副武装地战斗，让我这个老人倍感骄傲。你们的母亲要是还在世的话，也会感到骄傲的。"

"您让我们感到骄傲,父亲。"达尼亚尔立刻说道,产生一股古怪的防备之心,"我们的力量就是从您那里获得的。"

托尔温回答道:"你这么想是给你自己和你姐姐帮倒忙,达尼亚尔。你们每个人都以自己的方式保持坚强和勇敢。天龙圣火在你们俩内心燃烧着,我看到它一天比一天明亮。我想,很快它就会让我的天龙圣火黯然失色。"

达尼亚尔皱了皱眉头,对父亲伤感的语气感到不适。他很高兴珍妮卡的调侃打破了稍微有些紧张的气氛。

"您,我英勇的父亲,是天龙圣火的化身。帝皇知道我们得把自己点燃,然后跳进燃料堆里,才能让你黯然失色。"

托尔温惊恐地干笑了一声。

"我恳求你,女儿,不要尝试这么极端的事情!让我们远离阴郁和恐怖,好吗?在这场重大战役的前夕,我有礼物要送给你们。"

托尔温向他的一个伺服头骨——喀迈拉打了个手势,那架黄铜雕镂的机器嗡嗡作响地飞走了。等它回来的时候,在它的下方投射出一个闪烁的重力场。在闪烁的白光中,悬吊着两个小东西,伺服头骨将其放在托尔温伸出的手中。至尊王站起身来,突然变得神情严肃,并吩咐他的子女也站起身来。

托尔温先转向珍妮卡,虔诚地将一枚做工精细的金爪戒指戴在她的右手食指上。

"这是你母亲的遗物。它是一个数码激光器,美丽,但也致命……就像她一样。更像现在的你。"托尔温对着珍妮卡笑了笑,失神了片刻。

"谢谢你,父亲。"她笑容灿烂。托尔温点了点头,又转向了达尼亚尔。

"至于你,我的孩子,终有一日你会继承王位。"托尔温把一条细金链子套在达尼亚尔的脖子上,链子上悬挂着一个小小的五角形奖章,上面刻着天龙星座的图案。

"这是你祖父的遗物。他在普拉西斯远征中作战时就戴着它,说它总是给他带来好运。"

如此珍贵的家族遗物被托付给达尼亚尔,让他的心情非常激动。

"谢谢您,父亲。我一定不会辜负它,我发誓。"

托尔温郑重地说:"我对此没有丝毫怀疑。但你们俩要记住,明天你们将经历一场前所未有的战争。是的,即使是你,珍妮卡,也从未经历过。这将是一场旷世之战，是一场肆无忌惮的狂怒之战。我希望你们俩都能活着渡过难关，明白吗？你们两个都要活下来。"

达尼亚尔注意到了那一刻父亲和姐姐交换的微妙眼神，并因羞愧而感到痛苦。他发誓，他一定会对得起这份礼物。他将不辜负他的家族和他的姓氏，这样其他人就不必花精力保护他，令他免受伤害。

托尔温突然变得开朗起来，直率地说道："好吧，就这样吧。现在，在明天打仗之前，先喝几杯酒，我想还可以分享几个战争故事。告诉我，你们两个，我想听听你们迄今为止的功绩。你们赢得了什么荣誉呢？"

德拉科尼斯家族的贵族们如果知道在大工厂的一个遥远的角落里，在一个鲜血淋漓的八角图中跪着一个影子，他们可能就不会那么愉快了。在那个影子的周围，躺着八具守卫的死尸。在那个影子面前的空中，悬着一个黑暗而可怕的裂口，里面回荡着某种怪物的低语声……

第二天的破晓时刻艰难而又狂暴。当达尼亚尔爬过火焰之誓的驾驶舱门，坐进他的机械王座时，石油化学产品燃烧产生的阴云在天空中翻滚不停，嘶嘶作响的雨水落在整个营地。神经插孔一个接一个地配对，当数据幽灵在他脑海中流淌时，他打了个寒战。"欢迎，年轻的骑士，"他们低声说道，"欢迎，达尼亚尔·谭·德拉科尼斯。"符文显示在他的视网膜上滚动，他扣上安全带，戴好触控手套。火焰之誓隆隆作响，随着它的动力装置苏醒而颤抖起来，骑士机甲的机魂咆哮着向主人发出问候。达尼亚尔不自觉地笑了，他的驾驶舱里磨损的皮革和冰冷的金属第一次向他发出了真心的欢迎。他的双手在周围的符文面板上快速操作，启动鸟卜仪实时数据更新，调节功率流，激活通信拾音器。他一边工作，一边低声祈祷自己已经准备就绪，正在觉醒。真正光荣的战争即将来临，他感到心怦怦直跳。

骑士马科斯在通信器中叫道："早上好，女骑士们。"

珍妮卡不假思索地回答道："就我们几个人在这里，马科斯。只有我和苏塞特是女骑士，你这老糊涂没忘记手下还有几个男性吧？"

马科斯回答道："我只是像一个好好先生那样认可弱势性别，女骑士珍妮卡。"达尼亚尔想象着姐姐的脸色，不禁笑了起来。

她回击道："你很幸运，我是个淑女，骑士马科斯。否则我会准确地告诉你，该把你那男性至上的过时观念插到哪儿去。既然如此，以后在决斗场上你就得付出代价了。"

"能揍你的屁股将是我的荣幸，女骑士。"骑士马科斯说，他的笑声清晰可闻，"现在，粗鲁的玩笑到此为止。德拉科尼斯家族的骑士们，我们要行军打仗了。"

一阵欢呼声和呐喊声在通信器中响起，达尼亚尔的声音也夹杂其中。

此时，骑士马科斯很严肃地说："这将是一场拉锯战，讲述这场战斗的故事和歌谣会流传几个世纪。我们要么战死沙场，要么凯旋。要确保那些颂歌值得人们用心聆听！"

"燃起伊克赛尔西厄姆之怒吧！"骑士加拉斯大吼一声，当达尼亚尔的感觉中枢通过他的鸟卜仪扩展感知的时候，他看到身形庞大的骑士机甲用它的雷击拳套和死神链锯剑相互碰撞。嘶嘶的雨声中，火花洒落，德拉科尼斯家族的其他人再次欢呼起来。

"驾驭内心的火焰！"

"愿天龙圣火在你们所有人的心中燃烧。"骑士马科斯喊道，他的守护骑士机甲轰然作响迈出了第一步，断开电枢，举起了自动信号旗。在他身后，圣物维保士的装甲爬行者发动了引擎，低沉的声音隆隆作响，并点燃了他们的信号浮标。"现在，我们去迎接我们的国王。前进！"

帝国的营地清空了，就像某种昆虫巨大的巢穴。随着军官大声下达命令，一列列的步兵和坦克列队集结成攻击队形。骑士机甲以家族为单位倾巢出动，在滂沱大雨中前进，三百多名身披铠甲的高大半神和他们圣物维保士的爬行者紧随其后。色彩鲜艳的信号旗在怒号的狂风中噼啪作响，随风飘扬。自动装弹器循环装弹，安全符文由红色变成了绿色。

米诺托斯家族的骑士们整齐地开启了通信扩音器，他们军乐交响曲中的管弦乐震耳欲聋，响彻无人的荒野，场面壮观。

帝国海军的飞机在空中呼啸而过，一拨又一拨的掠夺者轰炸机和雷电战斗机在天空中留下灰色的尾迹。在俯瞰营地的山脊上，数百辆坦克将火炮炮管向上翘起，紧张的炮手们等待着开火的命令。当第一架帝国飞机接近居民区所在的群山时，德拉科尼斯家族的至尊王率领他的骑士们登上飞机，下达了命令。

当帝国炮台开火时,达尼亚尔感受到了反向的冲击波。头顶的天空被数以万吨计的疾飞的炮弹炸得一片昏暗。几十架骑士机甲簇拥在他周围,在泥浆、石头和雨水中大步前行,向叛徒的要塞进发。然而就在那一刻,王子却无法从头顶上划过的炮弹雨上移开视线,冰雹般的炮弹在头顶盘旋而过,像第二场风暴一样落在居民区所在的群山峻岭间。排山倒海爆炸声响彻山坡。海量的残骸和瓦砾喷向空中,足以在废墟上建起一座新的城市。帝国的炮台找到了自己的节奏,一次又一次开火,向空中接二连三地发射密集的炮火,每一次都击中要害。

达尼亚尔看到敌人的防御工事上闪烁着光斑,当敌人的炮台还击时,警告的符文在他的鸟卜仪上闪烁起来。"盾牌小子——举起你的盾牌——留心上面的射击——小心弹片,别怕……"

达尼亚尔摇了摇头,忽视了脑海中的低语,它们模糊不清,毫无用处。

当骑士们集中离子盾牌抵挡攻击时,托尔温喊道:"前进,我的朋友们,前进。帝皇与我们同在。今日死去的人,将坐在他的右手边;活着的人,将在他神圣的目光中闪耀发光。继续前进,惩罚叛徒,让帝皇引以为荣!"

炮弹呼啸着落在大步行走的骑士中间。炮弹爆炸的威力惊人,弹片四处乱飞,暴雨般落在帝国的战争引擎上。它们撞上了离子盾牌,威力在翻腾的火焰和闪烁的蓝色能量中逐渐消散。有机甲被击倒时,达尼亚尔听到了愤怒和痛苦的呼喊。一名佩加森家族的骑士发出了死亡的尖叫,尖叫声在突如其来的静电嘶嘶声中戛然而止。

其他的骑士不屈不挠,继续前进。佩加森家族和怀沃恩家族脱离阵形并在侧翼散开,达尼亚尔注视着战略分布图。当机甲们的武器开火时,他的鸟卜仪上到处都是枪口和火箭推进器发出的闪光。在战略分布图上,他们的符文显示在后面,因为奇迈罗斯、米诺托斯和德拉科尼斯家族占据了优势。

卢克通过一个封闭的频道说:"达,我们开始吧,为了最后的荣耀。"

达尼亚尔重复道:"为了最后的荣耀。"他的声音因恐惧和兴奋而变得紧张。"别送掉了你自己的小命,谭·奇迈罗斯。"

高等圣物维保士波卢克西斯坐在他的爬行者的中心，全神贯注于实时数据更新并监控着数十个系统。他的部分心智运算能力被用于圣物维保士的爬行者和全球通信器网络之间的智能交流，剩余的部分能力则被用于持续监控德拉科尼斯家族的机甲——盾牌强度、机甲外壳的完整性和系统运行的情况。他注视着领头的德拉科尼斯家族机甲进入敌人地堡的远程武器射程，向敌人阵地发射战斗加农炮弹和风暴矛导弹。

他看到奇迈罗斯家族的机甲略微调整了一下方向，以便走到德拉科尼斯家族的机甲后面，这是一种仪式上的尊重。米诺托斯家族的机甲继续奋力向前，太渴望战斗了，没有表现出奇迈罗斯家族的那种恭敬。

监视战况是一项运用心智运算能力的艰巨任务，需要波卢克西斯全神贯注，所以当一个通信器输入请求在他的眼角亮起时，高等圣物维保士感到了一丝太过人性化的烦躁。通信请求来自另一架德拉科尼斯家族的爬行者，位于阵形后方的第三十一号车。波卢克西斯分出一缕精神力消除了这个闪烁的符文，但片刻后它又回来了，坚持不懈地闪烁着。

给他的爬行者的机魂设定任务，让它收集来自智域的数据溢出后，波卢克西斯转变心意，接受了传入的通信。正在此时，一枚失控的敌方炮弹在他们的左边砰然落下，爆炸让疾驰的爬行者摇晃了起来。

波卢克西斯要求道："侍僧哈拉德西，通信接入。如果可以的话，侍僧，请快一点。"

返回的声音很模糊，带有背景静电干扰声。

"万机之神在上，高等圣物维保士波卢克西斯，检测到异常情况。"

分析着侍僧语气中的关切之意，波卢克西斯又将另外两兆字节的心智数据转移到对话中。

当弹片噼噼啪啪地落在他的爬行者上边时，他要求道："详细说明。"

"常规支持诊断发现了一个……一个幻象信号，高等圣物维保士。在战场上空的智能圈中，有个人工制品反复出现，其性质不明。"

波卢克西斯肉乎乎的脸仍然无动于衷，他在消化这个信息。

他问道："可能的动机或作用是什么，侍僧？允许进行计算推测。"

"目前尚不知晓，高等圣物维保士。"从静电的噪声中传来回应，"但它无孔不入。鸟卜仪高度聚焦，分析显示，该人工制品是所有战场通信器和传感器通信的基础。推测：如果它出自敌人之手……"

"那么它可能会带来危险。"波卢克西斯替他说完了后半句话。

"是否提醒至尊王和各家族族长，高等圣物维保士？"侍僧问道。波卢克西斯微微摇头，这是一个下意识的人类姿态。

"必须有更多的信息或分析才行，哈拉德西。重新完成这项工作中所有非必要的工作。我希望先确认该向至尊王托尔温汇报什么，免得打扰他作战。"

就在侍僧哈拉德西的符文闪烁着消失的时候，波卢克西斯的神经末梢又闪过了一道符文，导致他恼火地用二进制代码方式发了一通牢骚。天国圣体在德拉科尼斯家族前进方向的上空掠过，小天使机仆顶着风暴为鸟卜仪提供全面的掩护。现在看来，天气似乎对这些小东西产生了不利影响。在波卢克西斯的注视下，一个接着一个，不断有小天使突发灾难性的系统故障。波卢克西斯的护目镜发出了闪光，他的机械树突抽搐起来，他从系统故障中发现了规律。警报是那些在最远处的两翼推进的小天使发出的。这肯定有问题，波卢克西斯一边思考一边处理数据，重新运行分析。战斗或风暴造成的伤害不会那么有选择性。

除非……

骑士戴维德的鸟卜仪掠过一道闪光，图片实时更新突然发生了倾斜，他不由咒骂出声。

他自言自语道："大量使用那些该死的可怕的小天使就是这样。"

纵然骑士机甲周围爆炸不断，戴维德仍继续前进。

再过几分钟，他们就会彻底攻破叛徒的防线。

他皱起了眉头，因为他看到附近奇迈罗斯家族的骑士们正在减速，重新调整目标。戴维德眨了眨眼，打开了一个通信频道，想要求他们做出解释。然后他大叫了起来，通信器频道里充满了突如其来、震耳欲聋的尖叫声。他的驾驶舱灯光狂闪，鸟卜仪里充满了疯狂的、神秘的无用数据。就在他的外部图像实时更新被暴风雪般的静电干扰吞噬之前，他看到那些离他最近的奇迈罗斯家族的骑士机甲开火了。

他们对着德拉科尼斯家族的骑士机甲开火了。

第六章

达尼亚尔咬紧牙关，一声震耳欲聋的嚎叫从通信器中传来。战略分布图渐隐，转为静态，鸟卜仪实时更新的信号嘶嘶作响，闪烁不定。他的战斗视野变得东倒西歪而又僵硬不自然，一连串图像都是静止的，受了静电干扰，而不是流畅的信息流。他的骑士机甲和机械王座在接触了垃圾代码后扭动着，咆哮着。

达尼亚尔感觉火焰之誓跟跟跄跄，为了避免摔倒，他疯狂地扭动着他的机动陀螺仪。他的游侠骑士机甲艰难地侧身而行，几乎站不稳。近距离引爆的警告将达尼亚尔的视野映得通红，一连串的爆炸撕裂了他之前站立的地面。他大声呼喊，疯狂地想找出威胁来自哪里。由于他骑士机甲的感觉中枢被破坏了，王子花了数秒钟才追踪到攻击源。

"不。"他大声说道，一点儿也不喜欢自己声音里流露出的恐慌，"不，这不可能吧？"四面八方都开了火，隆隆作响，当达尼亚尔看到骑士戴维德·达·德拉科尼斯的骑士机甲被众多攻击打得摇摇欲坠时，他惊恐地大叫起来。

这些画面如同令人困惑的噩梦，断断续续地向达尼亚尔袭来，但有个事实无法回避——戴维德的骑士机甲是从背后被击中的。

电光石火间，发生了太多的事情。火焰之誓的鸟卜仪上充斥着数据幽灵、静电干扰和部分目标锁定警报。骑士戴维德的豪侠骑士机甲正试图转过身来，同时挥动着它的离子盾牌，但他的机甲火葬堆毒牙的一只手臂已经被扯了下来，烟雾和火焰从参差不齐的伤口中喷涌而出。叛徒的炮弹还在如雨般落下。达尼亚尔机械王座上的鬼魂愤怒地吵吵嚷嚷，给出了一堆相互矛盾、杂乱无章的建议。

"转身去对敌人进行损害评估——向前方推进——没有任何威胁——不——听着你——他必须——他必须……"

"停！"达尼亚尔尖叫着，拼命想让自己的诸多祖先安静下来。有东西在他的左边爆炸了,一时间他的自动感应完全消失了。一个骑士。那是一架被干掉的骑士机甲。而现在,达尼亚尔的威胁警报又嚎叫了起来,比之前更响亮。

"……达?……你能他……我吗?"

珍妮卡的声音,穿过静电干扰传来。

听到这个声音,达尼亚尔如释重负。

他喊道:"珍,发生了什么事?这是从哪儿来的?我该怎么做?"在那一刻,达尼亚尔·谭·德拉科尼斯觉得自己完全不像一个骑士。尽管他惊慌失措,但他的内心还是因羞愧而局促不安,因为他听起来是那么年轻,那么无助,他的通信器发出了尖叫声,珍妮卡的声音又被打断了。

"……背叛了……奇迈罗斯家族……达,他们在向我们……开火!奇迈罗斯家族……在向我们开火……都是陷阱……快走,反击!"达尼亚尔想要相信,是静电干扰使他姐姐紧张的话语变得失真。奇迈罗斯家族正在向他们开火。

达尼亚尔启动了触控装置,操控火焰之誓转了一圈。一大堆战斗加农炮弹呼啸着砸在他的盾牌上,他的盾牌也随之转动起来。

一发炮弹打穿了盾牌,火焰之誓躯干的铠甲上发出响声,留下了一个凹痕,那里离达尼亚尔的头只差一米多。他踉跄后退的时候,看到一个奇迈罗斯家族的骑士从前面向他扑来,他举起链锯剑,发出飕飕的声音。从静态的快照图片中可以看出,四面八方还有更多的敌人。奇迈罗斯家族的骑士们正向德拉科尼斯家族发起猛攻,向他们曾经的盟友猛烈开火。许多德拉科尼斯家族的骑士机甲已经受损,或者四肢摊开地躺在地上,成了燃烧的残骸。雨水嘶嘶作响,打在他们的尸体上,但他们仍被背叛之火灼烧。

由于没时间给自己的热能加农炮充能,达尼亚尔启动死神链锯剑,狂暴地挡开了敌人的第一击。那名奇迈罗斯家族的骑士逼近,铠甲覆盖的庞然大物令人恐惧,数百吨由伺服驱动的金属带着火焰像攻城锤一样向他猛地砸过来。骑士们链锯剑上的工业级切削锯齿彼此相交,火花四射。达尼亚尔因撞击而大叫起来。

那是骑士罗西尔·达·奇迈罗斯,他毫无条理地想着。两人的链锯剑一触即分,然后再次相撞。他认出了骑士的家徽,装饰在袭击者斜持的盾牌上。他认识这个骑士,为人友好、正派。在一次宫廷访问中,他曾向达尼亚尔赠送了一卷皮面的《波兰德罗斯》,并向他眨了眨眼,当时王子只有十二岁。而现在这个人想要杀他。

忽然，达尼亚尔不再惊慌了。他暴怒起来，驱使火焰之誓向前冲去，出其不意地抓住敌人，用护肩撞向敌方机甲的头盔。骑士罗西尔的机甲踉跄后退，达尼亚尔随即咆哮着猛刺，但被挡开了。

达尼亚尔对着通信器尖叫道："你为什么要这么做？你这个叛徒！"

他得到的回应只有嗞嗞作响的静电声，这让他更加愤怒。罗西尔的骑士机甲再次挥舞剑刃，狠狠地砍向了火焰之誓的双腿。达尼亚尔扭动他的控制装置，机甲机魂发出了抗议声，他设法后退，躲过了这一击。对方旋转的剑刃锯齿在火焰之誓的装甲胫骨上碰撞出火花，留下了又深又长的伤口。他绷紧触控手套，双臂用力向前推出，狠狠向上回砍出一剑，搅动的剑刃锯齿刺穿了罗西尔机甲的胸甲，然后从它的头盔中穿出。

火焰和滚滚浓烟从巨大的裂缝中爆出，那架奇迈罗斯家族的骑士机甲踉跄着向后退去。这台战争机器仰面摔倒在泥里，二次爆炸摧毁了它的机身。

达尼亚尔低声说道："我杀了他。"他的愤怒如潮水般退去来得快去得也快，"我杀了一个骑士同伴。"然后，一个更糟糕的念头袭来，让他痛苦得喘不过气来。"卢克……"

对久经沙场的鸟卜仪告诉他的事情，至尊王托尔温觉得简直难以置信。奇迈罗斯家族叛变了。他的老朋友和战友，杰朗特·谭·奇迈罗斯，在背后捅了他一刀。光是这一点，就足以伤透国王高贵的心。更糟糕的是，叛变的不是只有他们。通信器里陆续传来零零散散的报告，每条战线都出现了叛变。在可怕的垃圾代码的颤噪效应开始时，怀沃恩家族的骑士们就转身，向米诺托斯家族的骑士们进行纵向射击，狂泻火力。大元帅古斯塔夫的尊贵骑士团已经有一半的人倒下了，米诺托斯家族的骑士团被切断支援，也已乱作一团。他们一贯好战急于冲锋陷阵。

在后方的防线上，圣物维保士的爬行者开始互相开火，有几辆坚固的车辆已经变成了熊熊燃烧的残骸。在同一时间，居民区山顶上的那些大型炮台都已经被除去了遮蔽物。敌人是如何隐藏这些巨大的武器的，托尔温不得而知。但凭借足以摧毁星际飞船的火力，这些巨大的炮台给保皇派军队造成了巨大的损失。绝望的尖叫和通信器中惊慌失措的声音表明，女侯爵谭·佩加森已经被第一轮齐射炸得尸骨无存，她的族人试图还击，为她报仇，却被系统性的轰炸炸得粉身碎骨。激烈的爆炸声在远处佩加森家族的队伍中连续响起，巨大的爆炸将骑士机甲抛向了空中，或者将他们在原地撕成碎片。

即使在轨道上，似乎也发生了背信弃义的行为。通话的片段让托尔温知道了他需要知道的一切。奇迈罗斯和怀沃恩家族的棱堡舰向其他家族和帝国海军开火。延时引信鱼雷炮突如其来地呼啸着齐射向帝国舰队，似乎是阿斯塔特修士的作战模式。至尊王了解到的情况少得令人恼火，但他也没有时间去收集更多的资料。在他的周围，不可思议的事情正在发生。他的战士们正死于战友的剑锋下，而不知为何，他却让它发生了。

他的机甲费雷尔之心已经遭受了几次沉重的打击，不过机甲的盾牌抵御住了严重的伤害。更糟糕的是，托尔温被迫杀死了两名奇迈罗斯家族的骑士，以避免自己被砍翻。他觉得自己的触控手套再也无法涤清罪恶了。

他喃喃自语道："我是至尊王，我必须履行我的职责。"

"托尔温，"从他的机械王座传来一位祖先的声音，那是老男爵纳撒尼尔，至尊王的高祖父，"留心你的孩子们，一定要保护好继承人。"

托尔温下意识地点了点头。

"是的，这是最重要的。"至尊王眨了眨眼睛，给自己的尊贵骑士团打开了一个加密的通信频道。在他的视网膜显示的五个符文中，有两个符文仍是不祥的黑色，代表着死亡。

他开口说道："我是托尔温。"费雷尔之心转身迎战一个猛冲过来的敌人。一阵热能冲击波穿过他的盾牌，驾驶舱温度飙升。"托尔温向尊贵骑士团的所有骑士致意。请听我说。"

那架骑士机甲向他快速逼近，是奇迈罗斯家族的一架游侠骑士机甲。托尔温想道，太年轻了。毫无疑问他是想讨好杰朗特。真是悲剧。

至尊王的通信器发出嘶嘶声和咆哮声，他操控机甲侧身避开了敌人的冲锋，覆有铁甲的双脚有力地踏在地上，泥浆和水喷溅到空中。他的对手手持链锯剑猛扑了过来。欲速则不达。托尔温挥动着他的激光剑，从敌人的手臂上硬生生砍下了武器。那武器脱手飞出后坠落在地，剑刃锯齿在垂死挣扎中搅动着泥浆。那架游侠骑士机甲试图减速、转向和就位，它的伺服电动机发出呜呜声，但它根本没有机会了。

一个年轻的、充满挑衅的声音侵入了他的通信器，十分清晰，是那个奇迈罗斯家族骑士的声音。

"至尊王杰朗特万岁！打倒帝国人！"

托尔温咆哮着："想这么办的话，除非踏过我的尸体！"他的速射战斗加农炮隆隆响了两声，那架游侠骑士机甲被炮弹轰得倒飞了出去。至尊王沮丧地想，三个，我现在已经杀了三个。杰朗特会为这种疯狂付出代价的。

"……父亲？"珍妮卡的声音穿过静电嘈杂的音浪传入他的耳中。

"我的女儿，感谢天龙圣火，你还活着！达尼亚尔呢？"说话的时候，托尔温一边操纵着他的控制装置，一边祈求通信器的机魂能发出更清晰的信号。不过，这也没有用。垃圾代码无法被攻破。

珍妮卡回答道："……还活着。"托尔温感到紧攥心脏的冰寒之感略微减轻了一些，"马科斯也……父亲，我们该怎么办？"

他们必须反击，但垃圾代码让他们不可能协调作战。仿佛读懂了他的想法一般，珍妮卡的声音再次艰难地传了过来。

"……告诉骑士们……短距离通信是勉……强可行的……使用他们的自动信号旗……骑士侍从代码……"

对女儿的自豪和喜爱之情在托尔温的心中油然而生。她可真是个头脑冷静的人，就像她母亲一样。骑士侍从代码是那些未来会成为骑士的小家伙骑马穿过平原去打猎时学会的第一件事。如果通信器靠不住，或者需要无声的交流，年轻的骑士侍从们会按照简单的代码，在长矛上升起或降低信号旗。这是任何骑士都不会忘记的事情，因为从第一天开始，他们的训导老师就给他们强行灌输了这个知识。它无法解决垃圾代码的干扰问题，但如果再加上所有骑士都习惯遵循的基本骑士守则，或许那足以形成某种凝聚力。

托尔温拓宽了他的通信范围，并尽可能地增强了信号，透过尖叫的刺耳杂音向所有那些可能听到他声音的德拉科尼斯、佩加森和米诺托斯家族的骑士伸出了援手。

他说："我是至尊王。"他的声音坚定而又沉着，即使在用盾牌承受了又一轮猛烈炮火的时候也丝毫未变，"我们遭到了背叛。奇迈罗斯家族和怀沃恩家族已经背叛了我们。我不知道原因，但他们肯定充满敌意。按你们的骑士守则撤退，聚集在一起，集中你们的盾牌，用骑士侍从代码进行沟通。"

托尔温将这条信息设置为循环播放，在滂沱大雨和雷鸣般的爆炸声中，开始向隐约可见的那些机甲大步走去。它们正被敌人围困，四面楚歌。如果他能和他的战士们联手击退叛徒，也许还有一线希望在后方集结星界军。

他的视网膜显示屏上亮起了一个新的通信请求。高等圣物维保士波卢克西斯，在一个代码加密的私人频道上联系他。他眨了眨眼，接通了通信器。

"波卢克西斯，什么——？"

"陛下，我已经成功地让我爬行者的机魂短暂地屏蔽了垃圾代码，并用鸟卜仪施放了一个占卜。我不知道他们是如何隐藏自己的，但怀言者就在此处，在我们的两翼，他们带来了成千上万名多纳托斯的变节者。穆布拉克西斯和坦霍利斯军团已经被打败了。我们寡不敌众，被重重包围，几乎不堪一击，我的国王。我计算过，以我们目前的状态，只要再过几分钟，敌人就会全歼我们的部队……"

达尼亚尔操控火焰之誓来了个急转身，伺服电动机呜呜作响，因为敌人的代码干扰了它们的动力供应。但他还不够快。在达尼亚尔还没来得及举起他的离子盾牌之前，加特林加农炮的炮弹就击中了火焰之誓的侧翼。火流飞溅而出，盾牌闪烁着蓝色的光芒。他瞥了一眼受损的歧管，诅咒起来，因为它在视线焦点上游移不定，时而模糊时而清晰。他的链锯剑伤痕累累，千疮百孔，满是对开管泄漏的润滑油。他的反应堆的功率输出降到了百分之七十三，他的感觉中枢实时更新的信息只是一连串无用的图片。他在半盲状态下战斗，更多的是依赖于鸟卜仪返回的信号和自己的本能，而不是其他任何东西。

"继续前进，"从他的机械王座上传来了各种声音，"记得把你的盾牌举起来，小伙子，你被包抄了，别再让他们牵着鼻子走了。"达尼亚尔对控制这些喧闹的声音已经略有心得，这就像是在太多的教官同时呵斥他的情况下，努力战斗一样。

三架奇迈罗斯家族的骑士机甲正向他冲来。

达尼亚尔每一次眨眼，显示出的画面都表明它们对他形成了更完整的包围。最前面的是一架守护骑士机甲，在它持续不断的炮火攻击下，他不得不让盾牌朝它的方向倾斜。另外两架是豪侠骑士机甲，都有毁灭力极强的拳头和轰鸣作响的剑刃。这些武器随时都可能撕裂火焰之誓的金属外壳，把他撕成碎片，就像捣烂贝壳撬出里面的肉一样。这真是太可怕了。他绝望地试图向侧翼的一架机甲开火，但由于他的瞄准标尺被垃圾代码干扰，热冲击波远远偏离了目标。

达尼亚尔一直试图在混乱中找到卢克，他必须知道他最好的朋友是否已经叛变。他必须相信卢克没有叛变。但现在他被敌人包围了，也许至死也无法得知真相。

他低声说道："对不起，父亲。对不起，珍。"他的骑士机甲摇摇晃晃，艰难前行。

达尼亚尔的驾驶舱剧烈地摇晃着向一侧倾斜，火花如雨点般落在他身上。一想到旋转的金属叶片会把他撕碎，他就大叫起来。翻腾的火焰照亮了他的感觉中枢，他的通信器在耳边噼啪作响。

"你还没……还没死，小弟。"那是珍妮卡的声音，她的声音充满了愤怒。达尼亚尔意识到火之蔑视在他的侧翼，而他的姐姐以精准的射击将一架奇迈罗斯家族的豪侠骑士机甲轰成了两半。那架叛徒的机甲四肢摊开躺在了泥里，变成了燃烧的残骸。

马科斯•达•德拉科尼斯说："不是因为想要……该死的尝试……不过，嗯？"

达尼亚尔头一次这么高兴听到这位脾气暴躁的传令官严厉的声音。达尼亚尔右边的画面猛然一闪，马科斯的骑士机甲冲进来和另一架豪侠骑士机甲正面交锋，他们相互猛击，火花四溅。刹那间，奇迈罗斯家族的那架机甲用雷击拳套锤向荣耀之光的护肩。

紧接着它就被撂倒了，侧卧在地，马科斯的机甲单脚把它的头盔踩进了泥里。

"……见鬼去死……你这个……混蛋叛徒！"马科斯吐了口唾沫，最后一次扭动他机甲的脚，他脚下的机甲发出了一声沉闷的爆炸。

那架奇迈罗斯家族的守护骑士机甲寡不敌众，但它的驾驶员显然很清楚他的猎物有多宝贵。骑士将背甲导弹架上的所有导弹对着王子在近距离平射而出。达尼亚尔以最快的速度操控火焰之誓后退，牢牢撑住盾牌，令人战栗的爆炸声震得机械王座上的他东倒西歪。但这些爆炸并不像他预期的那样可怕。透过被静电干扰弄得晕乎乎的感觉中枢，达尼亚尔意识到他的姐姐和传令官都已经来到了近前，按骑士守则将他们的离子盾牌与他的离子盾牌固定在一起。

达尼亚尔结结巴巴地说：“我……谢谢你们……”

马科斯简短地答道：“……升起你的自动信号旗。更容易……沟……通。”

达尼亚尔迅速照做。骑士侍从代码，他当然明白。

三位德拉科尼斯家族的骑士用他们的自动信号旗来回快速交换信息，协调着他们的火力。珍妮卡和马科斯努力克服被劫持的系统带来的困难，骑士机甲进行大范围扫射，当他们通过敌人的屏蔽电弧时，将枪口向内转。那架奇迈罗斯家族的骑士机甲不顾一切地后退，结果它的一只脚猛地陷入了一个水坑。它膝关节的伺服电动机在巨大的压力下短路而产生火花，这台战争机器向一侧倾斜。

珍妮卡快速移动，从侧面包抄猎物，迫使他转动盾牌来阻挡她的火力。达尼亚尔大喊着发泄出仇恨和恐惧。他握紧拳头，猛然出击。当他的热能加农炮发出巨龙般的怒吼时，热力冲刷过他右臂的神经。而敌方骑士的盔甲在难以忍受的高温下发出强光，一蹶不振。对方能量读数飙升，达尼亚尔刚刚切断他的视觉信号，那架奇迈罗斯家族的骑士机甲就爆炸了，成了一个炫目的火球。

重新接入视觉信号后，达尼亚尔发现那架之前折磨他的机甲现在只剩下了两条腿，冒着黑烟。

他只是短暂地松了口气，有更多的火球从左边呼啸而来。达尼亚尔看到卢克的英雄之剑一瘸一拐地朝他走来，他的心怦怦直跳。卢克的机甲受了伤，火花在一条腿上盘旋着，背甲上撕开了一个大洞。在他身后，来了一架怀沃恩家族的帕拉丁骑士机甲，它的家徽是绿色的，在烟雾和雨水中显得格外显眼。它正将战斗加农炮的炮弹倾泻在卢克向后防御的盾牌上，每一次猛烈的爆炸都使盾牌闪闪发亮。

达尼亚尔看到马科斯的自动信号旗落下又升起，发出了全面进攻的信号。达尼亚尔不假思索地启动了动力传动装置，控制火焰之誓径直走入传令官的火力范围。当他进入另一个骑士的进攻范围时，仪器上亮起了目标警告符文。马科斯吼着要他走开，他的通信器里传出了一团乱七八糟的静电声和咒骂声。王子站在原地没动，尽力挡在传令官和卢克的骑士机甲之间。

看到僵持的局面，珍妮卡示意他们自己打算开火。她的战斗加农炮轰隆作响，在倾盆大雨中射出了两枚炮弹。它们从英雄之剑旁边呼啸而过，砰的一声撞上了那架怀沃恩家族的骑士机甲。机甲的盾牌挡住了其中一发炮弹，但另一发炮弹正中机甲的要害。那架怀沃恩家族的骑士机甲摇晃着，速度慢了下来，然后它的驾驶员操控它转身逃进了烟雾中。

珍妮卡在通信器中轻蔑地发话："……懦夫。"

卢克的骑士机甲一瘸一拐地停在他们面前。烟雾和火星从它受损的机身中滚滚而出。在嘶嘶作响的雨声中，达尼亚尔觉得那架骑士机甲似乎因为失败而弯腰驼背。

"……该死的叛徒！"马科斯咆哮道，他向达尼亚尔、珍妮卡和卢克开放了通信频道，"你有什么……要为自己辩护的，嗯，谭·奇迈……罗斯？这种疯狂的行为……是什么意思？"马科斯的守护骑士机甲沉重地走了两步，绕过火焰之誓的侧翼，举起了加特林加农炮。

"他的整个家族都变成了叛徒……你还期望我相信他没叛变？现在回答，叛……徒之子，否则我以……天龙圣火起誓，我会开炮打死你……就在你站着的地方。"

达尼亚尔在通信器中发问："卢克？卢克，什么……？"

"我不……知道！"卢克说道，他的声音很平淡，冷冰冰的。达尼亚尔为仇恨感到震惊，但他也为自己自私的解脱感到一丝愧疚，如果卢克变成叛徒，他将无法忍受这种个人层面的背叛。

马科斯的信号旗上下飞舞，动作迅速，十分急促。

［交战终止。］

［需要说明。］

［战俘。］

当珍妮卡的信号旗示意她同意时，达尼亚尔如释重负，英雄之剑切断了武器的动力，降低武器以示投降。

珍妮卡的自动信号旗再次飞舞起来。

［命令？］

马科斯的答案很简单，通过达尼亚尔的感觉中枢在一连串的静止图像中出现。

［列阵。］

［重整旗鼓。］

［战斗。］

托尔温的声音打断了通信器里的尖叫声。

"骑士们，我们被包围了，寡不敌众。叛徒星际战士在这里。如果我们留下来战斗，我们都会被杀死。我不会让我们高贵的家族毁于异教徒之手。我们必须努力逃出这个陷阱，就趁现在！所有骑士，如果可以的话，听我的信号集合。如果不行，就去指定的集合点 6-11-17。重复一遍，6-11-17。"

撤退。战斗失败了，就连他的父亲也无计可施，无法反击这些将骑士誓言践踏成泥的叛徒。尽管达尼亚尔操控着金属战神，但他还是感到无能为力。最糟糕的是，他觉得自己又遭受了背叛，这次是被他自己的英雄父亲背叛了，尽管他知道这样想并不公平。达尼亚尔的手伸向了脖子上的护身符，他低声向一个更值得它祝福的人苦涩地说了句抱歉。他听从了父亲的命令。有了费雷尔之心增强的感觉中枢作为信号浮标，即使在垃圾代码风暴中鸟卜仪也不难找到它。达尼亚尔操控着火焰之誓转身，大步向西穿过战场，重新与父亲会合。

高等圣物维保士波卢克西斯专心致志地看着他负载突加的显示屏，手指像闪电一样在符文控制台上快速舞动，而他的机械树突在各个插座端口和信息分流器之间滑动和点击。他就像一个乐队指挥一样，操控着爬行者中心部位的沉思者神龛，抵抗潜伏的垃圾代码的入侵，无论它试图钻进哪里。他的侍僧们一边用爬行者上的枪炮向叛徒开火，一边吟唱着二进制形式的守护赞美诗，或者沉思着助他一臂之力。

波卢克西斯成功地从他的爬行者系统中驱除了恶魔，在纯数据的洗礼中给爬行者重新赋予了机魂，并在其周围布设了复杂的编码防御系统，以防再次被攻占。正是这种效率，让高等圣物维保士得以恢复自己的战略鸟卜仪实时数据更新，并读取了战斗形势。

战火纷飞，狰狞可怖，混乱不堪。保皇派的骑士团伤亡惨重。超过半数的机甲停止了运转，再也无法行走，而剩下的那些机甲没有一架是完好无损的。波卢克西斯毫不客气地非法入侵了米诺托斯和佩加森家族骑士的实时数据更新，发现他们的处境甚至比德拉科尼斯家族的还要糟糕。佩加森家族的骑士起初有三十多人，现在只有五个人还有作战能力，而米诺托斯家族只有大元帅古斯塔夫和少量骑士还能战斗。波卢克西斯没有对奇迈罗斯家族和怀沃恩家族爬行者的系统进行类似的调查，以免它们玷污了那辆他辛辛苦苦清理过的爬行者。

星界军也大受影响。在大工厂的军营被完全占领了，穆布拉克西斯和坦霍利斯军团几乎被全部消灭了。他们的许多火炮都被垃圾代码干扰了，有些训练有素的叛徒民兵调转炮口来对付保皇派。有消息说，陪同远征军至此的几位多纳托斯领袖与保护他们的法务部的人一起被杀死了。卡迪亚人的反应速度和效率都值得称道，有些人向前推进加入了对抗奇迈罗斯骑士团的战斗，而其余的人则退后援助保皇派的爬行者。又一轮激光冲击波来袭，防护罩上火花四溅，波卢克西斯的爬行者摇晃不已，被迫停了下来。战斗仍在进行中。

即使有卡迪亚人施以援手，保皇派的部队也坚持不了太久。浩浩荡荡的叛徒大军逼近了他们的后方和侧翼。他所收集到的关于混沌星际战士的少量通信和图片情报表明：尽管他们的人数可能很少，但对任何阻碍他们前进的东西来说，他们都意味着死亡。

高等圣物维保士听着托尔温在通信器中发布的突围和撤退命令，而无动于衷。它们在他的音频拾音器中循环播放了三次，他进行了战略模拟并提出应对方案。最后，高等圣物维保士满意了，至尊王的方案是最佳方案。

他用通信器在一个加密的频道上说道："所有保皇派的爬行者和幸存的星界军部队，剩余的保皇派骑士机甲正在向至尊王的方向集结，并向集结点 6-11-17 突围。建议支持此操作，立即生效。"

波卢克西斯下达了二进制命令，他乘坐的爬行者引擎猛烈运转。他通过模模糊糊的外部成像仪看着他那装饰华丽的交通工具撞上了一辆试图阻挡他去路的怀沃恩家族的爬行者。波卢克西斯的爬行者体积更大也更重，把敌人的爬行者撞得侧翻在地，然后加速离开泥泞的平原。波卢克西斯环顾四周，看到其他爬行者跟在他的身后，在脱离战场时用质量加速器和激光束对敌人进行密集射击。卡迪亚人也加入了行动。黎曼·鲁斯主战坦克向巨大的敌车倾泻火力，在由爆炸和火焰形成的云团中，保皇派的装甲部队向撤退的骑士机甲涌去。

达尼亚尔对那些试图阻挡他前进的异教徒深恶痛绝。随着隆隆作响的脚步声，他把更多的异教徒碾进了泥里。随着火焰之誓的热能加农炮的每一次轰击，或者重机枪的每一次齐射，他不断让更多的敌人横尸战场。他再也不想了解这些叛徒的想法了。他希望他们全都去死。

德拉科尼斯家族、佩加森和米诺托斯家族幸存的骑士们聚集在至尊王的周围，在无穷无尽的敌军中奋勇前进，势不可挡。并不是所有的骑士都能逃脱，王子怀疑有些人被迫自行逃生。尽管如此，这仍然是一支追随至尊王的庞大军队，五十七名保皇派骑士驾驶着机甲，他们的内心充满了被背叛的愤怒。在由圣物维保士和卡迪亚人组成的参差不齐的纵队的支持下，帝国的先锋部队凿穿了前来阻止的叛徒部队。

他们迈着大步向西快速推进，离开银金矿山谷。尽管垃圾代码的有害干扰没有完全消失，但有所减弱。它一定是源于敌方要塞内的某处，达尼亚尔想。他用重机枪向一群嚎叫的变种人扫射时，抛开了那个念头。在他的右边，骑士戴维德的豪侠骑士机甲挣扎着前进，它那遭受重创的甲壳上冒出缕缕烟雾。王子很高兴看到这个大个子骑士还活着，尤其是现在火葬堆毒牙正用单臂砸开与它对峙的叛徒装甲阵列。

大量敌人的尸体从工业废墟向西蔓延到平原上，形成了名副其实的尸山血海。他们挥舞着破烂的旗帜，高声呐喊，表达着对黑暗诸神的虔诚，但他们几乎没什么称手的武器可以用来对抗机甲。他们所拥有的那些武器——他们的坦克和火炮，在托尔温的命令下被列为重点打击目标，并被迅速消灭。与此同时，由加拉斯·达·德拉科尼斯率领的后卫军向追击的奇迈罗斯和怀沃恩家族的骑士们开火。他们衔尾相随，穷追不舍。这是一场艰苦的战斗，但达尼亚尔知道，他的战友们不会在这里被打败。他们不能容忍背叛自己的人逃脱惩罚。

至尊王在通信器上说道："前方有中转桥。"

"我们过桥，等过了桥就把那座桥弄垮。桥下的运河看起来深达 30 米，宽……达 800 米。这样他们就没法追击了。"

达尼亚尔用信号旗示意同意，并操控火焰之誓与马科斯和珍妮卡排成密集队形，紧紧跟在托尔温的费雷尔之心身后。在他们的侧翼，其他骑士机甲也是如此，凝聚成一支装甲的先锋部队。他们即将穿过那座桥，获得自由。这座桥近在眼前，宽阔得足以让六名骑士并排行走，巨大的钢筋混凝土柱子和钢缆腹板支撑着桥体。

"那些鸟卜仪的信号是什么？"苏塞特·达·德拉科尼斯的声音传来，"在桥的入口处？它们看起来不像是……"

她的问话被打断了，有重型武器从正面向骑士团猛烈开火，离子盾牌闪烁着蓝色的光芒，能量光束和疾驰的导弹穿透了机甲的盔甲，使之弯曲变形并爆炸。

珍妮卡唾骂道："怀言者、叛徒星际战士、步兵……还有坦克。"

"没时间改变计划了。"托尔温的声音传来，他操控费雷尔之心发起了冲锋，"我不管他们是谁。我们要……从他们中间穿过去。燃起伊克赛尔西厄姆之怒吧！"

由奇迈罗斯家族和怀沃恩家族的骑士们组成的先锋部队只落后他们瞬息，他们的导弹和炮弹呼啸而下，击中加速的爬行者，在冲锋的保皇派中爆炸开来。另一位德拉科尼斯家族的骑士，骑士波尔德雷德，被杀死了，战斗加农炮的炮弹在他机甲迈步时炸飞了机甲的腿，让它猛然倒地。叛徒星际战士真是该死。

"天龙圣火！"王子大吼一声，火焰之誓能量激增予以回应，它与达尼亚尔父亲的机甲并肩而行。他们冒着倾盆大雨沿着处处龟裂的公路狂奔，直冲向怀言者的阵地。超能战士们站在原地，向冲锋的骑士们不断射击。一发激光冲击波倾斜击中了达尼亚尔的链锯剑。一连串的穿甲手雷在他机甲的胫甲上炸开，但机甲屹立不倒。正前方，一辆深红色的装甲坦克旋转炮塔，释放出一连串的激光冲击波，但火焰之誓的离子盾牌承挺住了。达尼亚尔恶狠狠地咒骂了一声，甩出机甲的腿，狠狠地踢了坦克一脚。坦克被踢了个底朝天，爆炸了。然后他听到了一声惨叫。

费雷尔之心有条腿严重损毁，冒着烟。其中一个怀言者，某种穿着钩镰枪甲的领袖或战士，趁机甲的脚甩过去的时候，一跃而上，用动力拳套扯掉了腿上的机械装置。

"这些家伙有多强？"达尼亚尔咆哮着，端平他的重机枪，对准混沌星际战士狂泻火力。火花四溅，那个战士的盔甲被打得铿然作响，他摔了下来，滚到了混凝土路面上。那个叛徒开始起身，显然没有受伤，托尔温平挥剑刃，将他打得横飞了出去。

那个怀言者飞过桥面，撞上了一个钢筋混凝土支架，轰然落地。他没有再爬起来。然而机甲已伤，费雷尔之心连走都走不动，更别说跑了，而敌人正迅速逼近。

达尼亚尔喊道："向国王的方向集结！向国王的方向集结！"

保皇派的骑士们放慢了脚步，为托尔温架起了一道盾墙，而那些已经突围出去的骑士则往回走。

"不！"托尔温大喊道，他的愤怒震慑住了达尼亚尔，让他安静了下来，"敌人正向我们逼近，而我几乎动弹不得。没有时间了，如果让我看到这些叛徒杂种狗因为我而取得胜利，我会在最寒冷的地狱死不瞑目。那些行动能力受损的机甲，到我这里集结，准备打一场扎实的防御战。波卢克西斯，让你的爬行者在他们经过时放炸药，让我的机械王座拥有附属控制权。我希望我们一过桥就能把这座桥弄垮。剩下的人，不要等我们。到集结点去，然后重整旗鼓。如果我们没与你们会合，那就想办法为帝皇赢得这场战争。"

一时间，通信器沉默了，骑士们犹豫了。火焰拍击着，呼啸着，爆炸在盾牌上绽放。爬行者和卡迪亚坦克开火猛力攻击最后这支怀言者小队。

"我说该死的快行动！"至尊王咆哮着，迫使他的臣民采取行动，"珍妮卡，你和你的弟弟现在马上离开！"

达尼亚尔张口说道："我……"

他的姐姐催促道："达，我们必须马上离开。继承，达，责任，荣誉。父亲还能赢下这场战斗，但你不能和他并肩作战。走吧！"

就在那时，达尼亚尔感觉到他机械王座的鬼魂抚慰着他，帮助他克服正在发生的事情所带来的恐惧。他在触觉控制装置上移动他的手，浑浑噩噩地操控他的骑士机甲穿过了桥，就像在做梦一样。他的父亲冒死一战，这样他们就得以逃脱，而作为王子，他有责任活下去，这样德拉科尼斯家族才能继续存在。达尼亚尔加快了火焰之誓的速度，迈开大步奔跑，和剩余的保皇派军队一起逃亡。他看到马科斯的骑士机甲在至尊王的身边犹豫徘徊，然后传令官逃离了，跟上了他们，他是最后一个撤退的保皇派战士。

从私人频道里传来了他父亲的声音："达尼亚尔、珍妮卡，我真为你们俩感到骄傲。活下去，然后反击。让这些叛徒看看天龙圣火有多炙热。"

珍妮卡斩钉截铁地答道:"我们会的,父亲。"

达尼亚尔愤然说道:"您也会的。"但他的父亲没有回答。

通过他的感觉中枢,达尼亚尔注视着至尊王的骑士机甲。

骑士戴维德破损的火葬堆毒牙、骑士克利斯朵夫的绯红之剑和骑士纳坦的巨龙升腾都跟他在一起。米诺托斯家族的两架骑士机甲,被打得破破烂烂,已经跑不动了。还有一队杂乱的星界军和数台圣物维保士的爬行者,其履带受损降低了撤退速度。它们共同组成了伤痕累累的后卫队。

骑士机甲巨龙升腾倒下了,一发炮弹撕裂了它的躯干,在它的背部爆炸。绯红之剑摇摇晃晃,子弹打穿了它的护胫甲,然后敌人更多的炮火摧毁了它的反应堆外壳,它突然燃烧起来,但仍然进行了反击。最后,奇迈罗斯家族的机甲击中了它的要害。

"天龙圣火!"托尔温怒吼着,用剑刃劈穿了一架叛徒机甲的胸甲,"拖住他们!别停下!"透过雨水和静电,达尼亚尔看着父亲机甲英勇战斗的身影越来越小,他的能量刃闪烁着明亮的弧线。费雷尔之心和它的战友们向桥中心退去,距离国王预备引爆炸药的地方只剩下九十米。

一架奇迈罗斯家族的豪侠骑士机甲从桥上翻了下来,像彗星一样耀眼。一个中队的黎曼·鲁斯主战坦克在火焰中爆炸了。一辆圣物维保士的爬行者向前撞中了一架怀沃恩家族的游侠骑士机甲的胫骨,机甲向前倒下,它的尸体把凶手压得粉碎。只剩下四十五米了,托尔温在靠近桥的另一头,达尼亚尔感觉一切尚有希望。他的父亲还在桥上,还在战斗。他要活下来……

……直到杰朗特·谭·奇迈罗斯的机甲——泰瑞安特罗斯,一头冲向了费雷尔之心。达尼亚尔咒骂着,心跳加速,两架机甲以雷霆之势互相猛击。然后,滂沱大雨让它们失去了踪迹。火焰之誓下了桥,它是最后一架过桥的保皇派骑士机甲。

一个火球突然在雨中绽放,达尼亚尔大叫一声,他绝望地希望那是杰朗特的机甲。然后他的通信器响了起来,他听到了他父亲极度痛苦的声音。

"对不起,我的儿子。你要坚强。"

炸药爆炸了,火焰和碎石直冲云霄。那座桥猛然震动,然后坍塌,坠入下面的坑里。

至尊王托尔温陨落了。

第二幕
灰烬与余烬

第七章

伴随着一串咔嚓声，达尼亚尔的神经插孔脱离了耦合。他打了个寒战，缓缓地、颤抖地呼出一口气。他扯下了触控手套，它们哗啦啦地落入地上一堆传感器和电线中。达尼亚尔站起身来，感受着之前在平原上野蛮战斗导致的每一处伤口和瘀青的疼痛。他的头撞上了火焰之誓驾驶舱装甲上的深深凹痕，他痛苦地嘶吼着坐回自己的机械王座。这最后的怨恨之痛似乎太过强烈，所有的一切在向他咆哮。背叛、失落……他猛然意识到，费雷尔之心的机械王座肯定和骑士机甲一起被摧毁了。他将永远无法坐在他父亲曾坐过的地方，永远无法从托尔温鬼魂的建议中获益。他再也听不到父亲的声音了。他把自己锁在骑士的铁甲神秘圣地任何人都听不到他的声音。达尼亚尔·谭·德拉科尼斯放弃了控制情绪的努力，任凭悲伤席卷内心。王子的身体因啜泣而颤抖不已，他不断捶打着机械王座的扶手，直到拳头变得血肉模糊。

达尼亚尔哭干了眼泪，脸色苍白。他从火焰之誓机身舱口爬了出来，打量着周围。至尊王选择的避难所很好——集结点6-11-17是个巨大的地下综合设施，全是弹药仓库，就连巨大的帝国骑士机甲都可以在这个洞穴般的空间藏身。达尼亚尔等人操控他们的机甲从建筑群的一端走下入口坡道，消失在暗处。现在，他们战损的骑士机甲静静地站在阴影中，一声不响，只有幸存的圣物维保士爬行者的探照灯和信号浮标照亮了它们。若干卡迪亚人也幸免于难，不过他们在建筑群其他地方的一个独立仓库里避难。

达尼亚尔滑过火焰之誓的背甲，抓着向下的阶梯，慢慢爬下他的机甲。这架骑士机甲在战斗中受到了严重破坏。它的家徽沾满泥浆，而且被火熏得焦黑，盔甲上到处都有破损、擦伤，被子弹打得千疮百孔，或已弯曲翘棱。我知道火焰之誓的感受，达尼亚尔苦涩地想。尽管如此，他还是把额头紧贴在机甲的金属外壳上，低声道谢。

达尼亚尔一下躺倒在岩石和混凝土铺成的地面上，周围扬起的灰尘呛得他直咳嗽。这个仓库似乎已经很久没使用过了，残破的柱子上有小堆碎石，以及被盖住的陈旧板条箱，都更认人确信如此。他扯下他的无边便帽，塞进腰带里，捋了一下紧贴在头皮上的短发。这个洞穴般的空间里到处都是人，但几乎没有人说话。骑士们都分成呈小群聚集，你看看我，我看看你，震惊而又茫然。幸存的圣物维保士紧守着他们的爬行者。达尼亚尔看到几个卡迪亚人站在通向下一个仓库的隧道口，他们把激光枪紧紧地抱在胸前，严肃的脸上毫无表情。

珍妮卡来到他身边，说道："他们在观察我们。以我之见，他们怀疑我们之中可能还会有人叛变。可谁又能责怪他们呢？"

达尼亚尔看得出来，他的姐姐也一直在哭。她轮廓分明的脸憔悴而又苍白，眼睛看起来也有瘀青。天龙的眼睛，达尼亚尔凄然地想，就像他们父亲的眼睛一样。姐弟俩无言地在一起拥抱了好一会儿，分担悲伤。珍妮卡先松开手，退后一步，上下打量着弟弟。

"你还活着，达。"她说道，逐渐冷静了下来，"我也活着。我们会让他们付出代价的。"

"我们会的。"达尼亚尔说道，感觉愤怒在心中翻腾不休，"但在我们开始考虑这个问题之前必须确保我们是安全的。他们有人跟踪我们吗，珍？我们中有叛徒吗？"

"桥垮了之后，他们不可能跟踪我们。"

"我想他们为了那场伏击战，把周围地区都清空了。"达尼亚尔边说边点了点头，"傲慢的杂种狗。他们可能认为不需要后备力量吧。"

骑士奥尔里克·达·德拉科尼斯说："好吧，在帝皇的眷顾下，那份傲慢或许能挽救我们。"这位又高又瘦、沙色头发的骑士耸了耸肩，为他的插话表示歉意，"对不起，陛下，女骑士。我无意中听到了你们的谈话。我们应该在剩下的家族成员之间进行讨论，不是吗？如果幸运的话，雷电交加的暴风雨可能会让敌人看不到我们的撤退方向，但同样也有可能不会。敌人可能现在已经在路上了。我们需要派人放哨，把这些骑士机甲修好，拟订计划。"

"我们应该安排哨兵，"达尼亚尔点头表示赞同，"并且让圣物维保士立即开始维修。应该有人去和卡迪亚人谈谈，看看谁会加入我们，而且要让他们相信我们都是忠诚的。"

附近传来了一声叫喊："可我们并不忠诚，是吧？我的意思是，我们全都是忠诚的吗？"达尼亚尔转过身来，看到马科斯满头大汗，浑身伤痕累累，正带着卢克·谭·奇迈罗斯向他们走来。他单手钳住了那个年轻骑士的后颈。卢克的颧骨有瘀伤，鼻血在流，这让他看起来很狼狈，他的黑发也凌乱不堪。

"卢克！"达尼亚尔愤怒地喊道，开始向前走，"马科斯，你做了什么？"

"我做了什么？"传令官大吼一声，太阳穴上青筋暴起，"我到底做了什么？这些叛徒怎么办？哦，该死的高贵的奇迈罗斯家族怎么办呢，嗯？"马科斯狠狠地推了卢克一把，这位奇迈罗斯家族的骑士跪在尘土中。他没有反抗。

"如果说这里有谁该负责的话，那就是他！"马科斯怒吼着，唰一声从剑鞘里抽出他的天龙宝剑，把剑锋压在了卢克的喉咙上，"说吧，叛徒！告诉我们吧！你那个异教徒父亲筹谋了多久？他是怎么做到的？他为什么要这么做？"

卢克直视着前方，表情空洞，鲜血从他的鼻中流出，缓缓滴入尘土中。一群人围了过来，剩下的骑士们怒容满面，低声议论着，他们和马科斯想的一样。

"来吧，你这个垃圾，说吧！我训练过你，孩子。我信任过你。你至少欠我一个解释。"

"我得阻止这一切。"达尼亚尔对珍妮卡嘀咕道。他向前走了一步，说道："骑士马科斯，卢克不是叛徒。"

马科斯的脸气得通红，他突然生气地责骂起了达尼亚尔。

"至尊王已经死了！托尔温是被这些不忠的走狗杀死的，而你还要维护该为此负责的那个不守信用的混蛋的儿子！你对此一无所知，孩子，你软弱的话语玷污了你父亲的名声！"

达尼亚尔退缩了，他对骑士侍从时期的训导老师还抱有本能的惧怕。珍妮卡就不一样了。

"骑士马科斯·达·德拉科尼斯！"她叫道，声音冰冷、强硬，"你忘了自己是谁！如果说有人使我们的父亲蒙羞，那就是你。我们都很愤怒。我们都被背叛了。但除了你以外，没有人像野兽一样行事！"

传令官看上去像是被人猛扇了一巴掌。他退了几步，圈子里愤怒的窃窃私语很快就平息了。

珍妮卡用不容争辩的语气说:"现在,骑士,您要还剑入鞘,我们将按照骑士守则的规定,和这位贵族囚犯对话。除非你想再次殴打一个手无寸铁的俘虏,来加重你的耻辱?"

"不。"马科斯不情愿地嘀咕着,面色阴沉,"不,当然不,女骑士。我道歉。"

"这段时间大家都很艰难。"珍妮卡落落大方地回答。尽管她的紧身衣满是汗渍,身上有战士的刺青,还有青紫色的瘀伤,但在那一刻,女骑士谭·德拉科尼斯俨然是个很能干的贵族。达尼亚尔羡慕她此刻能做到这样。

"达尼亚尔,"她说道,示意他上前,"他由你来审问,兄弟。"

达尼亚尔退回圈子里,强忍着不把紧张的目光投向骑士马科斯。他能感觉到,传令官依然处于愤怒之中。他意识到那些圣物维保士正在上前,走入人群中。佩加森家族和米诺托斯家族的幸存者也聚集在一起,大元帅古斯塔夫也在他们之中。他被手下的一个骑士搀扶着,半边脸都糊满了干涸的血痕。在刺眼的灯光和尘土中,所有的目光都集中在达尼亚尔和他的朋友身上,而他的朋友正跪在他面前冰冷的石板上。

"卢克。"达尼亚尔开始说道。卢克没有回应。

"卢克·谭·奇迈罗斯,"达尼亚尔提高了嗓门说道,怒气越发高涨,"你对这背叛知情吗?告诉我你没有参与其中。"

卢克抬头看着他,但从那死气沉沉的眼神里看不出任何承认之意。

他呆呆地说:"我没有参与其中。我不知情。"

"那是个该死的谎言!"马科斯喊道,"看在机械王座的分上,他是杰朗特的独子。他怎么可能会不知情呢?"

卢克答道:"他们向我开火,想杀我。你看到了,达尼亚尔,珍,还有你,骑士马科斯。那架怀沃恩家族的骑士机甲本来要干掉我的。"

"这倒是个赢得我们信任的好办法,嗯?"骑士加拉斯冷言冷语地嘲笑道,"假装他们要杀你,好让你打入我们的队伍,然后等时机成熟,再动手。"

达尼亚尔的脑子转个不停。难道他的朋友真的是个叛徒?但他怎么可能会不知情呢?

他说:"一定有办法可以确定,我不希望这是真的,但是卢克,如果你参与其中的话……"

卢克突然愤怒地喊道:"我的亲生父亲想杀死我!"他猛然站起身来,却被马科斯一脚踹倒。传令官的剑又稳稳架到了卢克的脖子上，没有一丝犹豫。

马科斯咆哮道："再试一次，来啊。"

卢克消停了，心情沉郁。

"我对背叛一无所知。我不知道我父亲抛弃了他的名誉，也不知道他和那些叛徒达成了协议。他现在是混沌的爪牙，是异教徒。如果我再见到他，我会亲手杀了他。这样够诚心诚意了吗？"

达尼亚尔快速思考着，说道："你一定是看到了什么，即使你没意识到。快说啊，卢克！帝皇的血裔，你肯定不可能参与其中。"

卢克眨了眨眼，忽然说道："垃圾代码。你们都看到了他们在外面战斗的样子。垃圾代码对他们没有任何影响，但它给我造成的冲击就像它给你们所有人造成的冲击一样。"

骑士马科斯说："又撒了一个谎。我们正在这个叛徒身上浪费时间。"

高等圣物维保士波卢克西斯回答说："那是一种误解，在战斗过程中，我和我的侍僧收集了大量关于敌人召唤出的地狱垃圾代码的数据。我们的沉思者装置正在处理和分析它的性质，以便更好地理解敌人的这种武器。一旦我们破解了它，我相信，在万机之神的祝福下，我们将能避开它的影响，恢复与其他保皇派部队的远程通信。"

达尼亚尔皱着眉头说："听起来不错，但它和这里有什么关系呢？"

"我们的审问过程中有一部分，涉及对每架保皇派骑士机甲的机魂进行自动降神，以确认敌人的代码对其系统的负面影响。卢克·谭·奇迈罗斯说的是实话，他的骑士机甲和你们的一样受到了影响。尊敬的诸位大人，有个合理的推断，在战斗之前，叛徒的机甲使用了一种防护药剂，但卢克·谭·奇迈罗斯的机甲却没用。"

珍妮卡说："洗礼，达，我们看到他们给他们的机甲涂抹了那种油膏。"

"一定是这样。"达尼亚尔表示同意，一想到卢克可能说的是实话，他就觉得胸中的纠结消失了。然而，他朋友的表情却怒气冲天。

他深呼吸，说道："那些混蛋。"

骑士奥尔里克说："这对我来说已经足够了。"达尼亚尔点头表示赞同。德拉科尼斯、米诺托斯和佩加森家族的骑士面面相觑。但马科斯依然黑着脸。还有几个德拉科尼斯家族的老牌骑士，例如骑士加拉斯，也表情沉重。他们在背叛中失去了很多挚友,而机械王座赋予的荣誉感已经深入骨髓。这些人需要找个人去批判宣泄,需要有人为发生的事情负责。哪怕证据充足,也不足以让卢克不再惹上麻烦。但王子看得出来,大多数人,都深信不疑。很多人都在点头,眉头舒展开来。佩加森家族幸存的四位骑士之一,女骑士伊莲娜特,她代表全体群众发了言。

"看来卢克·谭·奇迈罗斯的确是他的家族最后的忠诚之子,对此我们必须心存感激。在这个黑暗的时刻,我们需要每一位忠诚的骑士。达尼亚尔·谭·德拉科尼斯,你在这个可怕的时刻失去了父亲,对此我们佩加森家族深感遗憾。"

达尼亚尔深吸了一口气,点了点头表示感谢。

"我也为您的损失感到遗憾,女骑士。我们会为被杀的人报仇雪恨,我们同仇敌忾。"

达尼亚尔向卢克伸出手。那位奇迈罗斯家族的骑士困惑地看了一会儿,然后他握住了达尼亚尔的手腕。他的朋友把他拉了起来。

马科斯苦涩地说:"对了,既然此事已成定局,那就希望我们能同样顺利地解决所有其他的麻烦。比如说,还有一个问题,就是我们现在该怎么办?"

珍妮卡坚定地说:"我们派出哨兵,就像我弟弟说的。因此,我们需要卡迪亚人。他们的人数比我们多,而且他们徒步作战的本领更高超。我们的机甲站岗时很快就会被人发现。"

女骑士伊莲娜特说:"也许,我们可以去履行这一职责?"

"谢谢你。"达尼亚尔说道,他很清楚佩加森家族作为外交家的名声,"我想大家都会非常感激。"

"我和他们一起去,"大元帅古斯塔夫说,他赶走了随从,站了起来,虽然因为无人搀扶而站得不太稳,"以平等的身份和他们的指挥官谈一谈,嗯?"达尼亚尔被这位大元帅的缺乏谋略激得打了个冷战,但他能明白古斯塔夫话中的道理。不管往卡迪亚人那里派什么样的使节,都需要有个合适的高层人物,凭威信为阿德拉斯塔波尔人说话。

他说:"很好,大元帅。我们感谢您。请在我们讨论结束后,就立即行动。"

"那我们的骑士机甲怎么办?"苏塞特·达·德拉科尼斯的哥哥西尔韦斯特·达·德拉科尼斯问道。他与达尼亚尔同龄,这位年轻的骑士比王子更高,也更瘦,他年轻的面容因忧心忡忡而显得苍白。"如果叛徒回来,而我们的骑士机甲受损太严重，无法作战……"

高等圣物维保士波卢克西斯插话道："那就不用担心了，我和我手下的侍僧们会立即开始对你们的机甲进行全面修复。我们剩下的爬行者还比较充足，除了受损最严重的机甲外，其他机甲都可以恢复到最佳状态。我认为用不了一天就能完成所有的修复工作。"

苏塞特·达·德拉科尼斯说："你也应该继续研究敌人的代码。"西尔韦斯特长得又高又瘦，苏塞特却显得矮小丰满，她生机勃勃的眼睛和认真严肃的脸庞上丝毫没有显示出像她哥哥那样的紧张，"也许我们能理解它？"

波卢克西斯说："此事已在进行中，苏塞特·达·德拉科尼斯。此事由我们负责解决，你们无需挂念。"

骑士马科斯列举道："帮普通士兵解决问题、设置警戒、修理机甲，都是实实在在的明智之举，也都很容易。那困难的部分是什么？我们该怎么反击呢？"他大步走到骑士们围成的圈子中间，环视一周，看着他们所有人。愤怒的火焰仍在他的眼中燃烧着，他需要战斗，需要重新获得控制权，"我们的荣誉被践踏在尘土中，在死者的尸骨间。"骑士马科斯继续说道。

"我们的盟友已经变成了我们的敌人，把我们打得屁滚尿流，像懦夫一样狼狈撤退。难道我们就只是躲起来，让他们尽情享受胜利的盛宴吗？"

听了他的话，人群中响起了愤怒的窃窃私语和咒骂声。

传令官低声咆哮道："我们不能就这样躲在下面，对那些侮辱置之不理。我们不会让那些死者白白死去。"

珍妮卡说："那些侮辱、那些死亡、我们的耻辱，都会得到复仇的。但你也听到波卢克西斯的话了，目前我们甚至无法排除敌人的干扰，与我们的战友重新建立通信连接。正如我们所知，我们可能是多纳托斯最后一批活着的帝国仆人了！"

骑士加拉斯愤怒地说："那我们就更有理由回去战斗了。如果他们已经杀了其他人，那么我们就要为更多人报仇雪恨了。"

马科斯咆哮道："说得太对了！靠躲藏赢不了战争。我们过去不需要天国圣体，也不需要整个星球的通信网络。兽人入侵阿德拉斯塔波尔的时候，我们没有那些科技手段。我们只是勇往直前，找到我们的敌人，然后干掉他们。"

女骑士谭桑娜·达·佩加森难以置信地说："干掉我们的敌人？也许你没

有认清现实，骑士马科斯，我们才是几乎被全歼的那一方！战场上还有多少敌人？有多少叛变的骑士？有多少被帝皇诅咒的怀言者？如果我们能重新建立通信连接，如果还有别的人活着，那么我们的当务之急应该是先退回巩固滩头阵地，然后再考虑重新发动进攻！"

马科斯咆哮道："相信一个佩加森家族的，建议我们在战场燃烧的时候躲在城堡的围墙后的骑士？兽人战争期间你到底在哪里，女骑士谭桑娜？和你们家族的其他人一起躲在群山之间吗？"

对此侮辱之言，几名骑士立刻大喊起来，他们愤怒的喊着要求道歉的声音中还夹杂着愤怒的附和声。

"我们不能像这样四分五裂。"达尼亚尔大声喊道，努力让大家在越来越大的愤怒的辩论声中听到他的声音，"这正是我们的敌人想要的。"

接着，一声枪响让所有的骑士都沉默下来，难以置信地环顾四周，结果看到骑士奥尔里克的自动手枪指着天花板。这位平日里和蔼可亲的德拉科尼斯家族的骑士板着脸，脸色凝重。

他低声说道："我们几个家族，一直都有分歧。我们总是争论不休，但我们总是能凭借至尊王的智慧找到了通向共同事业的路。"

骑士加拉斯啐道："托尔温已经死了。"

"是的，他死了，帝皇永远护佑他。"骑士奥尔里克回答道，放下枪，拨开垂在眼前的沙色头发，"所以依传统，王位需要有人继承。王权必须在精神上传承下去，即使王冠在托尔温倒下时丢失了。必须任命新的至尊王。只有这样，我们才能团结起来，有足够力量向敌人发起反击。"

在那一瞬间，所有的目光都转向他时，达尼亚尔诚惶诚恐，困惑不已。当他后知后觉地反应过来时，他的五脏六腑猛地收紧。他们指的是他。他是已故至尊王的儿子和继承人，而现在，他们想让他成为至尊王。当他看到骑士马科斯脸上恼怒的表情时，恐慌几乎要令他窒息。卢克露出了恍然大悟的神情。他自己的脸上一定也是那样吧。然后他看向珍妮卡，看向那个一直维护他、支持他，在他需要她帮助的时候就在他身边的姐姐。在她的眼中，达尼亚尔·谭·德拉科尼斯只看到了同情。

达尼亚尔只有几分钟时间让自己平静下来，使自己适应雪崩般急转直下的人生巨变。这改变摧毁了他的世界，埋葬了他。这一切让他无法承受，猝不及防。他紧紧握住了他父亲大战前一天晚上给他的护身符。他的父亲现在被杀死了。他即将担负起父亲的王位所附带的责任，传统规定必须如此。达尼亚尔觉得自己像一个年轻的骑士侍从在扮演小丑，穿着他父亲那超大的佩剑腰带和袍子。他还没有做好领导众人的准备，一想到有那么多的责任和压力，他的五脏六腑就像被坚硬的钢钳紧紧地夹着，感觉要吐了。

在洞穴般空间的另一端，人们用参差不齐的碎石块搭起了一个粗糙简陋的台子。波卢克西斯幸存的爬行者已经打开了火焰之誓的机身舱门，并把达尼亚尔的机械王座抬了出来。现在它就在那堆碎石上，两侧是挂在金属杆上的化学提灯。几个骑士们在它周围忙碌，在为仪式做最后的准备。大多数人只是安静而认真地交谈着，同时朝他的方向扫视。达尼亚尔并不想知道他们在说什么，不过他可以想象得到。

"达，你会没事的。"卢克喃喃自语，用一只手在达尼亚尔的肩膀上拍了拍，把他从浮想中摇醒。

"你对此又知道些什么呢，叛徒之子？！"骑士马科斯低声说道，语气愤怒而又急切。

"珍，"达尼亚尔说道，他因恐慌而喉咙发紧，嗓音十分嘶哑，"我还没准备好。我不能……"

"你能。"珍妮卡低声回道，语气坚定而令人安心，"你会准备好的。这对你来说是个沉重的负担，达尼亚尔，这是真的。但兄弟，我们会在这里帮你分担压力。你是托尔温·谭·德拉科尼斯和波琳娜·谭·德拉科尼斯的儿子和继承人。你能胜任这项任务，因为它就在你的血脉里。"

"我……"达尼亚尔说道，然后他清了清嗓子，重新开始说，"我会尽力的，珍，我会的。但父亲是个英雄。他是个国王，而我只不过是个骑士侍从！"

她言简意赅："你已经准备好了。"达尼亚尔深吸了一口气，然后点了点头。

"好吧，我会登基加冕的。"

"女骑士珍妮卡，"马科斯急切地小声说，尽量不被人偷听到，"你我都知道，这小子还没准备好！只有帝皇知道，我不想毁了他——他是托尔温的儿子，看在王座的分上！我几乎是把他当作自己的儿子来培养的。但要他来指挥？做你父亲能做的那些决定？这简直是疯了！"

"骑士马科斯，我明白您的顾虑。"珍妮卡硬着头皮答道，但马科斯还没说完。

他说："你真的明白吗？纸上谈兵和多年带领骑士们在战场上浴血奋战积累的丰富经验不可同日而语。珍妮卡女骑士，此事无疑可以推迟，等我们回到阿德拉斯塔波尔再说。小伙子说他还没准备好，那他就是没准备好。你和我可以暂时代为指挥。你是皇室成员，我是我们家族最老练的指挥官。我们之间……"

但珍妮卡在摇头，骑士奥尔里克也在摇头。

他郑重地说："你知道不能这样，马科斯。按传统，继承越早越好。女骑士珍妮卡是不能继承王位的，哪怕只是暂时。至于你和她分享权力，让王子自生自灭？那会让德拉科尼斯家族显得非常软弱，以至于我们回到阿德拉斯塔波尔后就会失去统治地位。更糟的是，在这种时候，此举有煽动叛乱之嫌。"

珍妮卡随声附和："他说得对，难道你没听到人们窃窃私语吗？他们会说，奇怪，至尊王是如何倒下的，只因他的女儿和他的传令官夺权乱政，废黜了他的儿子、王位的继承人。也许这根本不是一种实用主义的行为？也许这是一场政变，一场暗杀。也许他们和叛徒谭·奇迈罗斯是一伙的。"

卢克的脸色因为这些话而变得很难看，达尼亚尔很了解他这个朋友，他能感觉到他在掩饰自己的痛苦。

达尼亚尔说："我会尽我的职责，但我需要你的帮助。"他说这话时，直视着珍妮卡。"我还没有准备好接受王位——我和你一样清楚。但为了德拉科尼斯家族，我还是要扛起这个重担。所以，无论它的分量有多沉，我都会这样做的。"

达尼亚尔·谭·德拉科尼斯一边说，一边转身大步从聚集在一起的阿德拉斯塔波尔骑士们中间穿了过去。他的眼睛盯着前方，相信珍妮卡、马科斯和奥尔里克会跟上他的脚步。他不去理会自己心脏的剧烈跳动，不去理会身边那些经验丰富的骑士隐约的低语，也不去理会远处海面上仍在肆虐的暴风雨的轰隆声。他一直盯着自己的机械王座，它被放在他机甲外一堆粗陋的碎石上，显得很不协调。一个叛逆的声音在达尼亚尔的脑海里窃窃私语，他正在登上刚建好的他父亲石冢，坐上坟墓上的王座。达尼亚尔极力压下了这个念头，战胜自己对这个时刻的恐惧。

然后，他站到了王座前，王座上方正飘扬着天龙的旗帜，旁边还升起了米诺托斯家族和佩加森家族的旗帜，没有奇迈罗斯家族和怀沃恩家族的旗帜。达尼亚尔想：再也不会有了。

下一刻他就坐了下去。高等圣物维保士波卢克西斯就在他的王座旁边，由血肉和金属共同组成的两只爪子托着一个小小的金属箱子。他那银白色的机械树突滑开箱子，从里面取出一个由简单的艾德曼合金和黄金制成的头饰。达尼亚尔知道，这顶王冠不是属于他父亲的那顶。他父亲的那顶王冠在他倒下去的时候就丢了。这个替代品，是在波卢克西斯的爬行者的肚子里制作成型的。

新鲜出炉，未经检验。就像我一样，达尼亚尔带着病态的恐惧想到，他试图忽视所有转向他的面孔和所有盯着他的眼睛。

然后，珍妮卡在那里，她从波卢克西斯的金属触手上取下王冠，虔诚地放在达尼亚尔的额头上。

"跪下。"她说道，强硬的声音传遍了这个空洞的空间，"跪拜达尼亚尔·谭·德拉科尼斯，阿德拉斯塔波尔的至尊王。"

聚集在一起的骑士们整齐划一地抽出了他们的正式武器——天龙宝剑、米诺托斯锤和佩加森双刃剑，然后低下头，跪了下去。虽然有些人表现得不太情愿。

"至尊王万岁！"珍妮卡高声喊道，她抓住达尼亚尔汗津津的手，并将它高高举起。

他们也喊道："至尊王万岁！"就这样，在一片高呼声中，在一个陌生星球上一个光线昏暗、布满灰尘的洞穴里，达尼亚尔·谭·德拉科尼斯成了阿德拉斯塔波尔的至尊王。

第八章

　　瓦拉克洛尔沿着圣徒大道在不朽的帝国英雄的注视下行进，倾盆大雨还是下个没完没了。著名的将军、功成名就的贤者和星际战士的领主，都注视着这位主要的异教徒大步流星地走过。他幻想自己看见了他们罪孽深重而无法得救的鬼魂，在他们石制的面容后面尖叫着抽动。这些雕像已经被多纳托斯叛军损毁了，雕像的脖子被带刺的铁丝网套索缠住，四肢被打断了，破旧的大理石上血迹斑斑，全是血腥的混沌符文。

　　黑暗使徒说："现在是揭示真相的时候了，这些多纳托斯人，不顾一切地想要逃离他们正在腐烂的帝皇。"哥特罗戈尔在主人身后稳步前行，一言不发，没有作答。他们正走在银金矿山谷内区的街道上，向着烈士广场走去。虽然这里是被叛徒牢牢把持的领地，但身材高大的保镖已经把他的死神自动加农炮装填好，随时保持戒备。

　　瓦拉克洛尔想到：要时刻保持警觉，即便有一队怀言者尾随他们的领主；基于经验，黑暗使徒知道，哥特罗戈尔不会把他主人的安全托付给除他以外的任何人。这个身形巨大的终结者算是他的某种羁绊。哥特罗戈尔从一开始就和他在一起，按世俗的、凡人的计算，是他几千年来忠实的盟友和保护者。这位安静的战士以绝对的信念紧跟瓦拉克洛尔的步伐，坚定不移，从未动摇。黑暗使徒也知道，哥特罗戈尔表面上缺乏野心，他绝对的忠诚就像红色面罩一样都是掩饰。尽管如此，事实证明它还是很有价值的。随着瓦拉克洛尔对永生的执念越来越强，他那魁梧的保镖已经成为连结他与现实的坚实纽带。他是阻止他的主人在虚无力量的浪潮中漂流的锚。瓦拉克洛尔想道，当他不得不切断羁绊的那一天到来时，那将是一种耻辱。

　　但今天还不是时候。今天与往日不同，战士与众神会面的时间到了。

　　瓦拉克洛尔和他的荣誉卫队从高耸的雕像和后面隐约可见的哥特式数据神殿之间走出来，进入了烈士广场。这是一个巨大的广场，有几个广场分布在市中心，它就是其中之一，周围都是高耸的工商业建筑。大批获得解放的忠实信徒聚集在广场的边缘，怀言者走到哪里，他们就跟到哪里。他们聚集在窗前，淹没了广场入口的各条街道，但被忠心耿耿的变节民兵组成的警戒线挡住了，这些变节民兵褴褛的制服和盔甲上都涂满了怀言者的神圣标志。

瓦拉克洛尔的战士们在等着他。在更远的地方，几个营的叛徒民兵排列成密密麻麻的队列。他们为了取悦主人而聚集在一起，眼睛发亮，充满狂热。阿德拉斯塔波尔的变节骑士机甲笼罩了他们，它们在前一天平原上的战斗中留下了累累伤痕，溅满了泥污。笨重的维修车闲置在它们投下的阴影中。

在广场的中心，矗立着一个黑色的大理石高台，那是为黑暗使徒准备的。这座宏伟建筑高足有二十七米，有八十八级精雕细琢的石阶，直通它的顶端。在高台的顶上升起了一个带刺的金属框架，一个黄铜笼子悬挂在一个巨大的铁制火炉上方，看上去很残酷。更多的怀言者——所有那些不在整个大陆偏远战区战斗的怀言者——围着高台站成了一个大圆圈。

当瓦拉克洛尔登上通往高台顶端的大理石台阶时，从成千上万人的喉咙里发出了赞美和崇拜的呼喊声。钟鼓齐鸣，众多武器向天开火，他感到所有人的目光都落在了他的身上，尤其是那些在黄铜笼子里苟延残喘的怀言者。

当瓦拉克洛尔到达高台顶端时，他的荣誉卫队在高台边上散开。只有哥特罗戈尔留了下来，与他并肩而立。瓦拉克洛尔无视笼子里的身影，缓缓地转过身，举起双臂，望着朝拜他的信众。

他通过盔甲上的通信扩音器发表演讲，声音低沉："多纳托斯的子民们，我们已经取得了巨大的胜利！"欢呼声像海浪一样淹没了他，瓦拉克洛尔露出奸笑，那八张被窃取的面孔的残余部分也露出了奸笑，"帝国的侵略者以为他们可以大摇大摆地来到我们的大门前，弄倒大门。"人群中传来愤怒的嚎叫声。"他们以为他们会发现我们软弱无力，很容易成为他们武器镇压之下的猎物。"又一阵怒火滚滚而来，瓦拉克洛尔沉浸在他们的仇恨中，他变异的感官感知到，这仇恨就像汹涌澎湃的深红色风暴的锋面。

"但他们大错特错！"他大喊道，众人激动得发狂，"由于他们自己的无知和傲慢，我们的敌人径直走进了我们的陷阱。凭借我神圣的怀言者的威力，凭借我们在敌人队伍中开明的盟友的坚定信念，凭借你们多纳托斯解放军的信仰，我们的敌人被击溃了！"多纳托斯的人们尖叫着表达他们的虔诚，赢得的只有瓦拉克洛尔的轻蔑。"众神被取悦了！"他咆哮着，他们也咆哮着回应。

"然而，"黑暗使徒说道，他的语气突然变得阴沉，众人安静下来，聚精会神地听着他们先知的布道，"战争还在继续。我们还没有打败我们的压迫者，这在一定程度上要'归功于'我们中的一个叛徒。"

瓦拉克洛尔终于转过身来，看着被困在黄铜笼子里的怀言者。这位战士被残忍地剥去了盔甲，即使是那些已经成长为他身体一部分的盔甲也被剥去。他被打得血肉模糊，嘴上被缝上了金属堵塞物。他直视瓦拉克洛尔的眼睛，目光中充满憎恨。黑暗使徒陶醉于那份仇恨，并回以仇恨的眼神。

"达克萨。"他吟诵道，在蔑视和愤怒中掂量着这个名字，"太过草率，过于渴望荣耀，却不考虑自己行为的后果。你是血之王的傻瓜。"

戴着口套的战士抓住笼子的铁栏杆，在铁口套后面愤怒地哼了一声。

瓦拉克洛尔对着他召集的这群信徒喊道："这个叛徒，在昨天的战斗中让我失望了，也因此辜负了我们所有人。更糟的是，他辜负了众神。是他，就是他奉命陷阱一启动就把在西部工业区的桥弄垮。就是他，违抗了这些命令，明知我们的敌人会看到他们的逃生路线开启而扑向它。这个傻瓜低估了我们的敌人，他这样做，让我们的敌人逃脱了！"

瓦拉克洛尔的目光扫过广场边人声鼎沸的人群，他残忍地笑了笑。

"不要害怕，我的朋友们。敌人仍然会被打败，因为他们享受的只是死刑的缓期执行。但达克萨就不一样了。"

说着，黑暗使徒向他的一名荣誉卫队成员打了个手势。那名长角的战士大步穿过高台，递给他的主人一个火焰喷射器。瓦拉克洛尔举起那把笨重的生物机械武器，盯着枪管上那滚动的黄色眼睛看了一会儿，它长得就像水泡。然后，他把火焰喷射器对准了达克萨笼子下面的火炉。

瓦拉克洛尔用低沉的声音说道："混沌众神，我向你们献上这个祭品。把叛徒的痛苦献祭给你们！"

他按下扳机，一片略带绿色的火焰喷进了火炉。堆在那里的燃料棒燃起了火光，有毒的烟雾从盖在它们上面被污染的熏香中升起。肮脏的火焰高高跃起，饥渴地朝达克萨烧去。

几乎足足过了一分钟，被囚禁的怀言者才失去控制，开始尖叫。即使被铁口套死死地堵住了嘴，当火焰发挥效用时，达克萨痛苦的嚎叫声也响彻了整个广场。在生命离开他的身体之前，这个奄奄一息的怀言者发出了最后一声沉闷而痛苦的嚎叫。黑色的闪电在天空中一闪而逝，雨水继续慢吞吞地、懒洋洋地落下，打在达克萨被烧焦的尸体和笼子烫手的铁栏杆上，发出嘶嘶的响声。

瓦拉克洛尔转过身来，背对那个让他失望的战士焦黑的尸体。

他对哥特罗戈尔嘀咕道："召集高级骑士们，让他们到我的神秘圣地来见我。"

随即，黑暗使徒大步从台阶上走了下来，斗篷在身后飘动。

杰朗特·谭·奇迈罗斯昂首挺胸地进入了怀言者的内部神秘圣地。虽然他每走一步，他的仿生支架就嘶嘶响个不停，但这丝毫没有影响他的贵族尊严。他从不容许自己丧失尊严，就像他不会因为他那张脸伤痕累累或者贵族家族地位的降低，而让自己显得卑微。如果黑暗使徒想用暴力和不祥的环境来恐吓他的盟友，他会发现子爵谭·奇迈罗斯并不是那么容易被吓倒的。

他阴沉一笑，提醒自己不是子爵。他现在是阿德拉斯塔波尔的至尊王，他头上戴的王冠就是活脱脱的证明。王冠是从托尔温·谭·德拉科尼斯骑士机甲的残骸中取出的，用老办法通过征服赢得的。他是整个星球的至尊王，国王不向牧师鞠躬，即使是在他们的神庙里。

杰朗特看清了染血的召唤圈和悬挂在天花板上的巨大混沌星。他看到了装饰在每根柱子和每个拱门上的战利品，令人毛骨悚然，万机之神忠诚的捍卫者和仆人们为了毁灭之力的荣耀而沦为被铁丝绑紧的傀儡。在此处，阴影似乎不自然地抽搐和骚动着，空气中弥漫着恶臭的血腥味和不洁的熏香味。

杰朗特的身后是尊贵骑士团幸存下来的骑士，还有邓肯·谭·怀沃恩手下的那些骑士。前一天的胜利并非没有代价。但他们都是功成名就的勇士，除了圣物维保士之外，他们都是硬汉，也是战痕累累的老兵，宣誓效忠杰朗特的王权。所有的人都戴着再生式氧气面罩，是穿长袍的怀言者的侍僧给他们的，所以尽管神秘圣地里飘荡着精神药物的烟雾，他们还是可以尽情呼吸。

"我们就在此地和黑暗生物结盟了。"当他们接近神殿的伺服讲道坛时，杰朗特对邓肯·谭·怀沃恩喃喃自语道。

那些给他们提供呼吸装置的侍僧之前嘱咐他们在讲道坛下集合，等待瓦拉克洛尔心情愉悦之时再接见他们。

"但是他们很强大，"大公回答说，他的肿泡泡眼闪闪发光，"强大到足以确保你对阿德拉斯塔波尔的统治，陛下。"杰朗特哼了一声，表示同意。他从来都不喜欢邓肯·谭·怀沃恩，大家都知道他性情残忍，有着不合时宜的野心。然而杰朗特在策划政变时，在所有的贵族家族中，他最确信的是怀沃恩家族的支持。他们对德拉科尼斯家族统治的厌恶众所周知。再说了，大公是个残忍而又危险的战士，他手下的骑士们也是如此性情，他们是冷酷无情的战士，对胜利比对荣誉更感兴趣。对于像这样令人不快的事情来说，他们是合适的盟友。

还有一些谣言说怀沃恩家族有隐藏的强大力量，某种秘密武器被锁在他们家族的地窖里。根据杰朗特的经验，不忽视这样的谣言是有好处的。

"他没有弄错，杰朗特·谭·奇迈罗斯。"瓦拉克洛尔的声音传来。黑暗使徒从讲道坛的阴影中走了出来，将他的金属护手放在嵌有电路的栏杆上，上下打量着这些骑士。他的身后耸立着一个身穿巴洛克式盔甲的巨大身影。

"幸会，黑暗使徒。"杰朗特说道，他用坚强的意志力掩饰着看到盟友外表的惊骇。仿生支架嘎嘎作响，谭·奇迈罗斯颔首低眉，小心翼翼地保持着与往常一样的宫廷礼节。他不会对这个怪物表现出奴性，只会表现出对武者的尊重。黑暗使徒考虑着自己的对策，他那张戴着肉面具的脸似乎有了自己的生命一般在蠕动。

黑暗使徒说："比通过恶魔的嘴传悄悄话容易多了。这样一来，你可以看着我的眼睛向我解释你失败的原因。"

杰朗特早就知道威胁即将来临。

如果不是为了表明自己的立场，他的新盟友也不会在广场上如此大费周章地作秀。不过，面对怀言者的不快，他还是要克制自己，才不会畏缩。谭·奇迈罗斯身材高大，身上有伤疤，体格像个战士，可是这个身经百战的巍峨怪物让他觉得自己与之相比之下就是个骑士侍从。

"如果说有什么失误的话，瓦拉克洛尔大人，那么就是您烧死的那个可怜虫犯下的失误。"杰朗特回答道，声音斩钉截铁，"看来，您已经对他实施了惩罚。"

瓦拉克洛尔盯着杰朗特，仿佛这个骑士是他在靴子里发现的某种臭虫，令人不快。

"是吗，凡人？对王座宣过誓的骑士团仍然在这个星球上行走。他们仍然是一个威胁，一个你本来要除去的威胁。"

杰朗特冷冷地回答："他们的兵力已经被击溃了。佩加森家族已经全军覆没，米诺托斯家族也是一样。至于德拉科尼斯家族，我们的圣物维保士已经证实，他们半数以上已经在战斗中阵亡。而我也亲手杀死了至尊王托尔温。那些古老的家族失去了领袖，失去了荣誉，而且一败涂地。"

瓦拉克洛尔声音低沉地说道："然而，不是所有的人都被杀死了。我们那个喜欢窃窃私语的朋友告诉我，至尊王的儿子还活着，要来争夺你的王权。"

杰朗特轻蔑地回答："他只是个孩子，而且是个有书呆子气的懦夫。我亲生的儿子本会……"杰朗特欲言又止，对卢克的命运感到一阵愤怒和羞愧。现在不是说这些的时候，他想。

"你亲生的儿子已经死了。"黑暗使徒残忍地笑了，"还有什么事能比父子之间的背叛更可怕吗？"

"我的损失与你无关，混沌的崇拜者。"谭·奇迈罗斯啐了一口，愤怒压倒自律占了上风，"我并不以我们被迫进行的背叛为荣，这给我们带来了耻辱。我并不以我在战争祭坛上的牺牲为荣。但他们——他们和他们可恨的帝皇，先背叛了我们。他们打破了老规矩，从那些有权获得王位的人手中夺走了王权，这一切都是以他们的腐尸神之名。除了伤痕和痛苦，他还给过我的家族什么？"

"少得可怜，我不怀疑。"瓦拉克洛尔点了点头，"但你错了，杰朗特·谭·奇迈罗斯。你们的损失、你们的牺牲，与我息息相关。是你们已经付出的代价，让我看到了你们的决心和你们对我们事业的奉献。是你们的牺牲告诉我，你们仍然是值得信赖的盟友。没有人会为了胜利付出这样的代价，然后又对胜利无欲无求。"

杰朗特明白这一点，缓缓地点了点头。他已经失去了太多，现在已经无法从悬崖边上退下来了，即使他现在才意识到他所选择的盟友有多邪恶。

"果然如此。德拉科尼斯家族的最后一个继承人必须死，因为只有这样，我的胜利才有保障。你一定知道在多纳托斯的胜利，因为只有这样，你才会帮助我合法地征服阿德拉斯塔波尔。那么你有什么建议，瓦拉克洛尔大人？我们该如何为您效劳，为这场战争画上句号？"

作为回答，黑暗使徒发出了一连串高低交错、不自然的声音，这声音让杰朗特耳鸣不止。突然从他的身后传来一阵强烈的热浪，并闪过一道翠绿色的光芒。他转过身来，伸手去拿他的奇摩尔剑，以为会有什么可怕的陷阱。但他睁大了眼睛，因为他看到召唤圈的中央燃起了一个巨大的绿色火葬柴堆。火焰中闪现着图像，是一幅多纳托斯普里穆斯大陆的地图。它忽隐忽现，来回摇曳，游移不定。参差不齐的符文在上面闪烁，杰朗特很快认出它们是军队标记和目标标识。

他低声说："更多的混沌巫术吗？"

"你看，那些帝国人在南边的潘塔克霍斯特周围保留了他们的滩头阵地。"黑暗使徒说道，没有理会杰朗特的话。

"行星民兵还在死死守住伏尔泰兰古伦、帕拉西奥冶金和北方工业区的飞地。然而，继我们昨天的胜利之后，我的兄弟们正在各条战线上带头进攻。"

这句话一出，地图上就亮起了新的魔符，彩色火焰的流光描绘了敌人的飞地，以及向飞地推进的叛徒部队。

"那空中和舰队呢？"杰朗特问道，他被地图深深吸引的眼睛里闪烁着邪恶的火光。

"轨道战场还处于激烈争夺中，"瓦拉克洛尔答道，他的声音中带着恼怒，"即使有你们变节的战舰援助，我的飞船也几乎没有与帝国海军舰艇相抗衡的实力。所以地面战场的局势必须保持稳定。一旦我完成了仪式，从众神那里得到了我的奖赏，敌人就无论如何也阻止不了我了。但我们不能容许有任何干扰。"

杰朗特说："而忠诚的阿德拉斯塔波尔骑士团是此事最后真正的危险。"

瓦拉克洛尔答道："正是如此。时间快到了，其他一切都已准备就绪。我马上就要开始我的伟大仪式了，但它不会很快结束，如果发生任何干扰……好吧，你不会想见识黑暗诸神的不悦的，凡人。"

杰朗特点了点头，在盯着那张怪异的地图时眯起了眼睛。

"工业区很大。当我们在平原上狩猎时，不能轻易追踪到所有的猎物，但也有其他方法。我和我手下的骑士们将会找到德拉科尼斯家族和他们盟友的残兵败将，我们会为了您把他们碾为齑粉，但前提是必须在他们与其他帝国军队联合之前找到他们。我们的圣物维保士估计，虽然我们的陷阱对他们造成了巨大的损失,但战场上的帝国军队依然数量惊人。"

黑暗使徒回答道:"保持你凡人的恐惧。即使帝国的狗腿子们有智慧或有意志重新打造一支军队,我们的垃圾代码也充满了天空。我的亚空间工匠告诉我,在银金矿山谷以外的地方,垃圾代码的效果就没有那么强大了,但整个星球上的帝国通信器和鸟卜仪网络已经被破坏了。他们看得不够远,也不能远距离联系彼此,无法重新聚集部队。"

机械师谢迪戴亚·达把他那弯腰驼背、戴着兜帽的身躯伏得低低的,用嘶哑的嗓音说道:"大人,如果我和我的兄弟们可以获准检查你们投射信号的装置,或许我们可以帮忙提升它的功效?我们的知识……"

邓肯·谭·怀沃恩愤怒地啐了一声,说道:"谢迪戴亚,你僭越了,圣物维保士。安静,不然我就要因为你的无礼动手揍你了。"

瓦拉克洛尔笑着说:"你只关心你的知识,机械神甫。新近反叛的人,不再受你的万机之神的束缚。我看出来了,你内心那绝望而又贪得无厌的需求,我看到了贪婪。但相信我,神甫,你不会希望见到我的哀伤天使的。"

仿佛是为了呼应黑暗使徒的话,杰朗特听到有什么东西在唱诗班令人不快的阴影中移动,刮擦出刺耳的声音。当他看到黑暗中有东西沉重的、起伏的运动时,感到心中充满了莫名的厌恶。

冷汗从杰朗特的背上流了下来,他转过身来对黑暗使徒说:"瓦拉克洛尔大人,我们将坚持我们的契约,履行我们的职责。你会向我起誓也这么做吗?"

瓦拉克洛尔撇了撇嘴,嘲弄地鞠了一躬作为回应。

他残忍一笑,回答道:"当然啦,杰朗特·谭·奇迈罗斯。不过,现在您从我这儿离开吧。我必须参加重要的仪式。"

杰朗特鞠了一躬,他手下的骑士们也跟着鞠了一躬。然后他转身背对黑暗使徒,大步向出口走去。

逃离了这个可怕的地方和它的怪物主人,他感觉如释重负。当黑暗使徒的话回荡在他身后时,他在离门口只有几步远的地方突然停住了脚步。

"杰朗特·谭·奇迈罗斯,我想让你把你队伍中那个和恶魔对话的人带到我面前。"

杰朗特硬着头皮回答:"那就是我,瓦拉克洛尔大人。身为至尊王,这是我一个人的光荣。"当黑暗使徒用大笑声作为回答时,他勃然大怒。

"您可真了不起，子爵。但你还不是至尊王，当然，你也不是女巫。"

杰朗特看也没看就向出口走去，他的骑士们跟在他身后。要做的事情很多，时间却所剩无几。他无法想象怀言者会如此令人憎恶，但他现在不会转变立场了。胜利在望，没有人会怀疑杰朗特·谭·奇迈罗斯夺取胜利的决心，无论付出什么代价他都要赢得胜利。

第九章

　　三天过去了。三个黑暗可怕的日子,对外界所知甚少,实现目标甚少。达尼亚尔恨自己虚度的每一秒,但他仍然看不到前进的道路。多亏了佩加森骑士团的外交努力和大元帅古斯塔夫气势汹汹的话,他们与卡迪亚人达成了协议。骑士和帝国防卫军中伤势最重的人已经在爬行者号的药剂师专区得到了全力救治。最忙碌的是圣物维保士。他们不知疲倦地劳作,创造了奇迹,修复了阿德拉斯塔波尔人的骑士机甲。尽管如此,达尼亚尔还是觉得他们所取得的进展微不足道。

　　当第四天的曙光出现在地平线上,至尊王坐在移到废墟堆上的机械王座上,沉思着。骑士奥尔里克和他姐姐坐在他两边的碎石堆上,等待在需要的时候提供建议。达尼亚尔其余的军队因空间限制而散布在几个地下仓库中。从他坐的地方能看到几位骑士,西尔韦斯特和苏塞特·达·德拉科尼斯蹲在一辆圣物维保士爬行者的背风处。他们借着爬行者的灯光,悠闲地和骑士瓦里安一起投掷骰子,小口喝着水壶里的水,少言寡语。偶尔,会有一个骑士向他们的新国王投去淡漠的一瞥。

　　达尼亚尔苦涩地说道:"每当卡迪亚人和圣物维保士执行一项任务,我们的骑士就会变得越来越懒散,越来越沮丧。士气正在崩溃,不满情绪正在增长。我一点儿也不怀疑,现在已经有很多人在不客气地小声议论我了。"

　　骑士奥尔里克回答道:"他们在等待命令,陛下。他们需要反击,回到他们的战场上去。"

　　"我知道,"达尼亚尔叹了口气,"我和他们在一起。"

　　珍妮卡说:"在知道外面的情况之前,我们不能行动。而波卢克西斯向万机之神发誓,他已经快要完成数据防护了。在你做决定之前,一定要掌握所有情况,这样才不会失败。你只要表现得信心满满,表现出你知道自己在做什么。"

"父王会知道自己在做什么。"年轻的国王回答道，他的声音因沮丧而变得尖锐，"如果他还活着，我们现在应该已经出去反击敌人了。他一定会找到办法的。"

"好吧，他不在了，达，但你还在。"珍妮卡的回答很简洁，"厌恶自己是没有用的，拿自己和父亲的鬼魂比也没用。你们一直是截然不同的人，但他和我一样，看到了你身上的伟大之处，弟弟。你不是国王托尔温，你是国王达尼亚尔。你要找到自己的长处，并善加利用。"

"睿智之言，女骑士珍妮卡。不过，无论做什么，我们都应该尽快做。荣誉感强烈、脾气暴躁的人，在无所事事的时候就会做出愚蠢的事来。"

奥尔里克的话被洞穴出口隧道里传来的喊声打断了，是骑士凡森茨·达·德拉科尼斯的声音。

"陛下！有人在决斗！"

一时间，达尼亚尔感到一阵轻松。他还以为那个身材壮硕的骑士会告诉他，他们已经被敌人发现了。然后他突然产生了一个不愉快的念头。

至尊王说："马科斯，还有卢克。"

达尼亚尔从珍妮卡的眼中看到了自己的惊慌失措。

她咒骂道："哦，看在王座的分上，不幸言中，奥尔里克。"

"骑士凡森茨，"达尼亚尔从王座上跳下来，匆匆走下了碎石堆，珍妮卡和奥尔里克紧随在他身后，"马上带我们过去。"

他们奔跑的时候，隧道里响起了兵刃的碰撞声，混杂着喊叫声和靴子的摩擦声。达尼亚尔从隧道口冲进了另一个巨大而阴冷的仓库空间。十几架德拉科尼斯和米诺托斯家族的机甲在神秘圣地边缘的阴影中若隐若现，有的还包裹在圣物维保士的维修护具中。欢呼的骑士们松散地围了一个圈，马科斯·达·德拉科尼斯和卢克·谭·奇迈罗斯借着化学火炉的光亮小心翼翼地绕着对方转。马科斯体格魁梧，凶狠好斗，挥舞着他的天龙宝剑奥克斯班。武器的燃料贮存器被点燃了，炽热的剑刃每挥一次都会在身后轰鸣留下火痕。卢克比对手高出一个头，身体灵活，但体力赶不上对手。年轻的骑士右手握住了他的奇摩尔剑，武器像溢出的油一样闪闪发光。达尼亚尔看到他的朋友嘴唇已经裂开了，他紧身衣的一只袖子上也有烧焦的痕迹。

达尼亚尔朝打斗的方向走去，但骑士奥尔里克抓住了他的袖子。

"陛下，像这样的荣誉决斗，拔剑相向……"

达尼亚尔猛地伸出胳膊，厉声说道："我知道，骑士奥尔里克。我的确明白骑士守则的重要性。如果他们愿意，可以决一死战，我们不能干涉，但这并不意味着我赞成这种愚蠢的做法。"

他和珍妮卡走入了人们围成的圈子，表情严肃。

"骑士马科斯，"达尼亚尔说道，他的声音传遍了正在呐喊的人群，"我以为此事已经尘埃落定了。你就这么一心想要复仇，要和一个无辜的人拼个你死我活吗？"

马科斯在回答时，眼睛一直死死地盯着他的对手。

传令官叫道："小伙子，要求决斗的是他，不是我。但我会参加决斗，而且我是为你而参加决斗的。你对这个叛徒心慈手软，这会送掉你的小命。显然其他人没有胆量处理这个问题，所以我必须这么做。"

卢克说："没事的，达，这个疯狂的老傻瓜就是想不明白，我不是我父亲。"

马科斯阴森森地大笑了起来。"如果你是你父亲，我可能真的会感到担心。"传令官抡着剑转了一圈，剑上的火焰在空气中吞吐咆哮。他突然向卢克发动攻击，动作很快。传令官向下猛击，直接剑指对方的脖子，但被卢克的奇摩尔剑挡住了，激起一串火花。这位奇迈罗斯家族的骑士旋身躲开，而不是任由武器相持，进入胶着状态。他敏捷地将宝剑从左手抛向右手，对准马科斯的上腹部砍了下去，身材魁梧的传令官差点没格挡住。两名骑士再次后退，然后又开始小心翼翼地展开对抗。

"诸位大人，这是虚张声势，也是白痴之举。"珍妮卡说道，又气又怒。

马科斯啐道："到目前为止，至尊王还认为应该放过我们的敌人，女士。如果我不能在外面杀了敌人，我就在这里杀了他们。"

卢克咆哮着，从决斗圈的另一头向马科斯扑去。年轻的骑士将剑尖对准了对手拿着武器的那只手，试图打掉马科斯手中的剑。

传令官挡开了，然后连续地狠狠击打着年轻骑士的防护装置，将卢克赶了回去。马科斯看到一个稍纵即逝的空当，一脚踢向卢克的腹部。这个奇迈罗斯家族的骑士被甩回人群边上，呼吸困难，气喘吁吁。骑士们抓住卢克，把他推回圈内，他喘着气，再次提高了警惕。

达尼亚尔再次试探道："骑士马科斯，这可不算光彩。"

传令官确实朝他这边看了一会儿，达尼亚尔惊讶地看到他眼中满是忧伤。

马科斯答道："不，小伙子，这不是什么光彩的事。我也不愿意相信他是个叛徒，但总得有人来洗刷谭·奇迈罗斯家族的污点。如果你不愿意，那我就替你做了吧。"

传令官边说边回过头来，对手的呼吸已经平稳了下来，正将他的奇摩尔剑在两只手之间来回抛动。每抛一次，这把武器就在空中发出怪异的声音。

马科斯·达·德拉科尼斯向敌人发起了进攻。他的剑左挥一下，右挥一下，形成了一个炽热的八字形。

马科斯一边前进一边咆哮道："别担心，小子，看在往日的情分上，我会给你来个痛快。"

看到年长的骑士试图把他逼入绝境，卢克佯攻了一轮，然后向前翻滚，在马科斯反应过来之前就超过了他。年轻的骑士飞快地冲了上来，一边旋转，一边挥舞着嗡鸣不已的宝剑，划出锐利的弧线。他的剑碰到了马科斯的天龙宝剑，顿时火花飞溅。达尼亚尔阴沉着脸看着两个骑士快速互相猛击。卢克速度略快一些，但马科斯力道十足，肯定在每次剑刃相交时，都会让对手的手臂吃尽苦头，震到麻木。

珍妮卡说："不管谁赢，最终受损失的都是我们。"达尼亚尔点了点头，然后在马科斯的剑划过卢克的胸膛时嘶吼起来。那一击已经触及皮肉，剑尖只在剑弧的最远处轻轻划过，但这让鲜血洒在尘土飞扬的地面，并在卢克的紧身衣上留下一条冒烟的裂痕。如果这位谭·奇迈罗斯家族的骑士在闪开这一击时稍微慢上一丁点儿，达尼亚尔最好的朋友就会横尸当场。

卢克做出后退的动作，马科斯脸色阴沉地向前逼近，以保住优势。下一秒，卢克就把他佯装的后退变成了一个优雅的回旋。同时，达尼亚尔看到他的朋友用力一扭剑柄。哗啦一声，剑刃散开了，像一条金属片制成的鞭子一样分裂开来，再猛击出去。达尼亚尔瞪大了双眼，卢克突然流畅变形的武器缠住了马科斯拿剑的手。剑刃刺得更深了，传令官痛苦地吼叫着，反射性地松开了奥克斯班。卢克的手腕又弹动了一下，对手那把火光四射的剑就脱手飞出，落向石头地板。

失去了武器，又受了伤，一个弱小的骑士也许会认输，并希望对手能手下留情。马科斯却用受伤的拳头攥住穿在奇摩尔剑上的金属绳，然后狠狠地扭了一下。惊讶之余，卢克被拉得失去了平衡，向前冲去。马科斯的前额撞在年轻骑士的鼻梁上，软骨断裂发出脆响，鲜血狂喷了出来。卢克打了个趔趄，达尼亚尔低声咒骂，马科斯重复着残酷的攻击，将对手锤得连连后退，迫使对手放开了自己的武器。

"你不想把这变成一场斗殴吧，小子。"马科斯说道，他厌恶地丢开了那把奇摩尔剑，"这样会更痛。"

卢克仍然晕头转向，鲜血从他被打烂的鼻子里涌了出来，马科斯猛地向前冲去，抓住了他的腰部。

传令官把年轻的骑士举了起来，然后往后狠狠一摔。卢克的头撞在地板上，发出砰的一声。马科斯两腿叉开坐在对手的胸前，一把抓住他的紧身衣，把卢克的头和肩膀拖了起来。马科斯攥紧受伤的拳头，野蛮地猛击卢克的脸，砰的一声，他的头摔回了地上。

人群发出各种叫喊声，骑士加拉斯嚷嚷道："继续，马科斯，揍死他。让他看看叛徒会有什么下场。"

马科斯环顾四周，用厌恶的目光死死盯住了骑士加拉斯。

传令官咆哮道："耻辱不会招致耻辱，加拉斯。你知道得更清楚。"

他站起身来，留下卢克躺在地上，浑身是血，昏迷不醒。达尼亚尔昔日的教官，也是长年的良师益友，走到决斗圈的另一边，拿回了那把剑。他要用这把剑杀死达尼亚尔最好的朋友，而至尊王只能注视着，感觉越来越恐惧。他暗自发誓，不会移开目光。他逃避了面对父亲的死亡，但他不会逃避面对卢克的死亡。

然后，珍妮卡的指尖轻轻拂过他的手臂，这手势很微妙。他瞥了她一眼，顺着她的目光望去，然后他自己的眼睛也惊讶地睁大了。当传令官弯腰取回他的剑时，卢克正注视着马科斯，小心翼翼地用一只手在地上刮来刮去。年轻的骑士并不像表面看上去那样昏迷不醒。

马科斯转过身，迅速地走了三大步，然后把奥克斯班举过了头顶。

他说："对不起了，小伙子。"

马科斯的剑劈了下来，但只击中了地面。卢克滚到了边上，把一把泥土甩进了马科斯的眼睛里。传令官呛着了，愤怒地咆哮出声，卢克直接一脚踢向了他膝盖骨的一侧。软骨发出可怕的嘎吱脆响，而马科斯的叫喊声则变成了一种令人窒息而痛苦的叫喊，他的膝盖骨侧向脱臼了。在决斗圈周围人群的愤慨嚎叫声中，卢克滚到旁边，重新站了起来。他步履蹒跚，被揍得晕头转向，鼻梁断了，眼睛又黑又肿。达尼亚尔看到，鲜血从他的后脑勺慢慢淌出，但谭·奇迈罗斯已经站了起来，而马科斯却摔倒在了他的身边，痛得脸色惨白。卢克跟跟跄跄地走到他的奇摩尔剑前，一把捞起武器，然后回头朝马科斯·达·德拉科尼斯走去。

"趴下，老家伙。"卢克从破碎的齿间啐了一口。

传令官还是勉强支撑着身体，哆哆嗦嗦地想站起来，只是他被打烂的膝盖难以支撑他的身体，他只能痛苦地嘶吼着再次摔倒。他不屈不挠地把剑尖插进地板，再一次站了起来，几乎全用他那条未受伤的腿撑住身子。马科斯缓慢而又坚定地举起燃烧的剑，摆出守势。

"我不会向叛徒下跪。"他啐了一声。

卢克隐隐露出一丝他惯有的高傲笑容，说道："很好，那你就跪在我面前吧。"

他挥舞着奇摩尔剑，马科斯挡开了。两名战士现在都行动迟缓，一个因疼痛而一瘸一拐，而另一个很可能有脑震荡。但他们还是再次剑刃相交。马科斯一个踉跄，差点摔倒，但笨拙地跳了一下站稳了脚。卢克不止一次挥偏了剑，鲜血从他的脸上溅了出来，啪嗒啪嗒地落在岩石地面上。

马科斯突然咆哮一声，猛扑过去，极力伸长手臂，企图出其不意地把剑刺入卢克的胸口。卢克不顾一切地倒向一旁，用力一挥，他的奇摩尔剑哗啦啦地散开，缠住了马科斯的剑。传令官收不住脚，摔倒了。

卢克咆哮一声，手腕轻轻一抖，收紧了成圈状的武器的利刃，然后猛然一震，马科斯的天龙宝剑被一分为二。被斩断的半截剑刃咔嗒咔嗒地响着滑过了地板，后面拖着一溜燃烧的燃料。在燃料将灭的光亮中，骑士马科斯翻了个身，抬头向上看去。

他喘着粗气，说道："好极了，叛徒之子。现在你要光荣地完成这项工作了，对吗？"

卢克慢慢举起武器。他听到了身处决斗圈另一头的骑士加拉斯的唾骂声，另外两个德拉科尼斯家族的骑士阻止了他。卢克缓慢而又刻意地环顾了一下这一圈骑士。然后，他用手在剑柄上拧了几下，解开了绞在一起的剑刃。卢克没有猛击，而是把武器扔在了一堆废料上。

卢克疲惫地说道："我不会杀你的，老头子，杀戮已经够多了。"

杰朗特·谭·奇迈罗斯的儿子背对着马科斯，跪在了达尼亚尔的面前。

"阿德拉斯塔波尔的至尊王，达尼亚尔·谭·德拉科尼斯，我恳求你，请听我发下誓言。"卢克说道，他声音严肃。

达尼亚尔说："我会听你发下誓言，卢克·谭·奇迈罗斯。"他记得仪式的正确用词。他现在知道他的老朋友要做什么了，这并非易事。

"不再是谭·奇迈罗斯。"卢克吟诵道，达尼亚尔从他声音中听不出悲伤，只有愤怒，"凭此誓言，我放弃这个名字，唾弃它的不光彩；凭此誓言，我放弃我的权利、我的头衔、我的土地和我的家族；凭此誓言，我宣布自己成为一名自由之刃骑士。并请求您，我的国王，认可我这样的身份。"

达尼亚尔明白卢克的决定。只有放弃自己的地位，成为一名自由之刃骑士，年轻的骑士才能排除一切怀疑，证明他并不赞同他父亲的异端邪说。然而，这是一个可怕的选择，因为除了他用来参战的骑士机甲之外，它会让卢克失去一切。卢克抬起头来。

达尼亚尔从他朋友的脸上清楚地看到了这份认知：卢克知道他在做什么。

"很好，卢克·卡·奇迈罗斯。"达尼亚尔回应道，凭着记忆背诵着骑士守则中的话语，"我称你为自由之刃。从今以后，你将以什么头衔为人所知？"

"我的头衔将是灰烬骑士，陛下，"卢克凶狠地说道，"因为我所剩的只有这个了。"

达尼亚尔语气悲伤地说道："那就这样吧。"他拔出他的天龙宝剑，将剑尖抵在卢克的胸口上，正对着他的心脏，"起来吧，卢克·卡·奇迈罗斯。你曾经是叛徒杰朗特·谭·奇迈罗斯的儿子,现在是灰烬骑士。"

大家听见至尊王的宣告,都安静下来。自由之刃骑士的命名没什么值得庆祝的。卢克起身,一瘸一拐地穿过决斗圈。他郑重地向骑士马科斯伸出手。老骑士对着他的手看了一会儿,好像那是一条可能会咬他的蛇。然后,他勉强地用手拍了拍卢克的手腕,让自由之刃骑士拖着他站了起来。

"不再是叛徒之子了,嗯?"马科斯哼了一声,脸色苍白,痛苦不堪。卢克摇了摇头。传令官说:"不过我那把该死的剑还是断了,它可是跟了我好长一段时间了。"

"你想用它来杀了我。"卢克回答道,他的语气很平静。

马科斯承认道:"我是想杀了你,这就是你跟人决斗的结果,小子。"

卢克语气硬邦邦地说:"我道歉,骑士马科斯。"马科斯叹了口气。

"该死。把我送到医务室去,卢克·卡·奇迈罗斯。你已经说得很清楚了。"卢克点了点头,瞥了一眼达尼亚尔。那眼神的意思是,我们以后再谈这个吧,于是达尼亚尔也点了点头。

卢克和马科斯一瘸一拐地走了,去找卡迪亚人的医务室,人群慢慢散开了。有些人——骑士加拉斯是其中声音最大的——他们还在嘀嘀咕咕,骂骂咧咧,但在卢克发完誓之后,他们应该不会再说他什么了。

没有人会在卢克成为一名自由之刃骑士后继续骚扰他,那会玷污骑士守则。

"至少一个问题解决了,"当人群散去时,珍妮卡叹了口气,"现在我要去过问另一个问题了。我看看能不能帮你从波卢克西斯那里得到一个直接的答案,达。"他姐姐转身大步离开。达尼亚尔意识到,只剩下他和女骑士苏塞特单独在一起了。

他问道:"您有什么事吗,女骑士?"

苏塞特拂开遮住眼睛的乌黑刘海,皱起了眉头。她比达尼亚尔矮一些,但她身上有种气质,他觉得既迷人,又有点令人不安。

她说:"我只是想告诉你,对于你父亲的去世,我表示遗憾,达尼亚尔。我知道这是个困难的时刻。如果你需要找人倾诉的话……"

她戛然而止,没有说完。达尼亚尔凄然地摇了摇头。

"我觉得这就是过去几天我已经做的一切——说话。我想是行动的时候了。"

"当然，陛下。"她的回答突然变得生硬起来，"那么愿您祖先的智慧给您指引。"

苏塞特离开了，达尼亚尔不禁觉得，在他们的交流中，他漏掉了什么。他想着苏塞特的临别赠言，这个念头被搁置一边。他抓住自己的护身符，感到越来越兴奋。

"祖先的智慧。或许正是如此吧。"达尼亚尔下定了决心，大步穿过阴暗的空间，找到了一位圣物维保士。

达尼亚尔的神经插孔嵌入到位，至尊王对波卢克西斯的侍僧们所做的修复工作钦佩不已。这是项非凡的工作，凹痕被锤打磨平，损坏的系统被更换，甚至连家徽也被修复。最后，当他操控机甲上战场的时候，达尼亚尔会全副武装。

不过，这不是他现在的使命。他的姐姐曾告诉他要表现出自信，但当他感觉不自信的时候，又如何能表现得自信满满呢？达尼亚尔一生中从未在没有父亲的指引和参谋的情况下被迫做出重要决定。他失去了托尔温。他还没有完全接受这个事实，但还有其他人可以向他提供建议。尽管有些人令人生畏，但他们以让他明白了他的盟友已经变成了敌人，他们会一起打败敌人。

火焰之誓的反应堆启动了，嘶嘶的排气声和隆隆的震颤声同时响起。符文在机甲的仪器上亮了起来，有几个先闪烁了几下琥珀色的光芒，然后变成了绿色。达尼亚尔听到了背景声中的嘶嘶声和呜呜声，那是污染他的鸟卜仪和通信器的垃圾代码导致的。他向帝皇喃喃祈祷，请求庇护。

达尼亚尔对他的机甲喃喃道："来吧，我的朋友。我们要去寻求心灵启示。"游侠骑士机甲低声咆哮，达尼亚尔操控着火焰之誓慢慢地大步向黑暗的运输隧道走去。有些隧道太小了，机甲走不过去，但也有很多地方够大，足以让他走向深处。达尼亚尔需要抚慰和独处，好进行思考。火焰之誓在尘土中留下了巨大的脚印，每一次大踏步都会掀起旋涡状的尘云。在骑士流明的照射下，微粒像风暴一样旋转着，让达尼亚尔走过的路上布满了金色的迷雾。

他向深处前行，进入了几十年来从未有人使用过的仓库。也许有几个世纪没有人使用过了。堆积如山的板条箱被丢弃在防尘布下面，这些箱子可能比达尼亚尔要大几百岁。

缠满蜘蛛网的天鹰座标志从巨大的开裂的墙壁滑落下来，尘土已经堆积成厚厚的沙丘。在某些地方，火焰之誓被迫加大了步幅，以跨过倒下的柱子或成堆的瓦砾，达尼亚尔不止一次看到猎犬大小的东西在他的灯光下四处乱窜。这个无光的杂乱之地对步行的人来说是很危险的，但这并不重要，机甲中的达尼亚尔完全没有这种顾虑。

在一个部分坍塌的仓库外，散落着生锈的坦克兵团遗迹，达尼亚尔发现自己进入了一个更神圣的空间。火焰之誓的双脚踏在铆接的金属上，铿锵作响，它的流明照亮了四周隐约可见的沉思者库和神秘的机器。在一堵墙上，高高地悬挂着一个机器之神的标志，由齿轮和头骨组成。它的护目镜依赖某种内部能量源发出光芒，尽管它已经被忽视了很多年，或者也许是神性使其余烬未灭。如果他要与机械王座上的机魂交心，希望帝皇照管他，那么这样一个古老的信仰之地看起来就很合适。

达尼亚尔闭上眼睛，双手紧握祖父的护身符。他压抑住内心的不安，敞开心扉，潜心倾听祖先们——机械王座上的那些鬼魂的低语。

达尼亚尔缓缓呼吸着，等待着，开始感觉有点傻。他试着松了口气。然后很突然地，一阵听不清的声音团团包围了他，他们的话音也变得急促起来。达尼亚尔没有抵抗，也没有强迫自己理解他们的话语，而是鼓起勇气，让自己落入他们中间，陷入那团半明半暗的阴影中，双手紧握。他拉开了窃窃私语者的帷幕，凝视着历代德拉科尼斯家族骑士们冰冷而死寂的眼睛。当他看着祖先的眼睛时，他们也看着他的眼睛，第一次真正见到了他。当逝者的灵魂从四面八方涌来时，达尼亚尔突然感到一阵恐慌。他想睁开眼睛，却睁不开。他想伸手去抓火焰之誓的机魂，但它那令人安心的坚实感已经消失了。冰冷的水淹没了他的头，一层低语幻化成的裹尸布从他的脸上滑过。低语声逐渐变得响亮，如同雷声轰鸣，淹没了他的思绪，达尼亚尔以为自己听到了天龙的怒吼。然后，黑暗吞噬了他。

……他是一个远离家乡的人、一个探险家、一个自愿离开出生星球的人，他再也见不到家或家人了。这个念头让他感到难过不已，但探索带来的刺激快感让他满心欢喜。他的殖民飞船降落在一个未知的星球，几乎不适合人类居住，已经成为堡垒和殖民者船员的家园。现在，他驾驶着他的飞船系统所创造的一辆STC两足步行车走了出来。他们称它为骑士机甲，而他被称为骑士……

……他是一个战士，一个忠心耿耿的人，面对恐怖的不忠。他是德拉科尼斯家族的骑士，在至尊王罗德里克·谭·奇迈罗斯的旗帜下行军，穿越烈火燃烧的平原进行战争。那些与战神荷鲁斯结盟的叛徒在他面前列阵。九头蛇家族和美杜莎家族的骑士……

……他是一名骑士，在伟大的瓦拉坦比武平原上进行荣誉对决……

……他是至尊王的传令官，在被外星能量武器猛烈攻击时，他牢牢地紧握住他的离子盾牌……

……他是一个战士，被那些咆哮的绿皮人包围着……那些绿皮人蜂拥而上，爬上他那无法动弹的骑士机甲的腿……

影像持续播放，直到达尼亚尔担心自己会疯掉，或者在这些旋转的鬼魂中永远失去自我意识。

拜托，他拼命地想，希望他们能理解他的恐惧和困惑。有那么一瞬间，他感觉自己的思想冲破了水面。他下定决心，不去挣脱，而是要问出自己的问题。拜托，我需要你们的建议，他想。至尊王托尔温已死，我是他的儿子和继承人。子爵杰朗特·谭·奇迈罗斯将他的家族引向异端的阵营，我必须阻止他。我必须了解我的敌人。请帮助我。幽灵般的声音在四周嚎叫、吟唱、低语，然后他又一次被拖下了水面。

……他现在仿佛透过一层银色的面纱观察着。一个年轻的骑士，身材高大，乌黑的头发飘逸，大步穿过一座阿德拉斯塔波尔城堡的废墟。他猛然意识到，那是杰朗特·谭·奇迈罗斯。彼时的他年轻、英俊、身体健全，额上戴着阿德拉斯塔波尔至尊王的王冠。在那个黑漆漆的地方，墙壁上挂满了旗帜，其旋涡状的图案既奇怪又陌生。杰朗特大步穿过薄雾和阴影，走到一个倒塌的瓦砾堆前，开始从碎石堆上拖出石块。下面露出了一个蜷缩的人影，那是艾丽西娅·卡·曼蒂克斯。她那么年轻，和一个孩子差不多，而且受了很重的伤。杰朗特轻轻地弯下腰，把受伤的女孩抱在怀里，抱着她离开……

……又是杰朗特，他现在年纪大了，身上有了新的伤疤。子爵谭·奇迈罗斯不再佩戴他的王冠，他的部分身体由仿生支架支撑着。杰朗特站在一排石棺前，每个石棺上都覆盖着一面帝国的旗帜，艾丽西娅穿着黑色的长袍，戴着哀悼面具，站在他的身边。托尔温站在杰朗特的另一边，平静而恳切地对子爵谭·奇迈罗斯说话。突然间，杰朗特勃然大怒，他劈手夺过最近的一面天鹰座旗帜。他把它扔到地上，气冲冲地从旋转的阴影中离去。托尔温和艾丽西娅留在原地，聊了一阵子，慢慢拉近了距离。他们转向彼此，靠得那么近，几乎都要碰在一起了……

……一个黑暗的地方，一个披着斗篷的身影在走廊上渐渐远去。一面走，一面扫视着墙上的旗帜，那是奇迈罗斯家族的家徽，但不知怎的又有点不同。不对。那个身影拐过一个弯，看到另外两个披着斗篷、身穿长袍的身影在走廊尽头等待。影像渐渐模糊了。缕缕灰色的烟雾被撕裂了，达尼亚尔的呼吸变得很费力，他紧紧抓住那个幻象，拼命想看清楚那些隐藏在兜帽下的面孔。走廊尽头，有扇沉重的铁门突然打开了，绝对漆黑的虚空迎面而来。黑暗中有可怕的东西在动，那东西用一只独眼盯着他，开始违背他的意志吸引他。某种东西，不可思议地知道他正在透过幻象的面纱注视着它。他觉得自己好像在溺水，濒临死亡。昏暗中，他能听到他的医疗监控器随着他的生命体征下降而发出震动和尖叫，但他无法逃避这幻象，就像他无法逃避作为至尊王的职责一样。

然后突然，他听到一个声音，感到有双手在摇晃他，拍打他的脸，让他脱离了精神恍惚的状态。达尼亚尔大口大口地喘着气，那几乎把他带进可怕黑暗的恐怖感仍然挥之不去。他感觉到手掌有一股灼热，意识到那是祖父的护身符发出的。他的眼睛猛然睁开，充满了恐惧和愤怒。珍妮卡蹲在他的机械王座旁，她的脸离他的脸只有几厘米，他骑士机甲甲壳的舱口是打开的。

"珍！"他喘着气，猛地抓住她，惊恐地抱住她。他的姐姐紧紧地搂了他一会儿，然后放开了他，在驾驶舱的狭小空间里摇晃后退。

她生气地说："你在想什么？就这样消失了？我们还以为叛徒们不知怎么的找到你了呢！还有，你在想什么？"她停了下来，达尼亚尔意识到他的脸上一定还残存着被她拉离幻境时的恐惧。她问道："达，怎么了？你看到了什么？"

"我再也受不了了，珍。"他回答道，他的声音因勉强控制住的情绪而颤抖着，"我不能这样做。我不是国王。我甚至不确定父亲是不是国王。珍，你来吧。你会是个出色的女王，不是吗？我们的第一个女王。你可以，你应该可以，因为我只是……珍，我……"

"达尼亚尔，"珍妮卡坚定地说道，她的声音打破了他不断加深的恐慌，"我不能这样做。你想不想让我做女王都无所谓。我想不想做女王也无所谓。相信我，兄弟，我也有这种想法。但我们是骑士，荣誉、传统、骄傲、责任，是我们所拥有的一切。所以不管你看到的是什么，不管你想做什么，我都需要你把它搁置一旁，现在就成为至尊王。"

达尼亚尔坚定地深吸了一口气，点了点头。

珍妮卡说："哨兵有所发现，达。是奇迈罗斯家族。我们已经找到他们了。"达尼亚尔再次点了点头，又深吸了一口气，平静下来，他的头脑又开始工作了。

他说："给我看看。"

第十章

  他们三个人一起走回骑士团。达尼亚尔、珍妮卡，还有骑士珀西瓦恩·达·德拉科尼斯。珍妮卡力谏达尼亚尔最好从收集消息的侦察兵那里直接听取消息。因此，这几位骑士只寥寥交谈了几句，就抄近路穿过隧道回到有人居住的仓库，途中又与几支返回的搜索队会合。达尼亚尔边走边在脑海中反复思考着他看到的那些幻象。如果他闪烁的计时器属实，他在机械王座中已经迷失了近六个小时，然而他感觉那只持续了几分钟。在这段时间里，他还看到了什么他不记得的东西呢？他的祖先向他透露了什么？他机械王座上的鬼魂似乎暂时沉寂了下来，但能沉寂多久呢？达尼亚尔操控机甲进入并通过营地时，这些想法盘旋在他的脑海中，但当他看到等待他的人群时，他一下子就把它们抛诸脑后。

  达尼亚尔脱离机械王座，从火焰之誓的舱门爬下了机甲。珍妮卡和肌肉结实的骑士珀西瓦恩在他的机甲脚下迎接他。

  "复仇的呼声将会高涨，弟弟。"当他们走近时，珍妮卡喃喃自语，"声音会很响亮。我想劝你谨慎行事，但你现在是至尊王，决定权在你。你只要知道无论你做什么选择，我都会支持你。"

  达尼亚尔感激地冲他的姐姐点了点头。

  他猜测所有保皇派的骑士都聚集在了一起，还有若干圣物维保士和卡迪亚人。

  当他经过时，骑士们向他鞠躬，年轻的国王看到许多人好奇的目光，想知道他去了哪里，原因是什么。他甩开他们，走到聚会的中心，那里有两个卡迪亚的防卫军士兵笔直地站着，少校科瓦什徘徊在他们旁边，而波卢克西斯、卢克、马科斯、古斯塔夫和其他的知名人士则向前与他们站在一起。

  达尼亚尔开口说道："少校科瓦什，我姐姐告诉我，你的手下已经发现了叛徒的位置？"

科瓦什潇洒地敬了个礼,说道:"没错,殿下。是第四排的骑兵斯特兰斯克和万斯找到的。"

达尼亚尔看了看那两个骑兵,他们也依次敬礼。他们长相硬朗,头发花白,十分紧张。

科瓦什示意那两名防卫军士兵继续汇报。

其中一个卡迪亚人用急促的声调说:"我和骑兵斯特兰斯克在路径点 $7-\Omega$ 站岗,从恒星时间 0-3-100 小时开始,预定在 0-15-100 下岗。在 0-6-100-17 时,骑兵斯特兰斯克发现三个骑士等级的敌人由东向西穿过我们的栅格。敌人在大约 800 米外被发现,以稳定的步伐穿越栅格,并且点亮了流明,进行扫射。"

达尼亚尔问:"哪个家族?他们看到你们了吗?"

骑兵万斯回答道:"他们的家徽与奇迈罗斯家族的一致。还有,他们没看到我们。在我们看来,大人,他们是在执行侦察任务,很有可能是巡逻或拉网式扫荡的一部分。在剩下的监视时间里,我和骑兵斯特兰斯克观察到又有三队奇迈罗斯家族的骑士沿着同一条路移动。"

卢克说:"听起来像是狩猎队,一群助猎者,想把我们赶出隐藏地。"

达尼亚尔说:"确实如此。"他现在明白为什么其他人会兴奋不已了。骑士守则规定,任何这样的狩猎都要从一个中心补给站进行指挥,以确保协调。如果奇迈罗斯家族和怀沃恩家族的骑士仍然遵循他们受训时的基础知识行事,那么杰朗特或邓肯很可能会在那里指挥搜索。

骑士马科斯说:"我们可以反过来猎杀他们。上机甲,我们全部出动,沿着他们的踪迹回到他们的要塞,然后出其不意地抓住他们。"

"让那些可怜虫体验下那是什么感觉,嗯?"古斯塔夫补充道,他把一只拳头砸在另一只手掌上。

珍妮卡说:"这是个相当不靠谱的假设,诸位大人。如果他们是从银金矿山谷出动,扫荡完毕后再回到那里呢?或者只是散兵游勇,没有中心补给站呢?吾王,更糟糕的是,如果这是个陷阱,他们只是想把我们引出去呢?"

卢克坚持说:"他们不知道我们在这里,又怎么会设下陷阱呢?"

"又是一个假设。"珍妮卡回答道,但古斯塔夫·谭·米诺托斯打断了她的话。

"女骑士谭·德拉科尼斯,我们逃离了叛徒的伏击,受了伤,士气低落。

杰朗特·谭·奇迈罗斯是个直接而果断的指挥官。如果他知道我们在哪里，他一定会给我们致命一击。即使他想拖延，他也管不住谭·怀沃恩那个暴徒。就更不必提怀言者了，只有帝皇了解那些怀言者的可憎之处。"

科瓦什少校说道："考虑到大气环境，以及我们集结点一直都很安全，看来敌人现在确实不太可能知道我们的行踪，女骑士谭·德拉科尼斯。"

珍妮卡对大元帅的粗鲁插话感到很生气，但这位卡迪亚军官的话安抚了她。

她压制住骑士们的抱怨声，说道："即使这真是他们犯下的错误，但事实上，我们也不知道他们的去向，不知道那里等待我们的敌人实力如何。"

骑士奥尔里克自信地说："他们不可能去银金矿山谷，这一点很清楚。桥倒塌之后，敌人的往返路程将会极为曲折。在这么远的地方定期巡逻是不切实际的——骑士机甲的机魂会变得疲劳不堪。"

现在，达尼亚尔的内心开始感到一丝兴奋。如果这是真的呢？如果有机会处死一个或两个叛徒首领，那么不管风险如何，他们必须抓住这个机会。他还不确定自己是否完全理解了祖先给他看那些影像的意义，但他确定子爵谭·奇迈罗斯与黑暗势力有联系，这让他更加危险。他想，他已经等了好几天，现在没时间把所有事情想清楚。不过，如果能在那个威胁给他的子民带来进一步的伤害之前消灭它，达尼亚尔将会无比欣慰。

当然，他还要为他父亲的死报仇雪恨，此事并非无足轻重。仅凭这一点，他就想牢牢地抓住这个机会。不过他想起了珍妮卡的话，谨慎地克制着越来越强的兴奋感。

他说："高等圣物维保士，请告诉我，你可以防住垃圾代码了吗？"

穿着长袍的神甫低下头，他的护目镜闪闪发光。

"我很遗憾，至尊王达尼亚尔·谭·德拉科尼斯，我们还做不到。我认为至少还需要大约十六小时二十一分钟，我们的防护才会令人满意。另外，在十八个小时后，我们爬行者号上的微型加工厂将完成一批新的小天使的制造，以替代天国圣体遭受的损失。届时，在充分的战略认知下进行部署，将是可行的。"

马科斯愤怒地叫道："时间太长了！那样太危险了！谭·奇迈罗斯是个致命的敌人，就算他不知道我们在哪里，你也可以确定，我们让他不受困扰的时间越长，我们最终会面对的情况就会越糟糕。杰朗特和他的叛徒们现在就在外面。我们有一个机会，但谁知道错失良机之后会怎样呢？达尼亚尔，小伙子，过度谨慎无法赢得战争的胜利。我们应该趁有机会的时候把握当下。看在你父亲的分上。"

达尼亚尔能听出马科斯的言下之意，但也能听出骑士因太长时间受困而产生的挫败感。他感觉糟透了，就像宫廷仪式的苦差事翻了一百倍。他想报仇，他脆弱的新统治需要得到战士们的认可，以免王位在他脚下崩塌。

佩加森家族的女骑士伊莲娜特说："至尊王，我想劝你，慎重考虑一下。当然，在这个节骨眼上，我们的首要任务应该是与帝国其他武装力量进行整合。毕竟我们在一起会更强大，而且我们不知道敌人的数量。我们的职责还是以帝皇的名义在这个星球上取得胜利。"

"只要我父亲还活着，我们就赢不了这场战争。"卢克阴沉着脸说，"他很危险，这一点你是知道的，女骑士伊莲娜特。我无意冒犯，因为佩加森家族的智慧毋庸置疑。但马科斯是对的。我们留给杰朗特·谭·奇迈罗斯谋划的时间越长，我们的胜算就越渺茫。"

女骑士伊莲娜特轻蔑地看了卢克一眼。

"当我希望得到自由之刃的建议时，我会说的。"她傲慢地嗤之以鼻。

达尼亚尔深吸一口气，看向了珍妮卡。她偏头看向他，表情平和。

她说："由您决定，陛下。凡您所吩咐的，我们都必遵行。"

在那一刻，达尼亚尔又看到了那可怕的、黑洞洞的门口，以及站在门口旁的戴兜帽的人影。他看到了腐烂的奇迈罗斯家族的旗帜，还有杰朗特·谭·奇迈罗斯的铁拳撕碎了他父亲的骑士机甲。他想到如果他表现出了软弱或犹豫，同样的事情也会发生在他姐姐身上。

他说："很好，我已经听到了你的想法，做出了决定。高等圣物维保士，我要你加倍努力。无论付出什么代价，我想让我们的通信器和鸟卜仪再次全面运行。"

波卢克西斯回答道："如万机之神所愿，必将如此。"

达尼亚尔继续说道："珍妮卡，我要你从我们剩余的兵力中挑选出两支先锋部队。你本人留在这里保护圣物维保士，确保这个阵地的安全。"

达尼亚尔很了解他的姐姐，可以看出她对他的选择感到沮丧，但她还是点了点头。

他继续说道:"少校科瓦什,让你的部队做好随时出动的准备。如果我们在一天之内没有回来或者给你发消息,你和我姐姐就向潘塔克霍斯特进发。如果我们失败了,我需要我信任的人在那里集结防御力量,并为战争持续进行做好准备。"

科瓦什爽快地敬礼回答道:"遵命,至尊王。"

"其余的人,"达尼亚尔说道,提高嗓门,环顾周围,"立即做好准备,披甲上阵。我们要沿着敌人的踪迹进军。推荐你们最优秀的追踪者。他们将领导这次狩猎。我们将跟踪叛徒回到他们的巢穴,并在那里消灭他们!"

达尼亚尔的话引起了欢呼声。人们把拳头和剑刃挥向空中。

骑士珀西瓦恩喊道:"为了至尊王达尼亚尔,为了帝皇!"

达尼亚尔严肃地说道:"为了我的父亲。"

阿德拉斯塔波尔的骑士们从他们的避难所里大步走出,从隐藏他们的阴影遮蔽的仓库里铿锵有力地走上钢筋混凝土斜坡。他们的流明被点亮,他们的自动信号旗飘扬在呼啸的风中,噼啪作响。当时不时亮起闪电的云层在他们头顶散开时,垃圾代码开始攻击机甲的系统。四十架帝国骑士机甲散布在残破的工业废墟中,由钢铁和艾德曼合金制成的高大的钢铁战神在侦察兵身后列队,地上的瓦砾随着他们的脚步摇晃。

当达尼亚尔操纵火焰之誓在先锋部队后面直接就位时,他想起了在他上机甲前姐姐对他说的最后几句话。

她握着他的手腕说:"保重,达尼亚尔。我本该和你一起去,与你并肩作战,但我理解你的选择。你要知道,小弟,你是我们家族的未来。不只如此,你是我最后的亲人了。你可别死在外面,否则等我到了帝皇御前,我一定会找到你,踢你的屁股。"

达尼亚尔本不想让珍妮卡留下,但他最信任的人就是她。

如果他这次狩猎没有回来,他知道,他可以指望她回到帝国防线,并在那里继续战斗。

达尼亚尔摸着祖父的护身符,祝愿姐姐在天龙之眼的关注下好运、平安。然后他打开了一个通信频道。

"阿德拉斯塔波尔的骑士们，我们出征！"

一阵夹杂着静电杂音的欢呼声又回荡在他的耳边，伴随着王座上涌动的令人欣慰的骄傲和决心。他发誓，他们将在今天纠正一个巨大的错误，火焰之誓在他周围摇摆，隆隆作响。这是他欠父亲的。

骑士们沿着西边的路线前进。没有爬行者与他们同行——留下来的圣物维保士心存感激，达尼亚尔也不愿意冒损失它们的风险。在最前面，追踪装置跟随着电化学机械痕迹和沉重的骑士机甲的脚印。佩加森家族的女骑士伊莲娜特驾驶着她的帕拉丁骑士机甲萨加西托斯率领着侦察兵，作为一名机械侦察员，她技术高超，众所周知。和她一起行进的还有米诺托斯家族的骑士鲍里斯，以及女骑士苏塞特·达·德拉科尼斯。在她多年的骑士侍从生涯中，她使用鸟卜仪的能力和感应追踪能力首屈一指。

这三个人带头穿过空荡荡的、被雨水冲刷过的街道。骑士们前进的道路上散落着锈迹斑斑的车辆，布满了弹孔，那是叛乱之初留下的残骸。他们穿过破败的商业区，那里曾经是实物交易的市场，高耸的商业区和正面为天鹰座形状的仓库之间到处是中转过道。他们绕过倒塌的居民区大厦，穿过废弃金属和往日战役腐烂的遗迹。时间慢慢流逝，在古代石像鬼呆滞的目光下和彩色玻璃上不朽圣徒的审视下，骑士们继续前进。追踪装置搜寻渐渐消失的踪迹时，有一两次放慢了前进速度，但总能再次找到踪迹。骑士们用鸟卜仪扫描了一下周边的环境，但没有发现任何危险的迹象。

行军将近四个小时后，地形开始发生变化。悬崖峭壁打破了城市的无序扩张。运输通道和磁轨在岩石间蜿蜒穿行，那些岩石在前进的骑士头顶高高耸立。它们侧翼密密麻麻地布满了工业管道、石化油罐和突出的炼油设施，这些设施向天空喷吐着火焰和烟雾。阿德拉斯塔波尔人沿着峭壁间的沟壑前进，速度慢了下来，有些地方只容两三架机甲并排行走。骑士马科斯警告说，这里的地形非常适合伏击。他退了回来，告诉达尼亚尔，他会留意后方的护卫队。

他们谨慎前进，又过了一个小时后，女骑士伊莲娜特和她的侦察兵在通信器里报告说，确实有一个敌人的要塞，而且就在前方的死角。忠心耿耿的阿德拉斯塔波尔骑士团在峭壁边缘的阴影中与伊莲娜特会合，看到了一幅宏伟景象。

达尼亚尔深呼吸，放慢了火焰之誓的速度，最后停住了。"那是什么？"

在有一片石化沼泽和废弃工厂的土地上，一座奇异巨大的塔楼拔地而起，直插云霄。炮塔和巨大的探照灯散布在要塞的侧翼，夹在石像鬼和乱糟糟的鸟卜仪阵列之间。这座侧面平坦的建筑顶部是一个巨大的青铜天鹰座，而它的脚下则被围墙、铁丝网和矮胖丑陋的警卫塔所包围。一扇装甲大门挡住了通往外面营地的入口，大门高度是最高的机甲高度的两倍。可以清晰地看到有几架奇迈罗斯家族机甲，正绕着要塞外墙的巡逻路线，缓慢行进。

达尼亚尔说："看来他们并没有发现我们。"

女骑士苏塞特回答道："我们还在鸟卜仪的有效探测范围之外，陛下。如果帝皇愿意帮忙的话，雨和阴影应该可以阻止物理探测。"

达尼亚尔说："这一定是这个区的法务部辖区要塞。"他望着建筑次级尖顶上的天平雕像和面容无情的法官雕像，"他们选了一个不错的要塞，十分坚固，而且如果他们已经唤醒了那些炮塔的机魂的话。这里堪称装备精良。"

女骑士伊莲娜特报告说："远程鸟卜仪显示，在建筑基地周围的营地里有多个引擎信号，奇迈罗斯家族机甲留下的踪迹一直通向大门。"

马科斯说："无法确定谭·奇迈罗斯或者谭·怀沃恩到底在不在里面。"

"我与你意见一致，"达尼亚尔说道，他正在脑海中推演可能的攻击计划，"但我们不能排除他们在的可能性。侦察兵，我们能得到更多的数据信息吗？"

苏塞特·达·德拉科尼斯回答道："我正在研究我的鸟卜仪。在德雷克锻造厂长大还是有些优势的。只是……嗯……不要告诉圣物维保士，陛下……"

他微笑问道："你还能看到更多敌人吗，女骑士苏塞特？"

"好吧，我的王，我想我可能得罪了余烬之剑的机魂，但我可以告诉你，那里面……也许……有八个骑士？最多十二个？当然，还有哨兵。但我也读取到有些奇怪的能量干扰。"

"很好，女骑士。"达尼亚尔说，苏塞特的帮助让他感到异常振奋，"谢谢你。这么说总共有十五名骑士吧——这在骑士守则严格规定的狩猎要塞驻防数量内。或者说是杰朗特·谭·奇迈罗斯的保镖。"

"是的。"骑士奥尔里克表示赞同，"我建议趁我们人数占上风，立刻出击。"

马科斯表示赞同："如果杰朗特在那里，那么我们就把他像狗一样放倒。

如果不在，依我说，我们就占领这里，设下陷阱，来对付他们归来的狩猎队。"

达尼亚尔提醒道："这仍有可能是个陷阱。这里的地形太过开阔，无法隐藏骑士机甲。但我们不知道他们还可能准备了什么异端诡计。"他又一次看到了那扇黑洞洞的门，以及潜藏在里面的不祥之物。

马科斯说："不管他们要做什么，我们都要做出选择。你要做出选择，小伙子。我们是冲下去攻击，还是掉转方向，一无所获地走回去？"

"荣誉，小伙子。"一个声音在他的机械王座上低声说道，"勇气。"传来另一个声音，"一个强大的领袖不会在战斗中退缩。"然而，另一声叹息掠过他的脑海，像一阵冷风，他觉得自己模模糊糊地听出了这个声音。"当你来到野兽的巢穴外猎杀时，要保持头脑清醒，"它说，"因为被逼入绝境的猎物是最危险的。"

传令官毫不掩饰自己对什么才是正确路线的想法，达尼亚尔知道这并非他一个人的看法。他的战士们一路行军到这里，他很难让他们放弃一个击杀叛徒首领的机会。虽然他还是很担心，但四十名骑士对十五名骑士？如果他们想把敌人的数量降到与己方的人数持平的话，保皇派就要参与战斗，而且要迅速获胜。说到底，根本没有选择。

达尼亚尔说："很好，我们有机会对敌人进行打击，我们不会退缩。凭借我们的人数和出其不意的因素，在叛徒反应过来之前，迅速、果断的打击能确保胜利。围墙外的骑士是首要目标——我们用中程火力消灭他们。同时，守护骑士机甲和圣骑士机甲将摧毁营地的正门，给我们清出一条进去的路，但预计敌人会在正门周围集结。豪侠骑士机甲和游侠骑士机甲，你们做前锋。瞄准大门，但做好准备，一旦敌人投入兵力，就迅速行动。让你们的天龙圣火在心中燃烧吧！燃起伊克赛尔西厄姆之怒吧！"

当他的骑士机甲从阴影中大步走出时，达尼亚尔感到肾上腺素的刺激瞬间传遍全身。在他的周围，他的下属也是如此，伺服电动机在呼啸，反应堆在咆哮。他们慢慢加速，然后果决地大步前行。少数幸存的豪侠骑士机甲移动到了最前面，它们的驾驶者驱使它们冲在进攻的前线。保皇派阿德拉斯塔波尔骑士团行动整齐划一，从悬崖峭壁所在的沟壑中走了出来，穿过荒原，来到了法务部的要塞前。

通信器里传来古斯塔夫的声音："至尊王，要准许他们播放第三首咏叹调吗?"

达尼亚尔回答道:"这次不行,大元帅。我们要尽可能出其不意。"

达尼亚尔看到忠诚的骑士们奋力向前投入战斗,他们高贵的骑士机甲光彩夺目,胸中涌动着自豪感。反击的感觉真好。采取行动是好事,无论这个决定会带来什么后果,他都会一力承担,就像一个好国王必须做的那样。

前方,奇迈罗斯家族的骑士机甲开始转向,它们的鸟卜仪无疑在咆哮着发出警告。

达尼亚尔说:"尊敬的诸位大人,释放愤怒吧,随意开火。"

作为回应,几十种武器纷纷开火,炮弹和导弹在荒原上呼啸而过。两架敌方机甲瞬间被打倒在地,第三架机甲则被爆炸打坏了盾牌,摇摇欲坠。与此同时,大门周围也发出爆炸声,弹片纷飞。伴随着惊天巨响,巨大的大门向内坍塌了,向后撞向营地。

马科斯在通信器中说:"鸟卜仪,敌军有什么动静?"

苏塞特用高度紧张的声音回答道:"他们在大门的另一边,陛下。垃圾代码让鸟卜仪很难监测敌军的动静,但是……是的,他们已经移动到了大门的两边。不管是谁通过那扇门,都会遭受重创。"

达尼亚尔冷冷一笑。敌人的反应正如他所预料的那样,他感到信心大增。"缺口狭窄,聪明的骑士会另辟蹊径。"他的机械王座悄声说道,达尼亚尔点头赞同。

他命令道:"豪侠骑士机甲、游侠骑士机甲,放慢步伐。所有的远程武器,在标记点1-3和标记点1-9之间分散射击。"

达尼亚尔的手戴着触控手套急速飞舞,为他的战友们标出目标数据。片刻之后,响起了隆隆的重机枪声。在大门两侧45米的地方,毁灭性的火力摧毁了钢筋混凝土和防护板。一发又一发的炮弹击中要害,在雷鸣般的爆炸声中,围墙像大门一样被野蛮地炸开了,小型的爆炸云升腾而起。透过浓烟和四处乱飞的碎石,可以看到那些奇迈罗斯家族的机甲被碎片击中,步步后退。

肾上腺素激增的达尼亚尔喊道:"就是现在,豪侠骑士机甲、游侠骑士机甲,强行攻破防线。为了托尔温!"

"为了托尔温!"他们怒吼着,骑士机甲发动攻击,地面震颤不已。敌人的炮火在新炸开的突破口中呼啸,但被保皇派豪侠骑士机甲的离子盾牌挡了个正着,火光四射。火焰之誓在杰瑞米亚尔·达·米诺托斯骑士的雷霆之怒后面大步走来。透过火光和烟雾,达尼亚尔看到,那架米诺托斯家族的豪侠骑士机甲摆脱了一架奇迈罗斯家族守护骑士机甲纠缠的火力,然后向其挥出一记致命的上勾拳。骑士杰瑞米亚尔的雷击拳套撕裂了敌人的胸甲镀层,打入了后方的驾驶舱。闪电在驾驶舱内疯狂跳跃,那架奇迈罗斯家族的骑士机甲以一种可怕的方式崩裂,它的残骸哗啦一声向后坠毁。

达尼亚尔左右扫视,寻找自己的目标。一个敌人费力地穿过废墟和浓烟,从侧面攻击雷霆之怒。那是一架敌方的游侠骑士机甲,正要开火。

达尼亚尔怒吼起来,但声音被淹没在他机甲的愤怒咆哮声中,他的太阳穴突突直跳。他踏出三大步,地动山摇,用链锯剑旋转的锯齿猛地劈向敌方骑士的热能加农炮,落在其武器和手臂的连接处。当达尼亚尔的剑刃劈断对方手臂时,其液压支架和冷却剂电缆也被砍断了。他用力收回武器,火花如雨点般落下,那架奇迈罗斯家族游侠骑士机甲的加农炮坠地,犹如累赘。他的敌人打了个趔趄,突然失去了平衡,达尼亚尔用火焰之誓的装甲防护板猛力撞击。那架奇迈罗斯家族的机甲突然大幅度倾斜,超过了它的临界点。他的敌人极力想要站稳,无奈他的机甲不够敏捷。那架游侠骑士机甲侧翻,摔倒在地。倒下的战争机器在爆炸声中颤动。留下它等死,达尼亚尔操控火焰之誓绕过这台颤抖的战争机器走向营地。

攻击进行得很顺利。只有骑士珀西瓦恩的火焰风暴受损。他的机甲的发电机外壳受到了冲击,导致连锁过载,烧掉了一半的散热器,机甲被迫紧急关闭。不过只要给它几分钟时间让其机魂平息愤怒,火焰风暴就能再次行走。达尼亚尔能听到骑士珀西瓦恩在通信器里吟诵祷文,以安抚他骑士机甲的机魂。

相比之下,敌人已经被歼灭了。九名奇迈罗斯家族的骑士已经摔倒在地。他们的机甲横七竖八地躺在突破口之外,因受损太厉害而无法战斗,或者全部被毁。

达尼亚尔朝营地望去,那是一片开阔地,到处都是哥特式的标语和彩色的引导线,散布着用铁丝围起来的建筑和小范围的防线,以及显而易见的战争破坏。三架幸存的敌方机甲站在前方不到一千米处,靠近要塞的脚下。他们似乎没有参加战斗,而是举起盾牌在等待。

卢克语气苦涩地说:"那些都不是我父亲的机甲,那个混蛋不在这里。"

马科斯催促道："那我们就干掉他们，了结这一切。"

女骑士苏塞特问道："可是他们在做什么？他们为什么不进攻？或者撤退？"

达尼亚尔命令道："停火。"他放慢了火焰之誓的速度，只是走过去。"骑士守则规定我们至少要给他们一个投降的机会。活着的骑士可以给我们提供死者给不了的信息。"

马科斯咆哮道："这些叛徒没有投降的机会，小伙子。下令吧。让我们干掉他们。"

苏塞特说："不，等一等。我又读取到了那些奇怪的能量信号……那架豪侠骑士战甲的雷击拳套里有什么？"

那些骑士机甲放下了武器，也降下了他们的自动信号旗，以示投降。然而，那架豪侠骑士战甲在身前伸出雷击拳套，手指半合蜷缩，掌心向上。这让达尼亚尔想起了在他们还是骑士侍从的时候，卢克发现了一只虎尾蛾，并把那只脆弱的生物拿出来给他看。

慢慢地，机甲张开了它的拳头，其掌心露出一个衣冠不整的身影，她紧抓着机甲的伺服驱动手指，悬在离地十米高的地方。她精美的长袍被撕破了，头发在风中飞扬。

卢克喘着粗气说："艾丽西娅。"

第十一章

看到艾丽西娅的时候,卢克的心猛然一颤。他明显躁狂起来,似乎他的父亲准备像随意抛弃他儿子的生命那样,随意抛弃艾丽西娅的生命。

马科斯用厌恶的语气说:"这到底是怎么回事?这些叛徒肯定是真的越来越绝望了。"

艾丽西娅显得很害怕。她一边惊恐地抓着骑士的手指,一边在喊着什么,但卢克听不清。

他敦促道:"我们得救她,达。我不能在这个该死的星球上既失去双亲。"

达尼亚尔说:"骑士们,收起你们的武器,停火。前进四分之一步的距离,停在四十五米开外;古斯塔夫,请你的手下不要冒险逞强;马科斯,在突破口处留十名骑士,密切注意敌人的散兵游勇。"

马科斯警告道:"小心点,小伙子。别让那些叛徒仅仅因为手里有人质就干掉我们。"

达尼亚尔回答道:"我们不会拿一个无辜女人的性命冒险,大人。"尽管他惊慌失措,但卢克从他朋友的声音中听出了前所未有的坚定。

卢克猛拉他的触控手套,眨动眼睛在视网膜显示屏上点击了一连串的符文。英雄之剑在他周围发出呜呜声,它逐渐从武器系统吸取能量,把能量引回位于机械心脏某处的备用电容器中。

"你现在是自由之刃骑士了,小伙子。"从他的机械王座上传来苦涩的低语,那是他年迈的叔祖父奥斯拉克的声音,"你没有理由服从天龙后裔的命令。"其他的声音在奥斯拉克的周围传来,有的敦促谨慎,有的敦促行动。卢克咬紧牙关,对这些声音充耳不闻。

他自言自语,也对那些鬼魂说:"我不会做任何危害她的事,不过,一旦那些混蛋放了她……"在那一瞬,能量再次从他的热能加农炮中释放出来,这是对他的愤怒做出的同情反应,卢克赶紧撤去能量。他的心在胸口剧烈跳动,他操控机甲往前走,停在达尼亚尔的左边。骑士西尔韦斯特停在了卢克的右边,其他骑士也一个接一个地在队伍中就位。很快,保皇派骑士就形成了一条长长的、弯弯曲曲的战线,面对着三架奇迈罗斯家族的骑士机甲,他们穿过大雨滂沱的营地。信号旗在风中啪啪作响,闪电不时划破长空。

达尼亚尔通过他通信器的扩音器开始讲话:"奇迈罗斯家族的骑士们,我宣布你们是人类帝皇的叛徒,也是阿德拉斯塔波尔的叛徒。现在就投降吧。不要伤害一个手无寸铁的女人,再玷污你们的荣誉。"

静电在通信器中嘶嘶作响。卢克试图控制自己狂跳的心脏。

豪侠骑士机甲的驾驶员放大音量答道:"不。"那是骑士赫克图尔,卢克心不在焉地想。他以前和这个人一起痛饮过蜂蜜酒,玩过名为"弑君者"的战棋游戏。现在,自由之刃骑士几乎认不出他的声音了。赫克图尔的声音听起来从未如此残忍过。"你不是至尊王,天龙后裔。你那懦弱的父亲也不是。王冠是属于杰朗特·谭·奇迈罗斯的。你现在就向我们投降,否则,就只能眼睁睁地看着她死去。"

卢克眨了眨眼。这就是他父亲背叛自己家人的原因吗?为了王权?

他怒气冲冲地对着敌军的那些机甲施放鸟卜仪,寻找对方可利用的弱点,希望能扭转局势。但他什么都看不到。当他还是个孩子时,他就很喜欢听阿德拉斯塔波尔之王的故事,那位风度翩翩的山中骑士总是维护骑士守则,总是能赢得少女的芳心,总是能拯救世界。卢克曾相信,自己会像他一样在战场上驾驶自己的机甲。现实却是眼睁睁地看着自己家族的叛徒威胁要在他眼前将他的继母杀死,却无能为力。这痛苦简直令人难以承受。

骑士马科斯的声音从通信器中传了出来:"达尼亚尔,我知道她是你父亲的朋友,但是……"

达尼亚尔冷峻地回应道:"我不是白痴,骑士马科斯。"

驾驶着圣骑士机甲天龙火焰的骑士奥尔里克催促道:"我可以击破那架豪侠骑士机甲的手臂传动装置,切断他触控手套的动力。让我出手一试吧,陛下。"

"风险太大了,"卢克回答道,他的声音很绝望,"她可能会被杀死。"

大元帅古斯塔夫敦促道:"让我向他挑战,按骑士守则来解决问题。"

达尼亚尔回答道:"我想他们已经对骑士守则弃之不顾了,大元帅。等一等。"

西尔韦斯特·达·德拉科尼斯紧张地问道:"我们该怎么办,国王达尼亚尔?我想他们不会一直等下去。"

似乎是为了呼应这位年轻骑士的话,三架奇迈罗斯家族骑士机甲身上的流明在暗中一闪而过,他们的首领又说话了。

"现在,殿下。"骑士赫克图尔说,卢克再次觉得他声音听起来挺奇怪,"你的决定是什么?"

卢克看着艾丽西娅,她紧紧抓住俘虏她的机甲的铁甲手,乌黑的头发紧贴着面颊。看到一向镇定自若的人脸上露出这样的恐惧,卢克也随之害怕起来。

"达,"他在私人频道上通过通信器说道,"拜托……"

达尼亚尔说:"这种挑衅的姿态不会给你带来任何好处。你知道我不会投降,你也知道如果你伤害了她,我不会让你活着离开这里。杀了她是一种愚蠢的恶意行为,只会让你迅速痛苦地死去。现在就此罢手,我向你们保证,你们将被当作战俘,以荣誉相待。"

"来吧,"卢克低声说道,拼命想让奇迈罗斯家族的那些骑士答应,"来吧,求求你们了,这太疯狂了。放她走,你们这些白痴。别逼他选择。"

那些奇迈罗斯家族的骑士机甲静静地站在那里,一动不动,卢克仍希望能和平解决。他紧张地弯曲触控手套,把双肩紧贴在带衬垫的金属机械王座上,向帝皇默默祈祷。

在某种无声的命令下,赫克图尔骑士打开了他拳套的手指。艾丽西娅恐惧的神情消失了,她缓缓起身在骑士的手掌上站起。艾丽西娅无视风雨,她傲慢地挺直身子,盯着那些保皇派的骑士。

她说话了,不可思议的是,他们都听到了她的声音。子爵夫人的声音通过阿德拉斯塔波尔人的通信频道传出,热情而又笃定。她看似觉得这一切很好笑,卢克意识到这一点,越发觉得困惑。

"我想,我实在是奢望太多了。"艾丽西娅·卡·曼蒂克斯说道,感伤地笑了笑,"为了一个子爵夫人的性命,让新任至尊王和他的所有骑士彻底投降?恐怕是我太过傲慢了,但我想,也许我可以救你。"

达尼亚尔的声音听起来有些犹豫:"艾丽西娅女士,这是什么意思?"

卢克再也无法克制自己的情绪,脱口而出:"母亲,他们伤害你了吗?"

子爵夫人举起一只手,做了个安抚的手势。她似乎在栖身之处完美地保持着平衡，呼啸而来的狂风对她没有任何影响。卢克觉得，如果不尽快弄清楚一些事情的话，他的困惑和恐惧会让他窒息。

"我毫发无伤，卢克。"她说道，尽管发生了这一切，她的声音在某种程度上还是本能地使他感到安心，"事实上，我很好，不像你。成了自由之刃骑士？哦，我的孩子，我很抱歉。我为这一切感到抱歉，真的。你应该得到更好的对待，但我知道你没有勇气背叛你的朋友和他的家族，而你父亲一直相信我的判断。"

卢克在他的机械王座上缩成一团，仿佛被扇了一巴掌。他下意识地摇了摇头。

他低声说："不，不，你不会。帝皇，拜托，不可能你也……"

但艾丽西娅还在说话，是对达尼亚尔，仿佛她对卢克已经完全不予理会了一样。

"我回答你的问题，达尼亚尔。这是为奇迈罗斯家族伸张正义。我们已经夺回了王权，将从你们和你们所崇拜的腐尸帝皇手中夺回我们的星球。"

"异端邪说！"骑士奥尔里克通过通信扩音器喊道，一阵难以置信和愤怒的声音响彻阿德拉斯塔波尔人的通信器。

"这个傻瓜说的是真话。"艾丽西娅说道，她的声音穿透了保皇派的愤怒之声，"我崇拜的神，我一直崇拜的神，代表了知识和智慧，而不是无知和恐惧。你们在这里都是因为他的意愿。我很抱歉，达尼亚尔、卢克，真的很抱歉。我可怜的孩子们，但现在按照他的意愿，你们都得死。牺牲是理所当然的，冒牌货的家族必须终结。这样奇迈罗斯家族才能独霸天下。"

卢克觉得自己无法呼吸。这不可能是他母亲在说话。她已经疯了，或者也许是他已经疯了，也许是骑士授封礼让他思维混乱，也许是他在某个潮湿的牢房里对这一切产生了幻觉……

隐约地，卢克听到达尼亚尔下达了开火的命令。然后，他王座的鬼魂在他脑海中低语怂恿他，去做人们意想不到的事来挽回他的名誉。叛徒必须死。

他们所有人都必须死。

爆炸和灼热的能量光束吞没了叛徒，自由之刃骑士的光学阻尼器启动了片刻，使他的视野变得一团模糊。卢克眨了眨眼睛，把滤光器移开，尽管他感到恐惧，透过烟雾和雨水盯他还是想看看损伤情况。然而狂风把爆炸的烟雾吹散，三架奇迈罗斯家族的骑士机甲却毫发未伤地站在那里，被一堵闪闪发光的蓝色火焰墙护住，而艾丽西娅伸出的双手上涌动着同样的非自然能量。

"女巫！"古斯塔夫·谭·米诺托斯咆哮着向前冲去。他的圣骑士机甲雷霆赞美诗，动用了所有武器，对准子爵夫人非自然的盾牌狂轰滥炸。巫术，卢克厌恶地想着。

卢克难以置信地看着导弹化作蒸汽，子弹化作大片飞舞的飞蛾。艾丽西娅，她的美丽面容变得冷若冰霜，说出了一串奇怪的话。她的声音犹如丧钟一样响彻整个营地。

旋涡般的能量包围着艾丽西娅，她在呼啸的旋涡中腾空而起。破烂的长袍在她周围疯狂地飞舞，她的眼睛闪烁着蓝光。一道灼热的蓝紫色能量光束从她合十的手中跃出。

能量光束直接刺穿了大元帅古斯塔夫的盾牌，炸掉了他机甲的离子发生器，并直接击中了他机甲的头盔，飞溅的漫天火星如雨般落下。

"帝皇护佑我！"古斯塔夫在通信器中喊道，一道冲击波在雷霆圣歌的装甲机身上飞快掠过。在那股能量接触到的地方，古斯塔夫的骑士机甲发生了不可思议的嬗变……古斯塔夫惊恐的尖叫声充满了通信器。随着越来越多的机甲部件从金属变成生物物质，古斯塔夫又尖叫了几秒钟，然后他的声音就退化成了喉头发出的咆哮，接着从通信器中完全消失了。

卢克竭力抑制住火辣辣的胆汁，强烈的反感让他反胃。他和其他所有保皇派骑士都呆呆地站在那里，为他们刚才所看到的不可思议之事惊恐不已。

"毋庸哀悼你的战友。"艾丽西娅用相互重合的刺耳声音告诉他们，这声音神志不清而又悲伤，胜利而又狂喜，是人类之声和恶魔之声混杂的声音，"他很幸运，在死前受到了奸奇的祝福。"

卢克尖叫起来，扣动了热能加农炮的扳机。热能光束向艾丽西娅射去，但她避开了冲击波，凝视着他，她脸上的表情既有失望，也有怜悯。

她对着呼啸的风声喊道："强大的奸奇，接受我的祭品吧，求你拯救你的仆人，让他们不受伤害。"

爆矢弹的火焰从她手中跃出，每一个保皇派骑士都立刻开火。然而电光石火间，叛徒们都消失不见了，被粉红色的火焰喷泉吞噬，原地仅余空荡荡的空气。艾丽西娅的魔咒火焰风暴击中了辖区要塞的基地，炮弹和导弹炸穿了这个营地。炫目的光线让感应中枢超负荷运转，一连串雷鸣般的轰鸣声响彻了整个营地。

达尼亚尔看着一串串火球向外滚去，喘着粗气说道："炸药。"

爆炸产生的轰鸣声不但没有消失，反而积聚成可怕的隆隆声。辖区要塞像一只受伤的动物一样颤抖不休，巨大的裂缝沿着它装甲的侧翼向上延伸。

达尼亚尔命令道："退后！它要垮了！"

卢克一边用力扭开机甲的控制装置，一边给它的动力传动装置注入动力。在他的周围，其他人强行调转了机甲的方向，大步离开摇摇欲坠的要塞。自由之刃骑士通过自动感觉中枢发现，他们无法及时撤到安全的地方。叛徒们的伏击准备得很充分。他们一定是巧妙地破坏了要塞，因为当新的爆炸声穿过它的地基时，要塞开始剧烈震动。伴随着巨大的雷鸣声，大楼上层巨型建筑的板块断开并开始掉落。

英雄之剑脚下的大地在颤抖，卢克朝远处围墙上的缺口猛扑过去。前方，骑士马科斯和后卫队已经在平原上疾驰，远离危险。在他的后方，卢克看到曾是古斯塔夫的蠕动魔物挥舞着带吸盘的伪足猛击，抓住了一个试图逃跑的米诺托斯家族的骑士。伪足缠住了机甲的腿，骑士杰瑞米亚尔的骑士机甲被绊倒了，他惊恐地大叫起来。骑士被拖过地面，火花飞溅。它咬住了杰瑞米亚尔的骑士机甲，胆汁从嘴中涌出。然后，建筑轰然倒塌，消灭了曾是古斯塔夫的魔物和它的受害者。巨大的建筑碎块砸向地面，有的足有空降舱大小。卢克看到了断裂的墙壁、破烂的门洞、剩下的地砖和被剪断的电缆，还有摇摇晃晃的连着线的机仆。他在翻滚的残骸、牢房栏杆和赛博獒犬中看到了枪架、沉思者和尸体，然而吸引他注意力的是那些翻滚的巨石。

卢克举起盾牌，及时挡住了一块坦克大小的碎石。蓝光闪耀，英雄之剑一个踉跄，差点被逼得单膝跪地，但伴随着陀螺仪和伺服电动机的尖啸声，这架骑士机甲又继续前进。

西尔韦斯特·达·德拉科尼斯就没那么幸运了，一座垂直落下的尖塔切断了他的尖叫声。尖塔穿透了他的机甲，腹部板甲处爆裂开来，让这台战争机器不能动弹，活像一具闪着火花抽搐的尸体。

卢克向机甲的动力传动装置输入更多的动力。他迫使机器尽可能快地移动，它的反应堆发出雷鸣般的声音，姿态警报也发出刺耳的声音。一块巨石突然砸在他的右边，压死了一个佩加森家族的骑士。另一块巨石砸到了卢克的后方，离他机甲的脚后跟只有一步之遥。通过感觉中枢，他看到它向他倒了过来，它的影子投向他的机甲。卢克无声地吼叫着，逼迫自己的机甲跑得更快。当重数百吨的石块撞击在他的盾牌上时，机甲发生了巨大的震动，导致驾驶舱的灯光闪烁，系统过载并产生了电流震荡。不知怎的，在帝皇的恩泽下，英雄之剑一直没有倒下。卢克冲出大门，来到平原上，发出了胜利的呐喊。

尽管如此，他还是不停地奔跑，较小的碎石块在他周围跳跃翻飞，撞来撞去。要塞坍塌下来，不可思议的轰鸣声不绝于耳，震耳欲聋。卢克意识到自己已经安全了，他如释重负，慢慢地、颤抖地减小了对动力传动装置的动力输出。直到现在他才看到红色的符文在闪烁，散热器超负荷，不停地砰砰作响。他的盾牌几乎都烧坏了，他的机甲反应堆里有东西已经炸开了。机甲拖着一条腿走，它的机魂被逼到了极致，痛苦地发出隆隆声。

卢克气喘吁吁地将英雄之剑转向那座被摧毁的塔楼。它的主体已经倒塌，并且还在继续倒塌，像一场永无休止的雪崩，大片的尘埃云飞扬而出，笼罩了这片区域。尘埃云升起，就像某种巨大的轨道弹头的爆炸羽流，高耸入云，甚至比塔楼还要高。

卢克放缓呼吸，耳鸣逐渐消失，肾上腺素也随之流失，取而代之的是之前出现过的冰冷恐惧感。直到这时，他才听到骑士马科斯急切的声音，打断了他们那些战友的声音。

"至尊王在哪里？"卢克重复了一遍，他的血都凉了，"达尼亚尔！确认位置。有人能看到国王吗？见鬼，达尼亚尔到底在哪里？"

艾丽西娅·卡·曼蒂克斯和她手下的战士们在火焰旋涡中闪回，离那座塔楼正好十五千米。当最后一团亚空间火焰溅射而出时，艾丽西娅瘫倒了，喘着粗气。保护自己和她的骑士们不受伤害，并对那个莽汉古斯塔夫施展变形咒，已经让她大伤元气。此外她还有为三台高十五米的战争引擎打开亚空间通道这一壮举。艾丽西娅因为能量消耗而彻底被掏空了，而她需要时间来恢复。不过，当她把破破烂烂的长袍裹在身上，回望地平线上冉冉升起的烟尘羽流时，女巫只觉得欣喜若狂。恶魔的预言已经应验了。

"在黑漆漆的塔楼阴影中，天龙必死无疑。从它散落的灰烬中，一位女王将会崛起……取而代之"她低声说着，重复着那个黑暗中的存在对她嘶吼的叠句。

而她将崛起，正如恶魔承诺的那样，在她的杰朗特身边。从她出生的那天起，她就开始崇拜伟大的奸奇，在无知者和恐惧者以腐尸帝皇的名义将曼蒂克斯家族置于死地之前，她的家人就给她传授了奸奇的圣道。她知道如何踏上她命定的道路，如何履行恶魔契约。她已经付出了血的代价，作为交换，她笃信她的命运之主已经杀死了达尼亚尔·谭·德拉科尼斯。

艾丽西娅用拇指拨弄着优雅的通信珠，她把那粒珠子放在了一只耳环里。她喃喃地念着圣物维保士谢迪戴亚以前教给她的觉醒咒语。事实证明，这位机械神甫很有用，野心勃勃。只需承诺奸奇会对他悄悄说出禁忌的秘密，他就被动摇，转而支持她。他的野心大到可以爬过奇迈罗斯家族和怀沃恩家族的王座拱顶，用艾丽西娅的信仰毒药和恶魔之血轮流玷污每个王座。谢迪戴亚会得到他的奖赏，她想。等到她和杰朗特共同统治阿德拉斯塔波尔的时候，所有帮助过她的人都会得到奖赏。艾丽西娅冷静地坚信：一个星球，将只是一个开始。

她耳边响起了柔和的钟声，通信珠接通了。雨水沿着她的脸淌下，她端庄地笑了笑。

她微笑着说道："骑士赫克图尔、骑士保尔、骑士纪尧姆，你们真是太棒了。谢谢你们，诸位大人。"

"愿意为你效劳，艾丽西娅女骑士。"赫克图尔声音中的忠诚让她非常高兴，"能打倒伪王和他的那群压迫者，真是令人愉快。"

骑士保尔提醒道："他们不会全都倒下。我们还要面对最艰难的战斗。"

"很好，"骑士纪尧姆咆哮，"但我们会用信念和力量来侍奉奸奇大人。我们享受这场圣战。"

其他的骑士异口同声地表示赞同，艾丽西娅的笑容更加灿烂了。

"你们的信仰给了我力量，勇敢的诸位大人。腐尸帝皇给我们人民的只有苦难和奴役，但我们将一起为阿德拉斯塔波尔带来光明的新曙光。我们将把我们的人民从无知、恐惧和谎言中解救出来。我们将迎来一个变革的时代，一个充满无限智慧和无穷力量的时代。"

艾丽西娅的骑士们又一次欢呼起来，她任由他们欢呼。

当他们的欢呼声平息下来的时候，艾丽西娅说："现在，你们知道接下来会发生什么。诸位大人,我希望你们以最快的速度把我送到银金矿山谷。至尊王将需要我们所有人。"

骑士赫克图尔说:"当然,艾丽西娅女士。可是你要怎么去呢?带你离开这里是我的荣幸,但也许你更愿意搭乘我的骑士机甲,在机甲里风吹不着,雨也淋不着?驾驶舱里的空间绰绰有余。"

艾丽西娅大笑起来,由衷地被赫克图尔的英勇所感动。她的药剂并没有像她担心的那样把他们变成怪物,对此她很高兴。对她来说,拥有真正信仰的骑士比变异的魔兽更有用。

"不用了,骑士,但是谢谢你。圣道变革者给我的躯体打上了标记,以至于我无需再有凡人的顾虑。这就是他的力量和仁慈。只要把我送到目的地就够了。"

赫克图尔和其他人发誓他们会完成使命,随着伺服电动机的轰鸣声,他们的骑士机甲穿过狭窄的峭壁地带。艾丽西娅盘腿而坐,专心思考。她抚摸着通信珠,喃喃自语了一串仪式用语,并提升了设备的功率,选择了一个预先设置好的、经过重重加密的频道。女巫等待着,静电嘶嘶声在她耳边响起。她花了点时间来处理刚才发生的一切,以及接下来不可避免的事情。他们玩的是一场危险的游戏,但圣道变革者会给他们胜利所需的力量。

又响起了一阵轻柔的钟声。

"杰朗特,我的爱。"女巫热情地笑起来,"已经搞定了。"

谭·奇迈罗斯大人停顿了一下,才做出了回答。

"那么,那个叫谭·德拉科尼斯的男孩,他死了。你确定此事吗,艾丽西娅?"

她简单地回答:"我有信心。预言已经实现了。那座黑漆漆的塔楼倒了。"

"你看到了他的尸体吗?"杰朗特问道,他的声音紧张而又焦虑,"我们本来可以在公开的战斗中做到……"

"我的爱人,"艾丽西娅回答道,口气里既有责备又充满了包容,"我得告诉你多少次,要有信心?奸奇的力量是绝对的,这笔交易已经兑现了。那孩子已经死了。况且,你也知道,我们所有的战士都需要迎接接下来的挑战——你几乎抽不出足够的骑士来引他上钩,付出血的代价。"

"你说的当然是对的。"杰朗特叹了口气,"这将是一场硬仗。他们是怪物,艾丽西娅。恶魔他们自身的实力强大,恐怕我们低估了我们的敌人。你确定我们现在就得背叛怀言者吗？难道我们不应该让瓦拉克洛尔履行他和我们的协议，帮助我们赢回阿德拉斯塔波尔吗？"

艾丽西娅说："但愿我们能相信他，但你知道那不是我们要走的命运之路。那个黑暗中的存在已经把黑暗使徒的计划告诉了我，他的计划中不包括我们。在防止帝国人破坏他的仪式方面，我们能提供便利，仅此而已。瓦拉克洛尔已经在恶魔之巅的悬崖边上站稳了。一旦他升天，我们就不再需要他了。"

"叛徒是背信弃义的生物，他们一时心血来潮就会改变效忠对象。"杰朗特回答道，艾丽西娅很了解她的爱人，可以想象，他伤痕累累的脸上挂着苦涩的微笑，"他们肯定也会这样说我们。但我们已经看到了背叛者是如何挂着友谊的名头假笑着面对你，就连在你身上来回扭动刀子时，都会告诉你这对你有好处。托尔温·谭·德拉科尼斯在加尔霍姆远征后登基加冕时就是这样做的。在格德里克之后，我不会让瓦拉克洛尔对你做同样的事，不管他看起来有多可怕。"

艾丽西娅说："我们，亲爱的，我们不会让他得逞的。我们会一起阻止他，而在击溃他之后，我们将接受他的追随者中所有有识之士的效忠。那将是我们用于重新征服的军队，用这支军队把我们的母星从那些冒牌者和他们腐尸之神的手中夺回来。"

"如你所言。"杰朗特停顿了一下说道，女巫能听出他目标明确，也很有决心。她感到自己对这位伤痕累累的主君的爱意也越发浓重。杰朗特是她的拯救者，是她全副武装的骑士。自从他把艾丽西娅从她家族废墟中救出之后，这些年不管发生什么事情，艾丽西娅总会回到她的真爱身边。

随后，她问道："一切都准备就绪了吗？"

杰朗特确认道："是的，黑暗使徒已经退回他的神秘圣地内部，进行仪式的最后阶段，他那群忠实的信徒正惊慌失措，因为他手下的怀言者将他们围起来献祭。我们的骑士和怀沃恩的骑士已经占领了整个银金矿山谷和周边地区的次要战区。邓肯向我保证，他的追随者能够胜任这项任务。如果我们需要的话，他家族的秘密力量正等待部署。我想那应该是一件武器吧，他就是喜欢故弄玄虚。有几个怀言者在远处率军进攻，他们不会受影响，但大部分人都在我们的视线之内。"

艾丽西娅问道："那谢迪戴亚呢？"

杰朗特笑着回答："他的工作做得很出色。我不知道他是怎么做到的——他爱闲聊三角数据赞美诗，以及伺服合唱团与轨道上的怀言者飞船的关系——但他已经找到了托尔温的最后一批忠诚支持者，并把消息传给了我们可怕的盟友。我们说话这会儿，怀言者正在行动，准备与托尔温最后的部队交战。"

艾丽西娅说："并在这个过程中享受同归于尽的乐趣，这才能讨奸奇的欢心。那坚石要塞怎么办？"

"谢迪戴亚已经动身前往铁峰，他手下的侍僧们去了指定地点。要塞必须先被关闭和净化，然后才能被回收利用，谢迪戴亚是这么告诉我的，但我相信我们的圣物维保士会按我们计划的那样诱导机魂。奸奇如果乐意的话，明天这个时候黑暗使徒就会死掉，坚石要塞就会是我们的，我们就可以开始对地面和虚空中的帝国军队进行最后的清剿了。"

"然后是阿德拉斯塔波尔，还有我们的合法统治。"艾丽西娅坚定地说道，她感觉自己的信仰在胸膛里滚烫地燃烧。

"然后是阿德拉斯塔波尔。"杰朗特表示赞同。艾丽西娅听到他停顿了一下，然后他问了一个她知道他肯定会问的问题。

"在那座黑漆漆的塔楼上。卢克……是他……吗？"

艾丽西娅伤心地说道："他在那里，我的爱人。塔楼倒塌的时候，他就在塔楼下。我很抱歉。"

"这是我们两个人的损失。"杰朗特回答道，语气沉重，"你和我一样爱他，无需为腐尸之神和他被诅咒的信仰从我们身上夺走的一切而道歉。从卢克练习用剑的童年开始，他和达尼亚尔就总是形影不离。如果我们早早地打破了这种羁绊……但我们不能。这会引起托尔温的注意。即使我们这样做，预兆也并未改变。卢克的思想被他德拉科尼斯家族的朋友的虔诚所毒害。拯救我们的儿子从来都不在变革之主的计划里。"

艾丽西娅说："当我们统治阿德拉斯塔波尔时，我会再给你生几个儿子，足以建立一个王朝，进行漫长的统治，直到天上的星辰陨落。"

杰朗特答道："正如奸奇所愿。"

"正如奸奇所愿。"艾丽西娅附和道，"在即将到来的战斗中，变革者的命运将降临在你身上。愿你旗开得胜，愿你平安无事。"

杰朗特狂热地说："我会的。也愿你平安无事，我的爱人。我很快就会见到你的。"

"我数着每一分每一秒。"艾丽西娅说，切断了通信器链接，压下了她对她的王的担心。如果说有人能打败怀言者的话，那就是杰朗特·谭·奇迈罗斯。这条路的下一步他必须自己走，她不能代替他。当艾丽西娅和她的护卫队回到银金矿山谷的时候，战斗会顺利进行。希望杰朗特和邓肯能更接近胜利。

闭上眼睛，艾丽西娅·卡·曼蒂克斯让自己的思想离开身体，漂浮在灵魂之海上，汲取其中的能量。她相信她的神会保护她，并为她指明通往胜利的道路。但奸奇赐予他的仆人的一切，都是靠他们自己的力量得来的，而艾丽西娅需要很多力量才能获胜。

第十二章

当一排火箭弹击中火之蔑视的离子盾牌时，它突然倾斜，但骑士机甲的防御顶住了攻击。珍妮卡受到冲击而咆哮起来，她用帕拉丁骑士机甲的战斗加农炮对准目标，进行还击。炮弹打穿了废铁路障，让狭窄的街道充满了火光。即使是叛徒星际战士，也无法抵挡处于交战状态的骑士机甲的杀戮狂怒。当硝烟散去，除了一个深坑和散落的装甲零部件，敌人所剩无几。不过，在升腾的失败浪潮中，这只是一座胜利的孤岛。

至少这该死的雨已经停了，她沮丧地想着。

"少校科瓦什，"珍妮卡在通信器中说道，她在坡道顶端调整骑士的姿势，扫描目标，"报告情况。"

"第四排和……第六排在……南面入口的坡道上坚守。伤亡人数上升。第一排和第三排守住了我们的周边，但除非帝皇亲自援助，否则我的小伙子们也守不了多久了。"

"明白了，少校。你们的牛头车准备好撤离了吗？"

"他们准备好了，女士，所有……还在运行。发出命令，我们就会列队，跟随……你的领导突围。别等太久，女骑士珍妮卡，否则我就没有人手了……"

"明白了。"珍妮卡冷酷地打断了他的话，"我们会尽可能地等待至尊王回来，只有当我们完全无法守住阵地时，我们才会撤退。你明白我的话了吗，先生？"

"完全明白，女士。"科瓦什的回答很僵硬，"愿帝皇护佑。"

"他最好是明白了。"珍妮卡在切断通信链接时嘀咕道。一串新散射开的接触符文照亮了她抖动的鸟卜仪，接着是一阵轻武器的射击，啪嗒啪嗒地打在她的盾牌上。在她机甲脚下周围的阵地里，卡迪亚卫兵进行了还击。他们的激光爆矢弹冲出满是瓦砾的广场，撕开了从远处边缘的废墟中蜂拥而来的衣衫褴褛的身影。邪教分子尖叫着倒下，或者疯狂地趴下躲避，卡迪亚人枪炮齐射，珍妮卡的重机枪火力也发挥了威力。

珍妮卡在通信器中向她手下幸存的骑士们说道："诸位大人，战斗进行得如何？"通过哀鸣的静电壁垒传来的确认信息显示，他们仍然坚守着帝国周边的阵地，而敌人在各条战线上发动了越来越多的进攻。现在珍妮卡麾下还剩四名骑士，而骑士佩塔尔的荣誉地狱火已经被咔嗒作响的恶魔引擎拖下来撕碎了。那些铁甲魔兽已经被击杀，但又损失了一个德拉科尼斯骑士，让珍妮卡的心情很沉重。他们剩下的人不多了。

她把这个念头抛到一边，机械王座上的低语让她的头脑更清醒。她清理并两次重新启动了她的战略分布图，因为它的实时数据更新在敌人的垃圾代码的影响下出现了波动。当显示屏第三次缓慢地展开时，珍妮卡开始考虑目前的形势。

叛徒的攻击在三个小时前就已经开始了，卡迪亚人的哨兵几乎是刚一接到警报就被彻底击败了。在最初的那几分钟里，保皇党几乎一败涂地，成群结队的异教徒从入口斜坡上蜂拥而下，黄铜色的混沌战争引擎在他们身后笨拙地行进。只因秉持坚定的原则，珍妮卡骑士团和他们的卡迪亚盟友才咬牙苦苦坚持进行反击，从外面的洞穴中肃清了异教徒，并艰难地返回坡道，重新建立起了警戒线。从那以后，战斗一直零散地进行，却越发激烈。他们仍然不知道敌人是怎么找到他们的，但在这个阶段，这并不重要。

"无法一击得手干掉我们，"珍妮卡嘀咕着，又将一发炮弹打进一辆隆隆作响的叛徒坦克里，看着它爆炸，"所以现在你想拖垮我们。真狡猾。要是我，我也会这么做的。但你还要多久才会厌倦你的游戏呢？我还有多长时间？"

珍妮卡的德拉科尼斯宗族血统让她天生富于激情，但她已经学会了用冷静客观的实用主义来按捺住那样的激情。首先并且最重要的是，她相信她的家族会继续存在下去，并保持它的荣誉。她知道，她不能永远等着达尼亚尔回来，她的责任是排在第一位的。尽管她在这个荒凉可恨的星球上已经失去了父亲，尽管下令撤退的感觉就像承认她已经失去了弟弟。如果必须这样做，珍妮卡会尽到她的责任，然后在未来为之痛悔不已。但至少在这段时间里，她可以理直气壮地坚守阵地，问心无愧。至尊王率领的战队突袭的归来时间比原定的晚了好几个小时，但在骑士守则规定的职权范围内，他们最多也只能再等一个小时。如果过早掉头逃跑而抛弃了至尊王，和为了等待至尊王而让她的整个指挥部的人丧命一样,都是巨大的失败,而珍妮卡讨厌失败。

穿过前方的废墟,她看到了另一个长着活塞腿的憎妖。它那四四方方的躯干上覆盖着发光的符文,有伤眼睛。它的腿又跳又蹬,活蹦乱跳的,很是怪异。珍妮卡用盾牌悉数挡住那台恶魔引擎发出的第一拨炮弹,然后进行了还击。垃圾代码破坏了珍妮卡的瞄准标尺,她在没有机甲自动标尺的情况下,只能每次开火都手动瞄准。她的第一发炮弹炸裂了恶魔引擎脚下的地面,让它摇摇欲坠。第二发炮弹炸掉了它的躯干。然而她已经看到更多的魔物叮当作响地站起来取代它的位置,广场的边缘则密密麻麻地挤满了叛徒。此刻,火力交锋愈演愈烈,子弹和激光冲击波在暴风雨中来回飞舞。卡迪亚人的重型爆矢枪发出刺耳的尖啸,砰砰作响,手榴弹四处乱飞。

这时,珍妮卡的通信器又噼里啪啦地响起,传来了高等圣物维保士波卢克西斯失真的声音。

"……女骑士谭·德拉科尼斯。万机之神终于对我们的殷勤劳作报以微笑了。准备……部署数据防护,释放更新的天国圣体。"

听了圣物维保士的话,珍妮卡感到了希望。

她回答道:"真是出色的工作,高等圣物维保士。我由衷地感谢你。一旦你完成了你的防护,就让我接入全球的通信器网络。我们要重新了解战争的局势。"

波卢克西斯回答道:"是,女骑士谭·德拉科尼斯。"她的火之蔑视在颤抖。随着高等圣物维保士部署数据防护,它的机魂低沉地发出一声叹息,充满宽慰之情。珍妮卡看着她的鸟卜仪实时数据更新得到净化,瞄准标尺得以恢复。她的计时器稳定了下来,甚至当她机甲的动力传动装置随着一连串嘶嘶的叮当声重新校准时,火之蔑视的反应堆运作也不再那么吃力,它稳定下来,发出强有力的嗡嗡声。通信器中传来了垃圾代码最后的尖叫声,似因被驱逐而愤愤不平。

"好多了。"珍妮卡说道,她把视线放在迎面而来的恶魔引擎上,将其中两台一前一后炸得四分五裂。火之蔑视发出隆隆声,以示赞同。

小天使从黑暗的仓库洞窟中飞射而出,护目镜发着光,香炉拖着熏香,像箭一样直冲云霄。珍妮卡看着她的战略分布图慢慢张开,它的边界一秒一秒地扩大,清晰度增加了十倍。地图上新的符文跃入眼帘,女骑士谭·德拉科尼斯深深地吸了一口气，她看到了敌人聚集在她周围的真实兵力。他们重兵集结在北边，在一片晶体管塔之间。她的时间比她想象的要少，但珍妮卡还是很感谢帝皇和波卢克西斯。如果她没有看到敌人已经准备好了重拳出击，她的部队就会有被击溃的危险。

珍妮卡努力保持冷静，在显示屏的西边搜寻着任何可能表明她弟弟和他手下骑士正在回程的符文。她的希望越发渺茫，她没有看到任何明显迹象。

她在通信器中急切地说道："高等圣物维保士，如果你可以，帮我接入全球通信器网络好吗？"

"请稍等，女骑士谭·德拉科尼斯。我的侍僧们正在完成仪式。"

珍妮卡喘了口气应声作答，然后她的通信器充斥着散乱的频道。符文在她的仪器上亮起绿光，她已经可以访问全球网络了。珍妮卡立刻开始不停地眨眼在频道中点击，试图评估整个多纳托斯普里穆斯大陆的战略形势，并寻找任何有关达尼亚尔的消息。珍妮卡一边在通信器上忙碌，一边继续战斗。她向每个进入广场的恶魔引擎发射炮弹，机甲以双腿为支撑竖起盾牌。爆炸让她的盾牌发出耀眼的光芒，不止一发炮弹打穿了她机甲的铠甲，发出叮叮当当的响声，但她依然保持专注。

每个新接入的通信频道传来的新消息都指向了绝望和毁灭。看起来，在整个大陆上仍有庞大的帝国军队，但他们犹如一盘散沙，而且在许多情况下，他们群龙无首，在进行防守。毕竟，大部分的帝国部队没有受益于波卢克西斯的数据防护。垃圾代码信号在银金矿山谷周围的地区继续发挥着破坏作用，而在更远的地方，怀言者和他们的叛徒大军则在不断地向保皇派施压。珍妮卡有条不紊地精确调整着自己的通信频率，从混乱和绝望的只言片语中寻找信息。

"……头盔，纠正右舷两点，部署拦截器，我要那些鱼雷在到达船体一百六十千米内之前就完蛋。要是船体被撕成两半，我们就无法打破这个该死的僵局。炮兵，谋杀级巡洋舰到我们面前了，给我一个解决方案，然后……"

"……是阿迦一等兵达希德，穆布拉克西斯二十七号，第四排指挥部。重复，叛徒的装甲部队重兵出击，第二、第四、第七象限压力很大。重复一遍，是第二、第四、第七象限。潘塔克霍斯特滩头阵地岌岌可危，请求增援。看在王座的分上，有人能听到这……"

"飞行员呼叫投弹手，飞行员呼叫投弹手。现在开始第二次飞越最北角。地狱之火中队，开始计时吧，先生们，我们可能不会再有机会了。保持低空飞行，注意高射炮，让我们在这些可怜虫身上开个洞，让帝皇倍感骄傲……"

"……坎诺克，在你的右边！叛徒骑士机甲，一百八十米，正在接近。提高主炮，一炮打穿他……帝皇的逑，他还在逼近！离开，离开……"

"……重复一遍，我是马科斯·达·德拉科尼斯骑士，德拉科尼斯家族的传令官。女骑士珍妮卡，你能不能……"

珍妮卡的心脏怦怦直跳，她向后拨动着通信控制装置，不放过任何一个微弱的信号。一连串的等离子体冲击波扫过她的盾牌，让她的机械王座摇晃不停，使过热报警器发出刺耳的尖叫。女骑士谭·德拉科尼斯失去了信号，她沮丧地尖叫起来。

"不是现在，你这个白痴。"她咆哮着，对准向她开火的恶魔引擎狠狠射了几炮。那是个恐怖的四足魔兽，手臂和咽喉都有灼热的加农炮。那个战争引擎迂回避开了她的火力。它的武器闪动着光芒，聚集能量，准备再次齐射，珍妮卡发出了一串激烈的咒骂，然后才启动了动力传动装置。

"我没时间管这个。"她啐了一声，一步到位清理了卡迪亚人的防线，操纵火之蔑视冲锋。恶魔引擎开火了，它的加农炮向她喷出灼热的能量。珍妮卡用盾牌把等离子体冲击波扫到一边，然后拿下链锯剑。她手起剑落，把恶魔引擎锯成了两半，火花四溅。珍妮卡蓄势待发，小心翼翼地操控机甲回到卡迪亚人的阵地。同时，她重新打开通信器，一边向帝皇默默祈祷，一边一次又一次艰难地进行调整。

最后，幸运的是，她又听到了那个声音。

"……德拉科尼斯家族的传令官。女骑士珍妮卡，如果你能听到的话，请回复。"

"骑士马科斯，我是珍妮卡。我听到你的声音了，大人。"

"珍，"马科斯说道，声音中透着疲惫，"感谢天龙圣火，你还活着，姑娘。我还以为你现在肯定已经死了，或者踪迹难寻。"

珍妮卡说："很高兴超出你的期望，骑士马科斯。"她可以看到一串符文移动到她的战略分布图的西边。它们似乎少得惊人，当她意识到她在其中没看到火焰之誓时，恐惧在她的胸中蔓延。然而骑士守则强调礼仪和职责，她机械王座的鬼魂不容许她忽视。"你的情况如何,马科斯?发生了什么事?"

他说:"我们失败了,珍。那是个陷阱,而我们正中陷阱。他们给我们扔了个该死的堡垒。死了二十名骑士。"

二十名骑士。珍妮卡的脑子里一片混乱,她努力收敛心神,让自己专心于战斗。一个幽灵般的低语将她的注意力引向了视网膜显示屏上一个闪烁的琥珀色符文——弹药不足。

"骑士马科斯,"她说道,她的声音很紧张,"我们遭到了猛烈的攻击。敌人正在向北边集结,如果他们的袭击得了手,我们就完蛋了。你们还有余力对付他们吗?"

马科斯吼道:"我们有,帝皇知道他们对我们所做的一切,所以这整个星球上的这些混蛋还不够我杀。我们会从侧面攻击他们,然后转到你那边。"

珍妮卡说:"谢谢你,马科斯。"然后她终于鼓足勇气问出了最担心的问题,"我弟弟怎么样了?"

"他还活着,女骑士。"马科斯说道,珍妮卡如释重负,"他的骑士机甲受损严重。他和后方的护卫队一起行动,速度较慢,但他们就在后面不远处。"

就在传令官说话的时候,珍妮卡看到新的符文从西边进入战斗区域。骑士奥尔里克、女骑士苏塞特、骑士威尔霍姆·达·米诺托斯的标志符文瞬间出现,还有达尼亚尔·谭·德拉科尼斯,他尾随在其余人身后九十米处,灰烬骑士跟在他的身边。珍妮卡感到肩上的重担轻了不少。在她的体内,天龙圣火熊熊燃烧,火光明亮。

"欢迎回来,达。"她在通信器的私人频道上说道,听到简单的通信器确认声信号,她皱起了眉头。她想,待会儿会有时间去看看弟弟的情况。现在他们有机会取胜,她不想错失宝贵时机。

马科斯指挥向敌军侧翼发起了冲锋。荣誉之光率领着骑士团不可阻挡的先头部队,穿过了晶体管塔,他们的枪炮火力全开,轰隆隆地扫射前面的敌人。大批叛军的坦克旋转炮塔,开始还击,但叛徒们一直紧盯着前方的敌人,确信胜利在望。马科斯迅猛的攻击打得他们措手不及,就像攻城锤撞碎城堡大门一样,击穿了他们。机甲将叛变的民兵踩扁在脚下,或者用飞驰而过的火球吞没了他们。粗糙的混沌圣像倒下,任人践踏。晶体管塔像奥利达恩树一样倒塌，被跳跃的能量光环环绕，活活烧死了异教徒。即使是一小队协同攻击的怀言者也无法阻止愤怒的战争引擎。叛徒星际战士用热熔枪打得米诺托斯家族的一架机甲瘸了腿。两个魁梧的战士，他们的躯体是血肉和金属的混合体，他们连续用激光加农炮轰击，割断了骑士加尔哈拉德·达·德拉科尼斯机甲的双腿，机甲倒在一座被击碎的晶体管塔的残骸上。骑士马科斯指挥七名骑士同时向叛徒的阵地开火，将其夷为平地。

几分钟之内，骑士团就击溃了叛军的强大兵力，然后兵分两路。骑士马科斯率领一支先锋部队，女骑士伊莲娜特·达·佩加森率领另一支先锋部队。他们沿着尸横遍地的街道，在被烧毁的建筑废墟之间冲锋陷阵，从侧翼和后方向剩余的敌人发起进攻。珍妮卡的战士顽强固守，像铁砧般坚不可摧；归来的骑士们奋勇攻击，像铁锤般攻无不克。他们联手毫不留情地击溃了被夹在其中的敌人。

达尼亚尔稳坐在瘸腿的机甲的中心位置，看着这一切在他的战略演示中上演。他的姐姐和她的追随者都活着，这让他松了一口气，但除此之外，他就没有别的感觉了。二十名骑士死了。二十个无可替代的机械王座连同他们的鬼魂一起消失了。二十台珍贵的机甲，被埋在数千吨的瓦砾之下，或者更糟。

古斯塔夫惨死的画面瞬间闪现在他眼前，达尼亚尔心中惊恐。他没有时间去思考自己的选择，这无关紧要。他的战争经验不足，更不用说指挥了，或者他听从经验比他更丰富的骑士的建议行事，这都无关紧要。不可回避的事实是：是他，达尼亚尔·谭·德拉科尼斯下的命令，让他的追随者进入了那个伏击圈，结果二十名骑士倒下了。他们又被骗了，他又上当了，付出了无法承受的代价。

他痛苦地自言自语："我真的是我父亲的儿子，但不配继承本不属于我的王位。"达尼亚尔感觉到他机械王座上的鬼魂在愤怒地骚动，向他的脑海涌来，想要规劝或安慰他。他努力地压制它们，不想听那些劝告。也许甚至不配得到他们的劝告。达尼亚尔看到的一切在他脑海里旋转不休：托尔温的死亡；奇迈罗斯家族和怀沃恩家族的背叛；堡垒以雷霆万钧之势向他们袭来，就像帝皇不可逃避的审判。

艾丽西娅。

达尼亚尔心中最惦记的是那位子爵夫人。如果她说的是真的，艾丽西娅的真面目一直如此可恶，就像这一天显露出来的那么可恶。他们怎么会如此盲目，从来没有看出来？她的腐化已经扩散到了什么程度？看上去很明显，可怜的卢克从来没有参与过他家人的异端恶行，但这是否意味着他真的没有他们的污点？达尼亚尔的父亲和这位子爵夫人一直是挚友。尽管在达尼亚尔只有五岁的时候，波琳娜王后就病逝了，但他知道波琳娜王后并不赞成他们之间的交往。艾丽西娅对他父亲有什么影响吗？损害了他的统治吗？每一个问题都会衍生出另外两个问题，随着问题的增多，他生命的基石备受侵蚀。

受损的机甲已经接近了珍妮卡的警戒线，战斗已经全部结束。达尼亚尔耐着性子让他机甲的武器系统仍然处于清醒状态，因为他的音频接收器收到了前方频繁的砰砰枪声。

他在通信器中说道："卢克，把武器举起来，盾牌准备好，以防万一。英雄之剑的损伤已经够多了。"

当他的朋友听从他的建议时，他的鸟卜仪感应到了从自由之刃骑士那里传来缓慢的热能释放，但卢克没有回答他。

他又试着说："卢克，我很遗憾。关于艾丽西娅，关于所有这一切。"

卢克疲惫地打断了他的话："不要，达，不要说对不起。你做了什么，要说道歉？是你让我父亲成了异教徒吗？"

达尼亚尔皱起了眉头，说道："不是的。"

"那你有没有把我母亲变成了女巫，而且把我变得如此愚蠢，以至于我甚至从来没有怀疑过什么地方可能出了问题？"

达尼亚尔说："你知道我没有，卢克。我是说……"

"什么？因为你现在是至尊王，所以一切都是你的错吗？"达尼亚尔听到他朋友的声音里突然充满了愤怒，"该死的达尼亚尔·谭·德拉科尼斯，至尊王，承担别人的责任的人。仅仅因为我们的父辈背叛了我们，达，仅仅因为他们在你头上戴了一顶王冠，告诉你你是负责人。这些并不能让你成为国王，也并不能让你为我父母所犯下的恶行承担责任。王座，我们不过是骑士侍从！并不是这里发生的一切都与你有关，你明白吗？"

达尼亚尔听了朋友的话，心里涌起一阵捍卫自己的愤怒。"不，卢克，你说得没错。"他的话脱口而出，就像伤口里的毒药一样迅速涌出，"你的父亲冷血地杀了我的父亲，这不是我的责任。没有人——包括我，包括你——看到奇迈罗斯家族有多腐朽，也没有人意识到你继母是个女巫，这也不是我的责任。但不管你信不信，我们不能只发个誓，就把责任丢出城堡大门。我是至尊王，无论我是否想要，王冠和所有的一切都是我的责任。所以，是的，我很抱歉，因为我必须抱歉，也因为你仍然是我的朋友，不管发生了什么。"

卢克顿了顿，回答道："对。明白了，陛下。"

达尼亚尔叹了口气，他的朋友切断了通信链接。他了解卢克，了解他的脾气。他们以前争吵过上百次，就像只有最好的朋友那样。一旦卢克冷静下来，他们就会和好如初。但这一次，他有点怀疑。短短几天，一切都变了。不过，他还是意识到，他说的关于王权的话是认真的。他是至尊王，不能因为这个责任十分重大，或者因为他失败了，就把这份责任丢在一边。那是一个骑士侍从的反应。他默默摸向挂在脖子上的护身符，在王座的阴影深处，一个年老的声音叹了口气，那是他从未听过的干涩低语。

"天龙圣火在胜利时燃烧得最旺盛，那时很容易看到。但真正的国王是看到余烬渐渐熄灭，然后在火上浇油，再次激起怒火的人。"

达尼亚尔努力想听到更多的声音，把自己的意识尽量往后推，大胆深入他的机械王座。那声音消失了，仿佛淹没在冰冷漆黑的水下。就在那时，达尼亚尔和卢克操控他们的骑士机甲走入北边出口坡道前的广场，最后一批保皇派骑士聚集在珍妮卡附近。

敌人正逃进周围的废墟中，被纪律严明的卡迪亚人齐射追击。珍妮卡为胜利感到高兴，但看到火焰之誓和英雄之剑受损那么严重，她感到震惊。两架机甲拖着受损的肢体，护着弯曲翘起的镀层、断裂的电缆和多处漏电的地方。很多其他机甲看上去也好不到哪儿去，她希望波卢克西斯的侍僧们能及时维修它们，让它们都留在战场上。机甲面对面地站在尸横遍地的广场上，这是一群厌战的巨人的聚会。

在最后的枪炮声结束后，波卢克西斯剩余的爬行者就从下方的黑暗中被召唤了出来。

它们在机甲之间迂回穿行，有两辆爬行者与卡迪亚人的护卫队分头去抢救倒下的骑士机甲。其余的爬行者停在机甲中间，部署它们的修理装备。神佑的电弧焊接机溅出了火花，圣洁的熏香随风飘扬。机仆在液压吊臂上升起，展开蜘蛛般的肢体，上面装着沉重的、嗡嗡作响的工具。侍僧们引导着自动装弹车就位，为骑士们耗尽弹药的枪炮装上新弹药。

下令在空旷的地方维修和补给是一场赌博，但珍妮卡知道他们不能再躲在地下了。此外，她也不想在那些沉闷的洞穴里多待一分钟。

科瓦什在通信器里说道："周边安全，女骑士。我们会在你们修理机甲的时候站岗放哨。"

珍妮卡答道："谢谢你，先生。正如你所说，帝皇护佑了我们。但我很高兴有你帮他护佑我们。"

"好的，女士。"少校回答道，珍妮卡听出了他的声音中的满足之意。那个卡迪亚人切断了通信链接，她把注意力转向了聚集在她周围的骑士们。珍妮卡不安地发觉，达尼亚尔仍然没有和她说话，似乎也没有跟其他人说过话。她决心暂时代替他领导议事，但他很快就得面对自己的责任。毫无疑问，她的弟弟并不容易。但他们都一样。

珍妮卡开口说道："各位大人，各位女骑士，我很高兴你们回来了。我们不可能在这个阵地坚守太久。"

骑士奥尔里克狡黠地说："你们甚至不应该坚守那么久。但我敢肯定，我们都很高兴你这么做。"

"是的。"骑士加拉斯附和道，但他的语气不像往常那样尖刻，"谢谢你对我们的信任，女骑士珍妮卡。如果没有那些爬行者，我们中有半数都不可能回到友好的战线。"

女骑士伊莲娜特问道："那我们现在应该认为哪里才是'友好的'呢？"

"我不知道你们中有多少人抽时间访问了通信网络，但从潘塔克霍斯特到北方工业区，事情听起来都很糟糕。"

骑士珀西瓦恩说："请原谅，女骑士。你一定要有信心。"魁梧的骑士的机甲及时恢复了动力，一瘸一拐地安全撤离了摇摇欲坠的要塞。这明显的奇迹让珀西瓦恩的热情更加高涨了。"帝国的军队还奋战在战场上，数量还不少。自从高等圣物维保士清理了我们的通信频道后，我们已经收到了众多战斗群的请求，都要求我们增援他们，希望反败为胜。帝皇依然统治着这个星球。我们行走于他的光辉下，不能向绝望屈服。"

珍妮卡说："说得好。责任和荣誉,我的朋友们。我们在帝皇面前不会软弱。这场战争还没有结束。"

骑士马科斯说："也许是这样，但如果你在通信器里听到的和我听到的一样，那么你就会知道，我们之所以被从那么多不同的方向呼叫，是因为我们输掉了很多战斗。王座知道我们不会掉头跑回阿德拉斯塔波尔，但这是一场令人绝望的战斗。我们应该在哪里投入兵力呢？"

苏塞特·达·德拉科尼斯恨恨地说道："哪儿能杀敌最多，我们就到哪儿去。我们要让他们为我的兄弟、为大元帅古斯塔夫、为国王托尔温付出代价。为他们所有人付出代价。"

"我们以前曾执意复仇，"女骑士伊莲娜特提醒道，当修理机仆们在萨加西图斯坑坑洼洼的机身上劳作时，她的声音瞬间失真了，"那只会让我们走向毁灭和失败。这种事不能再发生了。"

骑士奥尔里克说："同意，不过，那我们去哪里呢？十多条战线遍布这片愚昧无知的大陆上，哪一条战线最值得我们投入兵力呢？"

卢克·卡·奇迈罗斯轻蔑地问道："我们知道发生了什么事吗？我们当中有谁真正有时间权衡各种选择，并对未来有一个清晰的认识吗？谁还活着，谁已经死了？敌人在哪里，他们想要达到什么目的？"

"这小子说得没错。"在他的加特林加农炮重新装填发出的嘎嘎声中，马科斯闷闷不乐地表示赞同，"我们恢复通信器使用已经有几分钟了，而且有些地方已经很不可靠了。我们可以选一个敌人来打，但只有帝皇知道我们选得对不对。"

珍妮卡满怀希望地看了一眼火焰之誓的方向，它的机身现在被修理装备半掩着，并被激光切割器的刺眼光芒照亮。她祈祷她的弟弟能说点什么，说他会领导。但他一言不发，女骑士谭·德拉科尼斯感到自己的挫折感越来越强。不过，她还是不愿直接质问他。这样做会违背骑士守则，更不用说会让人们注意到他明显的性格弱点。

骑士奥尔里克坚定地说："我们需要的是合适的战略设施，这样我们就可以好好看看现在的战局。"

女骑士苏塞特愤怒地说："不！最近的地方是潘塔克霍斯特，到那儿去得花好多天。但我们应该用这段时间向叛徒开战。"

"女骑士苏塞特，别忘了骑士守则。"珍妮卡说，虽然私下里她同意这位年轻骑士之前说的每一个字，"如果责任驱使我们去潘塔克霍斯特，那么我们就必须去。无关个人感受。"

马科斯说："至少这样我们就能充分获得补给了。我承认，我要求在得到情报之前就采取行动错了。我们面对的不是野蛮的兽人。自从托尔温倒下后，我的天龙圣火失控了，为此我会忏悔，但我不会再犯同样的错误。在我们再次行动之前，我们应该知道该袭击哪里，预估敌人的计划。无论如何，滩头阵地的战局会因我们的援助得到改善。"

骑士奥尔里克说道："好吧，既然没有其他的建议，那就这样决定了？一旦波卢克西斯让大家行动，我们就出发。这样，我们就可以……"

"不。"达尼亚尔的声音像刀子一样从通信器中突然传出，打断了他的话。

骑士奥尔里克迟疑地问道："陛下？你的通信器恢复正常了吗？您反对？"

"是的，我反对，骑士奥尔里克。"达尼亚尔回答道，珍妮卡听到这话时扬起了眉毛。

骑士加拉斯开始说道："听着，小伙子。在这类事情上，你的长辈比你更有经验。现在可不是你……"

"你该称呼我为'陛下'。"达尼亚尔又一次打断了他的话。

"什么？"骑士加拉斯问道，他的声音听起来有些慌乱，但并未生气。

"你该称呼我为'陛下'，骑士加拉斯。你对我的称呼不正确。称我为'殿下'也可以，这样你会记得你是在和你的至尊王交谈。"

"现在听着……小伙子，"骑士加拉斯又试了一次，现在听起来真的很生气。

达尼亚尔坚定地说："不，骑士加拉斯。你已经忘了你自己的身份，阁下，你只是在丢自己的脸。你们所有人，不要叫我'小伙子'或'男孩'，甚至'达'。请用恰当的头衔称呼我。我戴的这项王冠使我不仅成了名义上的领袖。我是托尔温·谭·德拉科尼斯的儿子，也是帝皇眼中合法的国王。作为你们的国王，我告诉你们，我们不会再回潘塔克霍斯特了。"

在随后的寂静中，刀具和钻头发出刺耳的声音，自动锤敲得砰砰作响。机仆飞掠而过。珍妮卡能想象得到骑士加拉斯的脸会因尴尬和愤怒而发红，但这指责是公正的，也是他应得的。

"好吧，"马科斯最终说道，他的声音中流露出警惕和一丝不赞同，"殿下，如果我们不回潘塔克霍斯特，那您建议我们怎么办？"

达尼亚尔说道："骑士马科斯，森德拉格霍斯特写道，在战争中不专心致志的人，很快就会输掉战争。我们现在就站在悬崖边上，只要一步踏错就会跌得粉身碎骨。我们已经偏离了帝皇为我们安排的道路。我容许了此事发生，因为我不愿意进行支配，我渴望通过放纵你们的复仇欲望来讨好你们。这种情况就到此为止。我们不会在还没有完成职责的情况下转身逃跑。我们将在银金矿山谷与敌人战斗，我们将摧毁坚石要塞。这是我们的目标，一如既往。"

几个骑士难以置信地大声呼喊，另一些则是嗜血地表示赞同。

骑士奥尔里克说道："陛下，这极不明智。我们的兵力今非昔比，而他们的兵力更强了，我们叛变的盟友加入了他们的行列。"

达尼亚尔说道："我明白，骑士奥尔里克，但这适用于更广泛的战场，而不仅仅是一个战场。无论我们袭击哪里，敌人的兵力都十分惊人。那么，最好是在他们最意想不到的地方袭击他们。"

女骑士伊莲娜特问："征集援军怎么样，殿下？当然，如果我们与北方的多纳托斯人联合起来……"

"我不反对，"达尼亚尔答道，"但是，只要坚石要塞还在运作，就没有办法在不造成大规模伤亡的情况下接近那些军团，或者让他们接近我们。还有敌人的垃圾代码的问题。我们的盟友没有波卢克西斯的数据防护，除非我们消除垃圾代码的源头，否则他们将继续遭受痛苦。女骑士，我们得先去银金矿山谷。"

奥尔里克说："如果我们这样做，那么一旦我们失败，阿德拉斯塔波尔和这个星球都将失去最后的希望。"

达尼亚尔说："你说得对，奥尔里克，但这是唯一的办法。我已经认真考虑过我们的选择。我检查了战略分布图，收听了通信器网络并思考了'智者战略'和我父亲的教诲。在这个星球取得胜利的关键是消灭银金矿山谷的敌人。这样做我们不仅会夺走敌人最强大的武器，而且会挫败他们的士气，而我们的士气却会高涨。敌人正在赢得这场战争，我的骑士们，而我们是多纳托斯唯一能阻止他们的力量了。我们必须采取行动，而且必须现在就采取行动。对此，你和我一样清楚。"

"陛下。"骑士马科斯说道，他的语气很激动，"当然，你至少应该考虑撤退到潘塔克霍斯特。攻击银金矿山谷太疯狂了，我们会全军覆没的。天龙知道我完全赞成进行战斗，但你的建议无异于自杀。你父亲绝不会支持这种不计后果的白白浪费生命的行为。我很高兴看到你继承王位，真的很高兴，但如果你让我们遭受又一场大屠杀，我就另有感想。"

老骑士的直言不讳让珍妮卡畏缩，但达尼亚尔的反应十分坚定，毫不动摇。

"骑士马科斯，感谢你的忠告。你说得对，我们胜算不大。但加拉斯自己也说了，你们大多数人都是老兵，比我多几十年的战争经验。如果你们诚实面对自己，肯定和我看到的一样，我们正处于这场战争的关键时刻。如果我们现在撤退，把主动权交给敌人，那就不是战术上的撤退，而只是撤退的开始。我们把这个星球拱手让给异教徒，让我们有罪的昔日盟友逍遥法外。"

珍妮卡说："我们要走好多天才能到潘塔克霍斯特，即使我们发现滩头阵地仍在帝国手中，也无法预测我们的敌人在这段时间内会做出什么。"

达尼亚尔说："正是如此，现在敌人兵力分散，他们在多线作战。王座啊，他们中的许多人无疑还在追杀我们。但如果我们现在撤退，让叛徒得以有时间来结束他们在北方的战斗，并加强他们在银金矿山谷周围的防御工事，会怎样呢？我们将永远无法攻下那里。我们必须立即出击，我的骑士们，帝皇不会再给我们一次救赎的机会。"

"我本可以继续争辩。"骑士马科斯停顿了一下说道，"但是帝皇，哎呀，你说得没错,陛下。我们必须现在就出击,虽然我还是不知道我们该如何去做。"

骑士奥尔里克开始说道："好吧，我们不能冒险直接攻击普里穆斯山口。"

苏塞特问道："你确定吗？我们之前对他们的防线造成了很大的破坏……"

"在我父亲从背后捅了我们一刀之前，"卢克替她说完了这句话，"我们造成了很大的破坏，女骑士苏塞特，但那儿还有大加农炮台。"

女骑士伊莲娜特表情黯然地补充道："我们佩加森家族可以证明大加农炮台的杀伤力。"

"我们不能走那条路，"达尼亚尔表示赞同，"我们需要另找一条路进去。一个防守不那么严密的地方。"

骑士珀西瓦恩说："隧道？就像我们藏身的仓库吗？我们可以直接出现在敌军中。"

波卢克西斯在通信器中说："不幸的是，珀西瓦恩骑士，没有任何地图或鸟卜仪数据能支持这样的假设。银金矿山谷只有三个入口。所有的入口都是山口——普里穆斯山口、奥姆尼森之喉和最北角，全都重兵把守，防卫森严。

以我们目前的兵力，理性的战略考量之下，绝无胜算。"

达尼亚尔说："不过，还有两个山口。任何一个都可能成为敌人防御的缺口。波卢克西斯，让你手下的侍僧们对奥姆尼森之喉和最北角做全面战略评估。防卫示意图、通信器拦截的部队调动信息、对方武器装备和驻军实力的假设，以及其他任何你们认为有用的东西。"

波卢克西斯说："是，达尼亚尔·谭·德拉科尼斯。"

"同时，我的骑士们，我会让你们发出加密的增援请求。我们与北方盟友的联系可能会被切断，但我们并不是唯一一支逃脱伏击的帝国军队。我们能聚集的任何额外兵力，都可能帮助我们突围。"

听到这话，珍妮卡在机械王座上往前坐了坐。她知道自己曾在哪里听过那些山口的名字了，就在不久前。那是从一个掠夺者轰炸机中队传来的只言片语。突然间，他们就像是得到了帝皇的祝福。

她激动地说："诸位大人，我认为，我们并非孤军奋战。我知道我们必须从哪里发动袭击了。"

第三幕
地獄

第十三章

根据女骑士珍妮卡·谭·德拉科尼斯的建议,阿德拉斯塔波尔的骑士们沿着被破坏的公路向北行进,穿过岩石众多、污染严重的高地,然后穿过工业城市。他们走在弹坑密布的桥梁下,经过透明的钢架构的弧形神殿——神殿里受损的机仆仍以万机之神的名义被自动鞭挞,并穿过凶险的战斗残骸。他们艰难地穿过宽达数千米的呛人的黑色烟雾,如果不是被密封在运输工具中,这些烟雾就会杀死他们的卡迪亚盟友。烟雾的源头是附近山谷中一片庞大的炼油厂,那里的建筑被火焰包围,熊熊燃烧。在神甫眼中,那里遭受了诅咒。有时,飞机和带翼的恶魔引擎在高空飞驰,陷入疯狂的混战。更高处的苍穹上留下了轨道残骸在进入大气层时燃烧的尾迹。

多纳托斯已饱受战争摧残,被踩躏得不成样子。它似乎有可能因受损过重而一蹶不振,也有可能半死不活地拖着,永远无法恢复。许多阿德拉斯塔波尔人已经逝去,还有更多的生命将在战争结束前陨落。据说,至尊王达尼亚尔对他所看到的周围的毁灭深感不安,但这似乎更坚定了他的决心。年轻的国王已经让他的追随者走上了这条道路,他竭尽全力让他们相信这是一条正确的道路。现在,他只要跟着走就行了。

达尼亚尔率领的骑士团此时只有二十六人。圣物维保士的资源所剩不多,有几架骑士机甲已经超出了他们修复的能力。那些他们无法修复的机甲,之前一直蹒跚而行,是为了防止敌人对它们进行废物利用。现在它们被留了下来,其机械王座被卸了下来,放在圣物维保士的爬行者上。没有机械王座的驾驶员被迫在剩下的战役乘爬行者前进。波卢克西斯曾向国王达尼亚尔保证,只要万机之神愿意,一旦在多纳托斯取得胜利,就去找回丢下的骑士机甲。不过现在,这些高贵的机甲被遗弃在了身后。这是托尔温之子又一个沉重的良心负担,身为至尊王的一部分负担。

他们行军时,国王达尼亚尔麾下的骑士们已经与在最北角附近与敌方交战的帝国军队进行了通信交流。珍妮卡女骑士在寻找达尼亚尔的狩猎队时，无意中听到的只言片语就是来自这些勇敢的战士。正是从他们那里，阿德拉斯塔波尔的骑士们发现了一条可能会通往银金矿山谷的路线。

事实上，一支庞大的帝国军队已经在最北角的防线上猛攻好几天了。平原上盟友的背叛让帝国军队付出了惨重的代价，但国王达尼亚尔和他的追随者们并不是唯一一批杀出了一条血路的人。穆布拉克西斯酋长哈尔纳爵士率领着坦霍利斯第601号部队和卡迪亚第454号部队几个坦克中队的残兵败将，他曾试图召集部队，再次袭击银金矿山谷。遭贬谪的多纳托斯指挥官科尔格在此事上对酋长帮助良多，关于他的死亡报告已被证明是错误的。这位指挥官对当地情况的了解非常宝贵，他领着新战友找到并占领了一个坚固的通信器中继设备地堡，位于最北角以西十一千米处。有了这一重要资产，酋长协调了帝国海军的空中支援，开始对山口持续轰炸。当帝国更多的残兵聚集到酋长旗下时，他们给敌人造成了巨大的破坏，甚至成功地击退了叛徒的反攻。在这个过程中，他们击毙了几名怀沃恩家族的骑士。然而，帝国军队仍然受到了从银金矿山谷发出的垃圾代码的牵制——通信器和鸟卜仪在距离山口1.6千米的范围内完全没有用武之地。而那些军队步步逼近敌人时，他们发现自己的系统出现了故障，甚至有疯狂的机魂开始用武器攻击自己。

最糟糕的是英勇的帝国海军飞行员们的伤亡。那些误入银金矿山谷领空太远的飞行器，就像石头一样从天上掉了下来。再加上山口内叛徒把持的伊卡洛斯炮台的猛烈炮火轰击，海军已经损失了几十架飞行器。

这种勇敢的牺牲让人类帝国得以延续。这些战士用他们的生命为国王达尼亚尔的军队赢得了胜利的机会。

他们之前已经最大限度地削弱了最北角的防御，阿德拉斯塔波尔的骑士团只需进行一次果决的冲锋，就能夺取山口，进入山口内的银金矿山谷。现在是国王达尼亚尔证明自己配得上王位的时候了，也是他的贵族骑士们夺回被玷污的荣誉的时候。

据报道，飞行员们持续不断地进攻，他们对帝皇表现出的献身精神令国王达尼亚尔无比震惊、印象深刻。当达尼亚尔的部队爬上山脊，沿着运输通道向烟雾缭绕的最北角入口进发时，至尊王希望他们要让每一次牺牲都有意义。

——摘自森德拉格霍斯特的著作
《阿德拉斯塔波尔的智者战略·第十七卷　多纳托斯叛乱》

火焰之誓爬上山脊，达尼亚尔看到了下方的战场。他带领着他的追随者们走过一条尘土飞扬的运输通道，巍峨的山脉在他们的右边若隐若现，而他们的左边是一望无际的城市荒地。星界军的庞大队伍在前方待命，成千上万的步兵、主战坦克和火炮整装待发，只待骑士们率领他们参战。他们的枪炮对着最北角的黑暗山口，山口的防御工事已被摧毁，浓烟滚滚，但仍未被攻克。

马科斯在私人通信频道上发话："达尼亚尔，轨道卜鸟仪证实了多纳托斯人的情报。"

达尼亚尔问道："那么，叛徒骑士团已经攻击怀言者了吗？"

马科斯确认道："看来是这样，不过我们的飞船在虚空中被硬生生地压制住了，所以他们还无法确认具体情况。"

达尼亚尔说："不过，这还算是个好消息。这就是异端的报应。看起来好像帝皇在对我们微笑，是吗，马科斯？"

传令官回答道："确实如此，陛下。"

达尼亚尔提示道："不过……"

马科斯说："不过，还要考虑坚石要塞，陛下。一旦我们进入山口，就会进入导弹的射程内。即使有哈尔纳爵士的支援，伤亡也会很惨重。"

达尼亚尔表示认同："伤亡会很惨重，但现在除了向帝皇祈祷，我们无能为力。在我们进入它的射程之前，我们的信念必会守护我们。"

马科斯说："到那时我们还要让王座来对付别的，可能是成千上万的血腥怀言者。"

达尼亚尔说："希望不会，但正如你多次告诉我的那样，骑士马科斯，战争不是靠过分谨慎就能赢的。再说了，这次袭击，换作我父亲也会这么做。我知道。"

马科斯叹了口气："你的父亲，我的老朋友不应该是你狩猎时效仿的唯一榜样，达尼亚尔。他因为太过高尚而害死了自己。他本来可以下机甲的。"

"他没有时间，"达尼亚尔说，他从马科斯的声音中听出了痛苦，"而且，骑士守则要求他战斗。"

马科斯回答道："你知道那纯属无稽之谈，达尼亚尔。时间不多，但足够。他本来可以和我们其他人一起撤退的，但是至尊王托尔温，人民的英雄，德拉科尼斯家族的第一任至尊王，他无法命令他人去送死，尤其是在那场战斗中。他们所有人都会死，不是为了追杀杰朗特的兄弟，也不是为了对付谭·奇迈罗斯。"

达尼亚尔皱了皱眉头，吸了口气，想问马科斯是什么意思，但传令官还在说，年轻的国王决定听下去。

"不，托尔温不能让他的部下替他去死，所以他反而让叛徒杀了他。而就在这么做之前，他把重如泰山的指挥重担留给了他年轻、缺乏经验的儿子，你知道我最好的朋友还做了什么吗？"

达尼亚尔回想起那座桥，在倾盆大雨和猛烈的爆炸声中，马科斯的骑士机甲在托尔温的身边徘徊。

达尼亚尔说："他让你发誓要保护我。"来自机械王座的影像又一次浮现在他眼前，同时有了个逆反的想法，也许他从未真正了解过他的父亲。

马科斯愤怒地回道："他让我发誓要保护你。我，一条讨人厌的老军犬，一辈子都没生儿育女。至尊王，他是个好人，但在这一点上他犯了错误。你、你的姐姐、卢克，你们是跟我最亲近的小辈，几乎算得上是我自己的孩子。而让我永远感到羞愧的是，一时冲动之下，我低估了你，无可争辩地低估了你。我还以为你是个书呆子骑士侍从呢，不是吗？你很聪明，毋庸置疑，也不是用剑的白痴，但操控自己的骑士机甲时经验不足，更不用说指挥机甲组成的军队了。"

传令官长笑一声，可其中没有什么笑意。"看来我可能误会你了。"

达尼亚尔微微一笑，说道："也不算完全误会，骑士马科斯。而且你的言行都是出于最高尚的意图。我很抱歉，父亲给你留下了这么沉重的负担。"

"这只是他犯下的另一个错误，你不必为之道歉，小伙子。我是说，陛下。"

骑士机甲正沿着帝国军队的前线行进。人们看到这些金属战神，队伍中爆发出疯狂的欢呼声。很快，达尼亚尔就要对他即将领导的军队发表演讲了，但他还有一些时间。

他说："我理解，马科斯。但是为什么我觉得你似乎仍然有点抵触这次攻击呢？"

马科斯说："因为我不希望你为了一个不值得你牺牲的人而放弃自己的生命。"

达尼亚尔坚定地说："我不会的。不过，你的忠告一如既往很有价值。我想再多听听我父亲和他的历史,我相信珍妮卡也是。但现在,我要带大家去银金矿山谷。不是为了托尔温·谭·德拉科尼斯,而是为了帝皇,为了德拉科尼斯家族的荣誉。我坚信,这是我们赢得这场战争的唯一途径。"

马科斯沉默了很长时间,他们的机甲在帝国军队的前头砰的一声停了下来。最终他回答了,达尼亚尔从他的声音中听出他有了新的决心,把疲惫不堪和听天由命的那个自己抛到了一边。

"那好吧。是的,为了帝皇和德拉科尼斯家族,也为了至尊王达尼亚尔。陛下,带领我们吧,让那些叛徒看看天龙圣火是怎样燃烧的。"

达尼亚尔说道:"好,骑士马科斯。我很高兴有你在我身边。"说着,他深吸了一口气,按下了机甲上通信扩音器的按键。

他开始说道:"阿德拉斯塔波尔的骑士们,帝国的战士们,现在是时候反击那些背叛我们的人了。我们要面对的是一场我们所经历过的最艰苦的战斗,但有帝皇守护我们,我们不会失败!"

集结的帝国军队中响起了欢呼声。

达尼亚尔说:"敌人实力强大,他们的武器很可怕。你们中的许多人可能会对此感到怀疑,甚至害怕。但是,勇敢的战士们,你们要知道,我们今天是为帝皇效力的。我们在他的光芒中行走,他的力量就是我们的力量!"

更多的欢呼声传来,既有高高坐在坦克炮塔上的士兵,也有聚集在飘扬旗帜下的步兵。

他们的信心增强了他的信心,达尼亚尔继续说道:"好消息是,当信念和勇气把我们团结为一体时,敌人的叛徒本性却让他们四分五裂。与我们开战的对手信念并不坚定,而是一群疯狂的乌合之众!他们会发现,背弃帝皇的战士只会迎来迅速的死亡。帝国的士兵们,振作起来吧!"他挥舞着骑士链锯剑,加速它的切削刃,让它发出轰鸣声,同时大声喊道:"今天,我们要向敌人的要塞进军,并将其夷为平地;今天,我们要为我们无数陨落的英灵报仇雪恨;今天,我们要以帝皇的名义打倒异教徒敌人,并宣告胜利!"

这一次,帝国阵线中响起了欢呼声,就像咆哮的海浪,不断地拍击在火焰之誓的外壳上。

酋长哈尔纳爵士的声音在私人频道里响了起来:"演讲十分精彩,至尊王。我的战士们已经准备好了,帝国海军也准备好了随时履职。所有的飞机都已经被拉回轨道进行维修、加油并重整军备。"

"谢谢你，酋长。"达尼亚尔说道，他的注意力一半集中在谈话上，另一半集中在周围准备战斗的战士身上。进攻已经迫在眉睫。"我们会尽一切可能在进击的途中摧毁他们的高射炮防御。请通知空军元帅，一旦我们消除了垃圾代码的来源，他的飞船就会有一条畅通的空中走廊，一直通往发电厂。我以天龙圣火起誓。"

酋长回答道："如帝皇所愿。"达尼亚尔听出他笑得十分欢畅。他算不上见过哈尔纳爵士本人，只是在托尔温的最后一次简报会上远远地看到过他，但他发现自己对这个人充满了敬意。在经历背叛之后，这位酋长果断行事。他指挥坚定，毫不动摇。他做出选择，正确无误。现在他要亲自带领星界军的步兵团，拔剑出征，冲进缺口。这一姿态表明他高度认同达尼亚尔强烈的王位荣誉感。

年轻的国王说："驾驭天龙圣火，酋长。"

酋长回答道："愿帝皇守护你的前进之路。好好狩猎吧，达尼亚尔·谭·德拉科尼斯。"

说完，酋长就切断了通信器链接，达尼亚尔弯曲触控手套，做好了准备。

他通过骑士机甲的扩音器大声说道："帝国的勇士们，燃起伊克赛尔西厄姆之怒吧！前进！"

帝国部队如同钢铁洪流一般，冲向了最北角的入口。星界军部队在密集的装甲先锋部队后推进，而阿德拉斯塔波尔骑士团在他们中间推进，提供火力支援。他们一进入射程，严阵以待的敌人就开火了。火焰之誓大步走向敌阵，炮弹四处爆炸，这让达尼亚尔想起了几天前那第一次光荣的冲锋，在背叛之前、失败之前。

他对着通信器大声吼道："前进！为了阿德拉斯塔波尔和帝皇，前进！各位骑士，随意开火！"

他手下的骑士们欢呼着回答，放任机甲的各种武器全力释放怒火。咆哮的加特林火焰风暴吞噬了由钢铁和混凝土搭建的坚固要塞，炸塌了已经被轰炸得摇摇欲坠的石墙。导弹拖着长长的尾焰飞蹿而过，刺入敌人的中间。当达尼亚尔的骑士机甲逼近外围防御工事的时候，他看到有些小小的身影沿着战壕内的射击踏台疯狂飞奔，将炮台和便携重武器对准帝国部队。

他想，这样一群金属战神聚集在一起，冲锋时地动山摇，面对它们会是什么感觉呢？

随着火焰风暴的变本加厉，达尼亚尔将一部分注意力放在了战略分布图上，同时聆听着来自机械王座鬼魂的适时低语。达尼亚尔的祖先们不再给他出主意了，免得他不知所措，他们转而以尊重和克制的态度提供建议。他大胆希望他们和他已经达成了一致，但无论如何，对他来说，战斗模式比以往任何时候都更加清晰。

"骑士瓦里安、女骑士伊莲娜特，在标记点 0-2-7 处对地堡群进行压制射击；女骑士珍妮卡，如果可以的话，让你的先锋部队吸引卡迪亚人的火力——科瓦什的运输车正在遭受致命攻击；豪侠骑士机甲，向骑士珀西瓦恩集结，并将你们的前进方向转到标记点 3-3-1 处。没有了炮台，他们的火力区域就有了缺口，给我突破。"

大家齐声回应着他。但他还是焦急地注视着，此时帝国部队已逼近预计中的坚石要塞交战区域的边缘。令年轻的国王吃惊的是，猛烈的轰炸并没有出现。黎曼·鲁斯主战坦克搅起了成片的泥浆，向着异教徒的防御工事疾驰时，一炮接一炮地连续开火。炮弹从帝国军后方防线的大炮上方飞过，但依然没有导弹成片地从山那边落下。

通信器中传来了珍妮卡的声音："他们大肆吹嘘的坚石要塞也就这样了。"

"一定是出了什么事。"达尼亚尔说道，子弹从他的离子盾牌弹溅出来，"要么是那样，要么他们是在引诱我们进入另一个陷阱。"

珍妮卡说："现在想这些已经太晚了，兄弟。我们已经来了。"

苏塞特女骑士说："我们已经来了。在热能加农炮的射程内，正在交火。去死吧，你们这些杀人的叛徒！"

她一炮打穿了一个棱堡装甲的正面，这座建筑轰然倒塌，熔化的塑钢犹如雪崩一样垮了下来，石头隆隆作响，民兵四处尖叫。在她的带领下，达尼亚尔向被摧毁的棱堡侧面的装甲炮台开火。超热的能量吞噬了这座建筑，暴露在外的炮手瞬间灰飞烟灭，然后武器弹药库自燃，形成了壮观的火球。

爆炸后的烟雾散去时，达尼亚尔报告说："在标记点 2-4 处突破。"

"在标记点 3-1-1 处突破。"片刻后，骑士珀西瓦恩的声音传来，"我们已经通过了他们的前沿阵地。"

在骑士们不断开火的同时,指挥官科尔格带头冲锋,占领了最近的突破口。几百名帝国防卫军的士兵跟在他身后奔跑,同时用挂在髋部的激光枪开火,旗帜骄傲地飞扬。炮火断断续续地在他们中间落下,但敌人已经被打得七零八落,被炮弹炸得人仰马翻。科尔格坚定无畏地率领进攻。几分钟之内,在敌军防御工事被烧焦的残垣断壁上,帝国的旗帜被高高升起。更多保皇派的部队从突破口大举涌入,进攻位于山口纵深处的第二道防线。整条战线的形势大同小异,叛徒们要么惊慌失措地四处逃窜,要么死于非命。他们被牢牢地困在自己的据点里,无处可逃。达尼亚尔的指尖抚摸着祖父的护身符,露出了胜利的微笑。战局总算向着对他们有利的方向发展了。

敌人的第一道防线已被攻破,但还有更多的要塞。两条较窄的防线横亘在山口的中心地带,敌人在山体本身参差不齐的侧面还挖凿出了无数的防御工事。

达尼亚尔在通信器中向他的骑士们发话:"从这里开始,我们就会失去炮兵的掩护,而星界军也不能再陪伴我们了。从这里开始,我们要独自浴血奋战。"

波卢克西斯没有时间对帝国防卫军的战争机器实施他的数据防护了,也不能保证会保护那些战争机器原始的机魂。在阿德拉斯塔波尔人清除垃圾代码的负面影响之前,他们将在孤立无援的情况下进行战斗。

"反正我们不需要他们,陛下。"骑士费德里希·达·米诺托斯说道,语气中充满了勇气和决心,"我们要用老办法,在这些肮脏的叛徒身上碾出一条路来。为了大元帅。"

"为了大元帅,"达尼亚尔表示赞同,"还有我们所有已经陨落的英灵。豪侠骑士机甲和游侠骑士机甲在最前方开路,守护骑士机甲和圣骑士机甲集中攻击防御工事里最大的火炮。帕拉丁骑士机甲监视我们的侧翼,并摧毁你们在峡谷山墙上找到的所有要塞。阿德拉斯塔波尔的骑士们,为了帝皇,前进。"

当达尼亚尔催动骑士机甲进入攻击前列时,他感觉到体内奔腾着复杂的情绪,指挥下令让他既得意又害怕。他机械王座上的鬼魂低声说道:"感受它们,但控制好它们。"控制是真正的统帅的标志。前方,异教徒们向阿德拉斯塔波尔人开火,第二道防线被一阵猛烈的炮火映得通明。

卢克的声音从私人频道里传来,虽然是嘲讽,但也有几分懊悔。"我也要称你为'殿下'吗,殿下?"

尽管他的盾牌正遭到暴风骤雨般的火力攻击，但达尼亚尔还是忍不住苦笑了一下。

"你比大多数人都有资格，灰烬骑士。表现出尊重。"

卢克嗤之以鼻。

"真粗鲁，你还是至尊王呢！我宁愿给这些混蛋叛徒点颜色看看。一起？"

达尼亚尔说："一起，就像以前一样。"

"为了阿德拉斯塔波尔！"卢克怒吼着，大踏步发起了凌厉的冲锋。

达尼亚尔放声怒吼，在他周围的其他骑士也都放声怒吼起来。他们冲锋时，群山的两翼在他们的头顶若隐若现，被闪烁的灯光和爆炸的照明弹照得忽明忽暗。炮弹和等离子体冲击波狂风骤雨般地落在机甲身上，在他们接近敌人的防线时，猛烈地撞击着他们的离子盾牌，机甲的武器臂被毁，甲身被打得坑坑洼洼，系统被烧坏。达尼亚尔的视网膜显示屏上亮起了损伤标记，虽然符文先是闪着琥珀色，然后变成了红色。骑士们毫不犹豫地发动了攻击。在他面前，叛徒的防御工事被烟雾和火焰重重包围。塔楼倒塌，成了一片废墟。发电机组爆炸，武器电池超负荷运转，它们依次爆炸，惊恐的射手和它们一起被炸上了天。战斗造成的破坏惊心动魄。在山口范围内，战场喧嚣而混乱，犹如世界末日。

达尼亚尔的盾牌闪动着光芒，他的骑士机甲也受到了攻击，一个鸟卜仪接收器被击碎，一个装甲护胫套被撕裂，凹陷了下去。他一边持续瞄准和射击，一边关注着战略分布图和他的战友们的状态。信息的洪流会在几分钟内烤熟一个没有扩充脑容量的大脑，但达尼亚尔·谭·德拉科尼斯是国王之子，他的头脑就像磨过的刀刃一样锐利敏捷。他在信息的洪流中茁壮成长。

一排炮弹打在了火焰之誓受损的护胫甲上，琥珀色警报符文闪现，引发了电肌束痉挛。达尼亚尔的骑士机甲突然倾斜，他连忙调整好机甲姿态，侧身避开一串炮弹，用轰鸣的热能冲击波摧毁了炮塔。

卢克跟他配合得天衣无缝，驾驶着英雄之剑冲进了突破口，他以骑士机甲腰部的万向节为轴心摆动，沿着战壕内加固的射击踏台挥舞他的死神链锯剑。异教徒的血液四处喷溅，犹如深红色的雾气，但卢克没有停下攻击。直到伺服电动机因压力过重而发出了尖叫声，机甲才停止了挥剑的动作，一时间火星四射。灰烬骑士无视小型武器开火在机甲上溅出的火花，旋转着他的剑，直直地往下猛劈，劈穿了他面前的坚固墙壁。钢筋混凝土土崩瓦解，成了一大堆碎石，卢克操控着他的机甲径直穿过缺口。墙倒塌下来，异教徒们惊恐地大叫着，他们被踩在脚下或被雪崩般的废墟卷走。

卢克在通信器网络中喊道："突破，标记点7-3。"

当达尼亚尔操控火焰之誓走在英雄之剑的后面时，他感到他的朋友十分满意。异教徒和变种人惊恐地逃离逼近他们的铁甲战神。达尼亚尔毫无怜悯之意，他俯瞰下方，然后和卢克·卡·奇迈罗斯一起开火。

突破口稳固无忧之后，只剩下一道防线了。零星的火力从设置在上方峡谷山墙上的掩体中射出，骑士加拉斯率领着射击准头最好的骑士机甲——狙击他们。达尼亚尔将他的战士们聚集在山谷的一个急弯前。在这里，他们以山脚下突起的巨石为屏障，挡住敌人最后一道防线的枪炮火力。他们屏住呼吸，检查弹药数量，让波卢克西斯的爬行者用圣物维保士不断减少的库存部件修理损伤并重新武装他们。

当圣物维保士完成工作时，达尼亚尔说："德拉科尼斯、佩加森和米诺托斯家族的骑士们，让我们扫除最后的障碍，让我们的怒火席卷敌人堡垒的核心！"

通信器中充满了激动人心的战吼，伴随着发电机的轰鸣声和铁甲战神的脚步声，阿德拉斯塔波尔骑士团绕过了弯道，击溃了异教徒最后一道薄弱的防线。

叛徒们无力回天。虽然他们进行了殊死抵抗，但还是有许多人放弃了他们防守的位置，仓皇逃离，而不是直面机甲的怒火。骑士们轻松地摆脱了那些留守者惊慌失措的开火。在几分钟内，塔楼倒塌了，枪声沉寂了，达尼亚尔的战士们穿过了最后一道防线。

然而，当他们大步走到峡谷的入口处，凝视这座被战争蹂躏的城市时，他们胜利的呐喊声逐渐变为沉默。银金矿山谷的景象在他们面前展开，周围是隐约显现的山坡，密布着管道和居民区，到处都是不断升腾的烟柱和火焰。

骑士奥尔里克深吸了一口气，然后说道："相当壮观。"

"那些是发电机，"达尼亚尔说，眨眼点击远处的三座巨型建筑上闪烁着的指示符文，"但以王座之名，那到底是什么东西？"

一股能量滚滚而来，正从城市的中心升起。它像一条永不停息的河流，咆哮着向上奔流，有空降舱那么宽，不停地翻腾着各种疯狂的色彩，并散布开来，形成了巨大的脉冲雷雨云砧。

珍妮卡在通信器中发话了："达尼亚尔，我不知道那是什么，但无论从哪个层面来说，它都不对劲。它肯定有问题。我们必须阻止它。"

这里存在异端之举也许杰朗特·谭·奇迈罗斯之前就知情，也许他不知情，但如果达尼亚尔之前还对这个人怀有几分残存的同情，那么在这样的景象面前，这些同情也都烟消云散了。

他在通信器中严肃地说道："骑士们，这就是杰朗特·谭·奇迈罗斯叛乱的真相。为了阿德拉斯塔波尔，我们现在就去终结这一切。"

第十四章

高大的骑士机甲大步走进广场，瓦拉克洛尔走过去迎战。他在咆哮，红色面罩扭曲成仇恨的面具。在骑士机甲前进的过程中，绿色的战争引擎震得地面隆隆作响，每一步落地的力道都足以碾碎一辆主战坦克，就像碾碎配给锡罐一样。骑士机甲的巨大身躯挡住了逼近他的云层，加农炮朝他的方向旋转。它为屠戮而生，它的盾牌挡住了怀言者的开火，火星如雨点般四处飞溅。

瓦拉克洛尔说："我遇到过比你更糟糕的敌人。"

当机甲开火时，他离那架机甲的双脚有二十七米远。那引发了两次震荡，炮弹劈开空气，尖啸不已，然后引爆时的巨大轰鸣压倒了一切。凡人战士会被瞬间杀死，但瓦拉克洛尔已经不再是肉体凡胎了。爆炸的力量连续猛击着他，但亚空间的能量保护了他，使他免受伤害。狰狞的恶魔面孔从现实世界背后翻腾的虚空中向他尖叫，然后瓦拉克洛尔从翻滚的火球边缘冲出，咆哮着向那架机甲冲去。

黑暗使徒可以看到，在那架巨大的金属机甲中，机甲驾驶员的灵魂像烛火一样燃烧起来。当骑士试图重新瞄准时，惊恐的火花在那生命火焰周围飞舞，但瓦拉克洛尔跑得太快了，而且离得太近了。

被亚空间扭曲的肌肉在黑暗使徒的腿部和背部隆起。他以超凡速度一跃而起，挥舞着他那被诅咒的权杖。沉重的权杖猛砸在机甲的膝盖上，势不可挡。机甲的塑钢和艾德曼合金断裂，电缆被撕裂，陀螺仪粉碎成旋转的弹片。骑士的膝盖被完全撕掉了，在瓦拉克洛尔落地时，机甲残破的膝盖绕着他旋转，发出咔嗒咔嗒的声音。

黑暗使徒转过身去，看着巨大的战争机器摇晃倾斜。骑士机甲倒向一边，伺服电动机发出了尖叫。瓦拉克洛尔感觉到恶魔在欢快嚎叫。机甲轰然向下倒去，然后像巨大的加农炮弹一样爆炸了。长久以来，这是第二次，毁灭之火席卷了瓦拉克洛尔的全身，这也是他第二次蔑视它们。

当硝烟散尽，杀死骑士的快感逐渐淡去，瓦拉克洛尔目睹了他周围的愚行，心头再一次涌起酸涩的愤怒。

战斗在发电厂二号大厦前的广场上激烈进行，建筑的中心涌出高高的亚空间火柱，照亮了战场。一支怀沃恩家族骑士的先锋部队之前攻击了怀言者的防线。已经有三架机甲倒下了，不是被瓦拉克洛尔亲手杀死，就是被发电厂台阶前掠夺者主战坦克的火力击溃。另一架机甲的情况很糟糕，它一瘸一拐地离开，从被炸坏的髋关节中涌出了浓烟。最后两架机甲还在坚持战斗，发射了一排导弹，把一辆掠夺者主战坦克变成了一个火球，把另一辆野蛮地掀了个底朝天，炮塔垫在了底下。

瓦拉克洛尔咆哮了起来："愿所有的黑暗之神永远诅咒这些白痴。哥特罗戈尔，为什么那些机甲依然挺立不倒？"

他的保镖在通信器中答道："抱歉，主人。请稍等片刻。"

瓦拉克洛尔的脸色缓和下来，因为他听到了熟悉的引擎尖叫声。三架深红色机身的风暴鹰低低地掠过机甲的头顶，枪林弹雨倾泻而下。其中一架风暴鹰被伊卡洛斯轰鸣不止的炮火击中，机翼冒出浓烟，它翻滚着离开了飞行编队。敌人进行了还击，多道激光冲击波穿透了一架机甲的背部。它胸部的装甲板爆裂，摇摇欲坠。二次爆炸响彻机甲的全身，它瘫倒在地上，死气沉沉，内部噼里啪啦地冒着火焰，烧得焦黑。第二架机甲的情况也好不到哪儿去，热熔武器的火焰烧穿了它的装甲，烧毁了一只手臂的关节。当它的加特林加农炮脱手而出时，风暴鹰急速地绕了个弯，准备再次低空掠过，受伤的机甲旋转离子盾牌抵御攻击。

"干掉它。"哥特罗戈尔的声音隔着通信器传来。重武器从四面八方开火，穿透了那架机甲的金属外壳。最后，一辆掠夺者主战坦克用激光加农炮轰穿了那架机甲。导弹从两边的建筑物中呼啸而来，哥特罗戈尔本人也在发电厂的台阶上用自动加农炮开火，炮弹射入了那架战争引擎的受损之处。即使在几百米之外，瓦拉克洛尔也能感受到机甲驾驶员所经历的那异常惊骇和痛苦的瞬间。然后，这位倒霉的贵族寿终正寝，他的灵魂被硬生生拽走了，被投入了从混沌神秘圣地中呼啸而上的高高的献祭烽火。

瓦拉克洛尔的升天，需要更多的灵魂燃料。这是一个跨越时间和空间的古老仪式的高潮。这是最后的大规模献祭，将吸引黑暗众神去注视瓦拉克洛尔以他们的名义取得的一切成就，并最终为他赢得长生不死的奖赏。

已经有成千上万的人被抓走，但还需要更多的人来为烽火提供燃料。瓦拉克洛尔最忠诚的凡人信徒正在进行收获仪式，由一小撮幸免的叛徒军团士兵看管。一队队的邪教徒正在逐个街区扫荡着银金矿山谷，把那些自愿前来的人赶到一起，攻击那些反抗的人。很多龟缩在废墟中的傻瓜仍然相信怀言者是他们的救星，一有机会成为神选之子就蜂拥而至。不管是否情愿，这些平民牲口被成群驱赶着穿过饱受战争摧残的城市街道，或者沿着炮火无法波及的水路隧道行走。他们的目的地是黑暗使徒的神秘圣地内部，当他们意识到自己不过是他祭坛上的牺牲品时，已经太迟了。

瓦拉克洛尔喃喃自语道："我得承认，他们不像我想象的那么弱。"他一直计划着在他夺取终极权力的那一刻背叛那些骑士。他想他不能责怪他们明智地先发制人，但他可以因此而憎恨和屠戮他们。

在十三个小时前，奇迈罗斯家族和怀沃恩家族的骑士们突然向黑暗使徒的部队调转枪口，显然是按事先安排好的信号行动。他们屠杀了许多瓦拉克洛尔的叛徒军团士兵，并在整个大陆较为偏远的战区窃取了大量异教徒的指挥权。他们的大部分兵力已经投入对银金矿山谷的突袭，但在这里他们遭遇了顽强的抵抗。战况并不像瓦拉克洛尔所希望的那样激烈，因为他们的机械神甫破坏了铁峰顶上的炮台。尽管如此，骑士们还是在巷战中陷入了困境。他们与邪教的装甲兵和怀言者残存的恶魔引擎对抗，让黑暗使徒有了扭转战局的机会。

他穿过广场，绕过倒下的金属巨人和被枪杀的邪教徒堆积如山的尸体。哥特罗戈尔走下台阶去迎接他。

瓦拉克洛尔对他的保镖说："我们现在行动。"

哥特罗戈尔咆哮着："灵魂采集器不完整，主人。烽火并不稳定。"

黑暗使徒回答："让我来解决这件事吧。"他停了下来，因为报丧女妖的哀号冲破了现实的帷幕，冲击着他的感官。当他的主人在与折磨他的种种显灵之象斗争时，哥特罗戈尔等待着，显得笨拙又沉默。仿佛有场雷电交加的暴风雨在他体内肆虐，瓦拉克洛尔感觉器官在蠕动，肉体在扭曲，他的身体在为即将到来的变化调整自己。

哥特罗戈尔说："就是现在，它来了。"

瓦拉克洛尔气喘吁吁地说道:"很快,是的。"黑暗使徒炽热的目光掠过哥特罗戈尔的盔甲。"尽管我们……十分……努力,但情况还不完美。但我必须继续,否则就要承担恶果。"刹那间,他的心灵之眼中轰然出现了一对多肉的惧妖和饥饿的、咬牙切齿的大嘴。黑暗使徒踉跄而行,靠着哥特罗戈尔以免跌倒。当瓦拉克洛尔把手抽回来的时候,他看到自己在深红色的金属上留下了一道焦痕,正对着他保镖的心脏。

他气喘吁吁地说:"我现在要撤回神秘圣地了,忠实的保护者。援军已经在路上了,是吗?"

哥特罗戈尔点了点头。"骑士团叛变,灭了库瓦利斯的战团。我们与乔托尔卡尔失去了联系。其他的战团都已经回来了,或者很快就会回来。"

瓦拉克洛尔冷言冷语地嘲笑道:"骑士团无疑认为他们已经赢得了有意义的胜利,但他们什么也没赢。唯一重要的战斗就在这里,很快胜利就将成为他们难以触及的东西。"

哥特罗戈尔一言不发,只是站着等待命令。

"把所有剩下的兄弟都撤回发电厂大厦里,让他们掘壕固守。"瓦拉克洛尔说,挣扎着想要清醒一点,"骑士们很快就会再次突破邪教徒的防线,而且我相信兵力会更加强大。但他们不会冒破坏这些发电机的风险,如果他们想自己称霸坚石要塞,就不能这样做。他们知道没有它们,他们无法赢得这场战争,无法对抗我们和帝国人。我们将固守于此。务必确保在我的升天仪式完成之前,敌人冲不进来。"

"理应如此。"他的保镖闷声闷气地说道,转身离开。

"哥特罗戈尔,"黑暗使徒开口说道,他的保镖停了下来,"注意防御,然后到我的神秘圣地来见我。当我升天的时候,我希望你能在我身边。"

体型庞大的怀言者如雕塑般伫立了一会儿,然后在通信器里低哼一声以示赞同,然后大步流星地离开了。瓦拉克洛尔看着他离开,看到哥特罗戈尔腐烂的灵魂像某种被剥了皮的东西的内脏一样暴露无遗。尽管他的话语寥寥,有种无法形容的威胁感,但瓦拉克洛尔看出了野心、谨慎、嫉妒和忠诚相互矛盾的风暴在他保镖的心中肆虐。这些品质让哥特罗戈尔在过去的几个世纪里一直很有用,也会让他在今天依然很有用。

仪式已经把神秘圣地变成了一个灯火通明的屠宰场,瓦拉克洛尔被一股虚无的力量冲昏了头,在门口跌跌撞撞地走着。地板的中央曾堆满了献祭用的洗礼盘,现在那里燃烧着一大团五彩缤纷的篝火。那是升天的烽火,第九次盛宴的导管。缥缈的火焰向上咆哮着,穿过悬挂在顶部的八角星、神秘圣地的天花板,直上云霄。

它们并没有损害建筑本身,因为这些是灵魂之火,而不是天然的有形的热量。但它们用炙热的光芒照亮了神秘圣地,梦魇一样不断地变换着、舞动着。烽火的周围是哭泣的、惊恐的祭品。银金矿山谷的民众正被成群赶进神秘圣地那供队列行进的拱门里,他们的双手被抢来的电线粗鲁地绑了起来,护送他们的邪教徒的枪口极具威胁,以确保他们服服帖帖。他们乞求着、恳求着,被赶入衣衫褴褛的人群中,然后被用力猛推进火堆里。有些人试图反抗,但枪托狠狠砸下,打在他们身上,最后他们还是被扔了进去。令人惊讶的是,有许多人是心甘情愿去的,他们的脸上洋溢着虚假希望所带来的狂喜。他们在燃烧,他们的肉体瞬间化为灰烬,而他们的灵魂激荡向上,成了烽火献祭能量的一部分。

瓦拉克洛尔能感觉到众神的目光正被他的祭品所吸引。现在这是不可避免的。红色面罩束缚了无数灵魂,那些灵魂来自他已经屠戮过的星球。现在有了这最后的祭品,瓦拉克洛尔庞大的星系仪式就要完成了。如果他没有准备好,兽人之神短暂的关注将会彻底摧毁他。但他已经准备好了。他将以适当的祭品迎接他永恒的主人,在他的肉体凡胎上涂抹好油膏,做好准备,他将最终赢得主人最大的祝福。

黑暗使徒无视墙壁上渗出的幽灵般的血迹,无视在他眼角余光中抽动的闪烁之物,他坚定地挺直身子,决然地大步走过神秘圣地。献祭的受害者们看到他时哭得更大声了,有些人害怕得瑟瑟发抖,而另一些人——真正被蒙蔽的人——则哭喊着寻求救赎。

瓦拉克洛尔继续前进,向神秘圣地尽头的数据讲道坛前进。

能量在房间中涌动和燃烧。他的皮肤着火了,他感觉摇晃了起来,就像在低重力下站在星舰摇晃的甲板上一样。

当他接近讲道坛时,一声低沉的、湿漉漉的吼声传来,如同许多非人的声音同时在呐喊。这声音中夹杂着尖叫的二进制飙升的原始垃圾代码,一个巨大的、肉乎乎的憎妖从唱诗池里冒了出来。隆起的赘肉和被固定住的、金属弦状的肌肉收缩绷紧，细长的、带爪足的多条腿在黏滑的地上乱爬。闪电弧在它发动机的棘状突起间跳跃，刺进了背部，绳索状的触手和编成辫子形的人类手臂在空气中挥舞抓挠着。一个金色的小天使面具呆呆地盯着瓦拉克洛尔，而在面具下面，一个锯齿状的、肉质的嗉囊裂开，发出尖叫。

那些邪教徒和祭品看到哀伤天使都发出了惊恐的哀号。离唱诗池最近的少数邪教徒转身就跑，结果却被怪物残害，或者被它邪恶的触手一把抓住，像树枝一样被折断。怪物那令人作呕的身体聚集在一起，像肉墙似的逼近黑暗使徒。黑暗使徒转过身来，在怪物面前摇晃着身子，却毫无惧色。他举起了挂在脖子上的兽人之神的符文，仿佛在驱赶憎妖。

他说："不要威胁我，我是你的主人，你要服从。"

那怪兽咆哮起来，人类的尖叫声和二进制的嚎叫声融为一体，如同上千个死灵魂在合唱。它的触手和手臂抓挠着，但没有发起攻击。瓦拉克洛尔可以看到，多纳托斯的星语者唱诗班受尽折磨而产生的敌意，仍在他们被融合而创造出的怪物体内翻腾。他们恨他，但也怕他，亚空间的工匠在他们变异的肉体中敲下符文，强迫他们为瓦拉克洛尔效力。

虽然那是从理论上来说。

黑暗使徒喊道："你是我的仆人，我的哀伤天使，拥有黑暗咏叹调的力量，但这是我给予你的。我所给予的，我也可以拿走！"

这个怪物在空中乱抓，大声尖叫，甚至瓦拉克洛尔的盔甲防御系统也因断电和能量飙升而火花四溅。

黑暗使徒用黑暗之语吼道："伊格格格克伊格尼亚！伊尔卡拉！德卡嘎哈卡科哈乌恩！"

哀伤天使扭动着，在残酷的咒语面前退缩了。一缕缕蒸汽从它臃肿的身体里冒了出来。

瓦拉克洛尔向前走了一步，然后又走了一步，吐出了充满力量的血字。他念咒语时，他的八芒星护身符闪耀着地狱般的光芒，那只怪异的垃圾代码魔兽被赶了回去。它最后发出一声二进制的愤怒咆哮，转过身来，肉身剧烈地起伏，肢体乱蹿，然后猛地向下摔进了唱诗池里。

瓦拉克洛尔放下护身符，摇摇晃晃，差点单膝跪地。扭曲的画面像碎片一样刺入他的脑海。炙热和酷寒的感觉交替掠过他的四肢，使他痛得咬牙切齿。他发出一声咆哮，感觉连那些牙齿都以奇怪的锯齿状交错在一起，它们对他的下颌来说太大了。黑暗使徒费了好大劲才挺直身体，甩开那些试图穿透他肉体的缥缈能量。他现在不能退缩，否则就会一败涂地，而且会变成比哀伤天使更低级、更可怕的东西。

瓦拉克洛尔将灼热的目光投向他那群羊儿般顺从的信徒。

"不要停！"他听到自己的声音中带着一种更深沉、更可怕的咆哮。他们或害怕地退缩，或争先恐后地服从。

随着可怕的屠杀加快节奏，尖叫声和哀嚎声再次响起。

哥特罗戈尔身穿尖刺铠甲的巨大身影像船头分开水面一样分开了人群，他走到瓦拉克洛尔面前，用一只拳头猛击他的胸部，敬出了一个古老的军团礼。

"一切都已准备就绪，主人。"

黑暗使徒用粗哑的嗓门说道："很好，随我来。"

他回到讲道坛上，每一步都像是在攀登某座嶙峋的、难以攀登的大山。它的山顶近在咫尺，燃烧着能量，但他背后的落差着实可怕。

哥特罗戈尔跟在黑暗使徒的身边。"你必须忍耐，主人。"

瓦拉克洛尔说："我必须忍耐，我一定会忍住。"

共有十二级大理石台阶通往讲道坛。他登上了第一级，颤抖的手找到了楼梯栏杆。他登了上去，哥特罗戈尔在他身后，时刻保持警惕。

黑暗使徒气喘吁吁地说："你一直都很忠诚，哥特罗戈尔。你是一位能干的领袖，也是兽人之神的忠实仆人。然而你似乎总是安于站在我的影子里，为什么呢？"

保镖低沉地说："主人？"

瓦拉克洛尔问道："你为什么要侍奉，哥特罗戈尔？"他爬上了最顶层的台阶，半倒在讲道坛上。他觉得自己身体的每一个原子都想脱离其他的原子，渴望把自己重塑成新的东西，而他几乎无法控制住自己，"你从来没有渴望过当主人而不是当奴隶吗？"

高大的怀言者回答道："我不是奴隶。我对你发过誓，几百年来一直如此。我遵守我的誓言。"

"呵呵，来自叛徒的忠诚，是吗？"瓦拉克洛尔痛苦地大笑起来，他的骨头弯曲着，发出一阵阵的噼啪声，"一直以来都无私奉献？"

哥特罗戈尔什么也没说，他只是伫立着，沉默着。不过黑暗使徒可以看到，在他保镖的灵魂中，愤怒和野心翻涌而起。

"不止于此，不是吗？"他问道，他已经知道了答案，"这些年来，你跟在我的身后，并不仅是出于职责。伟大的哥特罗戈尔，瓦格利亚的毁灭者，百城屠夫，混沌战士。你和我一起走过这条血腥的道路，希望得到回报，难道不是吗？"

哥特罗戈尔仍保持沉默，但瓦拉克洛尔看出了沉默背后的真相。瓦拉克洛尔哼了一声，点了点头表示肯定，仿佛终结者已经大声说出了答案。

黑暗使徒说："为什么不呢？在我升天之后，你就是战团的主人。你已经用无数人的鲜血做了涂抹的膏油。你已经在这条血腥的道路上走得很远了。等我升天后，你就是哥特罗戈尔大人，不再是奴隶了，难道不是吗？"

"是的。"他回答道，液压装置在他巨大的盔甲中呜呜作响，他走近了一步。瓦拉克洛尔对着铠甲巨人露出会意的微笑。

黑暗使徒嘶吼道："补偿，即刻生效。这是对他的公正奖赏，因为这么长时间以来，他一直都是我与死亡之间最后的羁绊。"

"这是我的权利。"哥特罗戈尔回答道，他的语气阴沉，充满了威胁。

"是的，"瓦拉克洛尔痛苦地点点头，"但我即将成神，哥特罗戈尔。为此，就连最后的羁绊也必须被斩断。"

他的仆人突然惊慌失措，一束蓝色火焰快速穿过哥特罗戈尔的神经末梢，逼得他抡起沉重的狼牙棒，准备给出致命一击。瓦拉克洛尔将原始的变化之力引入他的肉体，并按照他的奇想塑造它。他的手变形成为一根尖端是艾德曼合金的骨刺，十分尖锐，猛地刺穿了终结者颈甲上的封印，插入他的喉咙。

瓦拉克洛尔愉悦地战栗起来，他感到更多的鲜血浸润着非自然的形体。

哥特罗戈尔踉踉跄跄，鲜血从他的身体里狂涌而出，他的双腿瘫软无力。盔甲在做动力补偿时发出呜呜的声音。他带着一股绝望的狂怒，用剩下的全部力气挥舞着狼牙棒。他挥到一半时，黑暗使徒抓住了狼牙棒的手柄。瓦拉克洛尔轻蔑地从哥特罗戈尔手中夺过狼牙棒，扔进黑暗之中，然后抽出了骨刺，让怀言者的血像炽热的红雨般淋在他身上。神在召唤。

哥特罗戈尔喉间咯咯响，那是因背叛和仇恨而发出的愤怒之声。对此，瓦拉克洛尔只是笑了笑。

他张开满是尖牙的嘴，说道："最后的涂油礼。忠实的奴隶的血，从他的凡人肉身上取来献祭。谢谢你，老朋友。你忠于职守，直至最后。"

瓦拉克洛尔抬起一只装甲靴，踢了踢跪地上的终结者的胸口。他那非自然的力量十分惊人，哥特罗戈尔奄奄一息的身体从数据讲道坛上向后从大理石台阶上滚落，发出巨响，最后瘫软如你。那个魁梧的保镖抽动了一下，就再也不动了。

瓦拉克洛尔转过身去，离开侍奉他时间最长、最忠诚的战士的尸体，并深深凝视着升天中的灵魂之火。一切都已准备就绪。最后一步已经完成。现在是时候了。瓦拉克洛尔高举双臂，开始用一种自古以来就被禁止的语言吟唱。当他感到众神的目光转向他和他的祭品时，他心潮澎湃，胜利在望。

现在，他将升天成神。

第十五章

　　阿德拉斯塔波尔的骑士团分成了三支大规模的先锋部队，沿着银金矿山谷平行的街道前进。他们分散开来，以最大限度地扩大火力范围，保护伤员，并确保没有视觉死角。他们经过了高耸的数据神殿、侧面平坦的工人居民区，以及偏远的机仆工厂，那里悬挂着异端的旗帜和吊死者的尸体。然而，除了远处的火光，还有靠近城市中心的地方传来的隆隆枪炮声之外，他们没有发现叛徒的任何踪迹。

　　达尼亚尔·谭·德拉科尼斯、卢克·卡·奇迈罗斯和骑士奥尔里克率领中间的先锋部队，珍妮卡率领左翼的先锋部队，由女骑士伊莲娜特和骑士珀西瓦恩支援，而马科斯·达·德拉科尼斯与骑士费德里希·达·米诺托斯和骑士加拉斯率领右翼的先锋部队。其余的保皇派骑士分列阵中。在先锋部队的中间，行驶着剩下的九辆圣物维保士的爬行者。爬行者所携带的燃料、弹药和备用配件几乎耗尽，然而波卢克西斯和他手下的那些侍僧仍有用武之地。圣物维保士向他们的机魂祈求指引，而他们的祈祷得到了回应，源源不断的三角测量数据证实，阿德拉斯塔波尔人正在接近可恶的垃圾代码的源头。

　　敌人内讧的证据随处可见，从堆积如山的邪教徒尸体和烧毁的多纳托斯坦克，到被火烧得焦黑的爬行者。此外，他们好几次看到了倒下的叛徒机甲的金属外壳。

　　长姐如母，在弟弟眼中珍妮卡从小就是母亲的替身，尽管她是个天生的战士。达尼亚尔却显得书生气十足，没什么自信，实在令人恼火。珍妮卡曾担心弟弟永远无法真正崭露头角，永远配不上他继承人的身份。时至今日，她很那被证明是错的。

　　她在私人频道里对他说："你的内心燃烧着天龙圣火，弟弟。即使是父亲也未必能让我们走到这一步。他一定会为你感到骄傲的，我也为你感到骄傲。"

　　达尼亚尔说："谢谢你，他一定会为我们俩感到骄傲的，珍。但你的认可对我来说比他的任何回应都更重要。没有你，我不可能做到，姐姐。"

她说："不，你可以的。你和我们的父亲一样坚强。达尼亚尔，他是个好国王。我相信你会成为一个伟大的国王。"

达尼亚尔答道："如帝皇所愿。不过别这么早就夸我，好吗？我们还没有遇到任何抵抗。"

她的机甲踏过一架坠毁的阿尔沃斯穿梭机，她一边忍着驾驶舱的颠簸，一边思忖着。"没错。对于一个敌人的要塞来说，这里有大量的残骸和废墟，但敌人少之又少。"

透过静电的嘶嘶声传来达尼亚尔的回答："看来关于内讧的报告是真的。我只是不明白，为什么他们在离胜利咫尺之遥的时候，却要反目。"

珍妮卡半开玩笑半认真地说："那是因为你有一颗诚实的心和一个认真的头脑，兄弟。不要试图去理解那些叛徒或异教徒的想法，我听说那对灵魂有害无益。"达尼亚尔对此嗤之以鼻，然后他拓宽了自己的通信频道。

"骑士们，你们务必警醒。敌人就在这里的某处。"

骑士马科斯恼怒地说："很好！等待让我很不爽。以帝皇的名义，不论怎样，给我一个嗜血的敌人，也好过对他们的去向疑神疑鬼。"

骑士加拉斯说："那道非自然的光呢？我敢打赌，那是混沌巫术。如果离得太近，那很可能会偷走我们的灵魂。"

骑士奥尔里克说："我敢打赌，这两者之间有关系。我的猜测是，那些怀言者越过了连谭·奇迈罗斯都不愿意越过的界线。也许这就是他背叛他们的原因。"

马科斯说："如果真是这样的话，这应该是几天来他的首个明智之举。光是看着那道光，我就觉得不舒服。"

达尼亚尔说："你也许是对的，骑士奥尔里克。高等圣物维保士，以王座的名义，我们有办法知道那现象到底是什么吗？会不会是它让我们的敌人之间反目的？"

"我们没办法知道，陛下。"波卢克西斯回答道，在侍僧们的二进制吟唱中，他提高了嗓门，"我们的鸟卜仪无法从这一现象中收集到任何有说服力的读数，而且在我们的沉思者图片库中没有任何东西与之匹配。"

卢克在通信器中问道："它和垃圾代码有联系吗？是垃圾代码导致的吗？"

波卢克西斯回答道："自由之刃骑士，我再说一遍，不可能。恶意代码激增，每恒星时的五分钟以三点一四的系数增加。这说明，要么是代码始发者在放大发代码的频率，要么是我们正在迅速接近代码始发者的位置。反过来，这似乎暗示着，垃圾代码的源头和亚空间出现异常的位置比较接近。"

珍妮卡问道："你的数据防护撑得住吗，高等圣物维保士？"

"撑得住，谭·德拉科尼斯女骑士。那些爬行者的机魂可以根据需要重新进行数据赐福。"

珍妮卡暗自点了点头，在机甲行进到被火熏黑的内政部办公室之间的陡峭山坡时，她又给自己的动力传动装置输入了更多动力。

珍妮卡说："很好。那么我们需要知道的是在哪里……"

女骑士苏塞特在通信器中喊道："左侧遭遇敌袭，九十米！"同一时刻，炮口在珍妮卡的感觉中枢中亮起，紧接着瞬间又传来多架机甲撞击发出的响声。

"王座！"她咆哮着，猛扭离子盾牌来拦截火流。炮弹如雨般不断地落在她的机甲身上，蓝色的能量闪烁着，女骑士谭·德拉科尼斯无视仪器上闪烁的警告符文，她在寻找目标。

然后，她低声说："逮到你了。伊卡洛斯炮台，大教堂屋顶，标记点 1–1。"珍妮卡灵巧地抽动触控手套，挥动火之蔑视的战斗加农炮进行反击，瞄准了从高处向她喷射炮弹的双管高射加农炮。当它发射炮弹时，两声响亮的重击声让她的机身震荡不已。废弹壳从战斗加农炮的炮口处叮叮当当地掉到路面上，然后滚下山去。她开炮正中目标，摧毁了高射炮和它所在的哥特式建筑。伊卡洛斯阵列被炸得支离破碎，碎石到处翻滚，弹片四处飞溅。

达尼亚尔在通信器中说："他们的人更多了。"珍妮卡的战略显示上亮起了深红色的接触符文。"我没有读取到任何生物信号。"

通信器充斥着各种报告，骑士们与位于山脊沿线各处尖塔和屋顶上的机仆岗哨取得了联系。火焰在珍妮卡眼角的余光中摇曳闪烁，离子盾牌抵御着攻击，火光闪动。

波卢克西斯说："我们可能是进入了城市的鸟卜仪半径，继而触发了城市的自动防御系统。"

马科斯在通信器中叫道："诸位大人、诸位女骑士、惩戒之炎，保卫爬行者，注意屋顶。"

达尼亚尔说:"骑士费德里希、奥尔里克和珀西瓦恩,在我们清除炮塔开出一条路的时候,要警惕从地面方向接近的敌人。我不希望在我们对付这些枪炮的时候,有异教徒爬到我们的机甲上。女骑士苏塞特,你的眼力很好。请关注你的鸟卜仪,女骑士,如果你看到来袭的威胁,就喊一声示警。"

"是,陛下。"苏塞特在通信器中说道,她的声音很坚决。

达尼亚尔继续说道:"所有先锋部队,保持现速的四分之一的速度前进。拔除那些炮塔,不要不慎误入任何开火通道,但也不要停止移动。我们现在身处密集的城市地形,怀言者就在某处。"

珍妮卡机甲的瞄准标尺从一个小圆齿状的屋顶转移到另一个屋顶,在尖塔和石像鬼中选中了防空炮台和激光加农炮台。她每精确定位一个,就炸掉一个。山脊的顶部被爆炸照亮,足足持续了好几分钟。骑士机甲团从容行走于建筑之间,与城市的自动化的武器交火。炮弹打穿了他们的盾牌,使铠甲变形并破坏了系统,几名战士口吐咒骂或大声喊叫,然而他们阵形严密,开火模式也协调一致,因此没有一架机甲倒下。枪林弹雨足足持续了一个小时,但实际上更像是只有五分钟。最后一个炮塔爆炸了,燃烧了起来,火焰四处乱蹿。

珍妮卡让机甲的自动装弹器循环装弹,同时确认她的损伤。火之蔑视躯体的大部分铠甲完整性保持在百分之九十以上,不过她的骑士机甲胸前的镀层出现了几个深深的弹坑。她本有十六个热能净化器,其中有两个在她的显示屏上显示为黑色,完全没有动静。

弹药容量只剩下三分之二多一点。她想,这并不完美,但在这个被帝皇遗弃的星球上有什么是完美的呢?这也属正常。

骑士加拉斯在通信器中评论道:"看来我们已经越界进入了他们的防线。"

达尼亚尔回应道:"不过,我们只遭遇了自动炮塔的攻击。如果这些炮火没有给我们引来任何敌人的攻击的话,那么很有可能敌人内讧严重,而且敌人的注意力也在其他地方。我们不要浪费这个出其不意的机会,继续前进。"

骑士们前进着,在城市的街道和屋顶上又遭遇了更多的屋顶机仆炮台,以复杂的防御模式排兵阵列。阿德拉斯塔波尔人每发现一个炮台,就将其打掉,并在他们的战略分布图上用符文标记出一条畅通路径,以便在垃圾代码停止的那一刻传送给帝国海军指挥部。达尼亚尔曾答应给对方提供一条畅通路径,供轰炸机狂轰猛炸。

达尼亚尔和他的追随者越是深入城市，找到的敌人内讧的证据就越多。他们穿过一个交叉路口，出口处散落着残破的叛军装甲，帝皇的雕像被子弹打得千疮百孔，被扔在了废墟中。在后面的街道上，他们发现了一具奇迈罗斯家族骑士的尸体冒着烟，斜靠在一个居民区的大烟囱上，就像个醉醺醺试图恢复理智的酒鬼。不久，一架带翼的恶魔引擎从头顶掠过，少数配备伊卡洛斯阵列的骑士将安在背甲上的加农炮向着天空旋转。然而那些龙形怪兽没有理会他们，它们专注于城内更深处的东西。

卢克在通信器中说道："太安静了。而且这太容易了。"

马科斯说："让人想起了那个法务部要塞，令人不安，不是吗？我向帝皇祷告，我们不能再落入另一个陷阱了。"

达尼亚尔说："即使落入了陷阱，我们也不能忽视城市中心的那个异端景象。它的能量每时每刻都在增强。"

女骑士苏塞特说："你说得对，陛下。不管敌人在做什么，我们都必须阻止它。"

他们离垃圾代码的源头越来越近。那非自然的光柱笼罩在上空。在它的顶端，不可思议的雷雨云砧翻滚着，变得越来越大，恶心的有机色彩漫天飞舞着，闪烁着眼睛、嘴巴和尖叫的面孔。不止一个骑士在通信中喃喃祈祷，因为他们向上望去，看到了可怕的景象。他们看到一些恐怖的东西在它的深处翻腾时，大喊大叫起来。而在此期间，达尼亚尔一直很疑虑，他们的时间已经所剩无几。

苏塞特·达·德拉科尼斯在通信器中说道："前方有桥，陛下。一座大桥，它连结了几条主干线，环线经过机械制造厂的主体工程。这是我们到城市中心最直接的路线。"

达尼亚尔操控火焰之誓停了下来。他们身处一片烧焦的废墟中，建筑烧得只剩下框架，损毁严重，以至于无法确定它们原来的用途。至尊王想建议他们继续前进，但根据他的鸟卜仪反馈，那座桥就在前方几百米处，他需要再想想。那道可恨的火柱逼近他的头顶，它蠕动的亮光活像泛黄的瘀伤。即使隔着他的机甲外壳，也让人觉得不洁。

他问："在这个地方，我们还有什么选择？这座桥是条毫无遮蔽的路线，不管它有多大，我们都会像经过漏斗一样集中在一起。我们能从机械制造厂走吗？"

苏塞特说："不，我想不行，陛下。无论如何都不容易。我从读数中发现有大量的金属制品，散发着巨大的热量。我猜是管道和锻铁炉。"

波卢克西斯在通信器中说道："女骑士苏塞特对鸟卜仪的解读非常清楚，值得赞扬。"高等圣物维保士的声音单调，没有透露任何情绪。达尼亚尔感到一丝愧疚，因为他记得女骑士苏塞特对骑士机甲感知功能的调整是要保密的。波卢克西斯是德拉科尼斯家族坚定而又忠诚的仆人，但如果他认为苏塞特犯了科技异端罪，他就会毫不留情地加以谴责。在付出了那么多生命的代价后，达尼亚尔不会让另一位宝贵的骑士以这种无意义的方式死去，如果波卢克西斯对此施压，他决心亲自出面求情。

达尼亚尔坚定地说："她确实解读得非常清楚。你的估算与她一致吗，高等圣物维保士？"

波卢克西斯答道："一致，殿下。我可以进一步附加说明：整个建筑群，从我们的当前路径向侧面延伸了十三点五千米，它在一条深三十米的钢筋混凝土壕沟内，以保护周围的市政建筑物。因此，有必要建一座桥。"

骑士马科斯的声音从通信器中传来："听起来我们要过桥，嗯，殿下？我们越早到达市中心，就能越早结束这一切。"

女骑士伊莲娜特·达·佩加森冷静地说道："这一次我必须同意你的传令官的意见，陛下。为了不浪费大量时间，我们没有其他切实可行的前进路线。不过我有责任指出，如果要为敌人设下陷阱，我就会选择这个地方。"

达尼亚尔一边听他手下的骑士们说话，一边听他机械王座上传来的窃窃私语。他不喜欢这种情况，但即使是他那些喋喋不休的祖先也对他毫无帮助。"我们从桥上走。但如果我们要这样走，就必须做好准备，一旦不慎落入陷阱，就迅速冲出。"

他们迅速前进，达尼亚尔的先锋部队来到阵形的前面，而马科斯的先锋部队则放慢速度，阵守后方。

珍妮卡手下的战士们保护着波卢克西斯的爬行者。骑士们从废墟中冲出来，走近他面前的那座桥，他们的脚步如雷声轰隆作响。

那是一座巨大的桥，有个由钢筋混凝土和钢铁铸成的巨大拱门，宽得足以让五架机甲并排行走，一直向中间延伸而去。通过他机甲的感觉中枢，达尼亚尔只能看到，桥的尽头部分消失在一团油腻腻的黑烟中。那些烟雾从桥下的巨大沟渠中升起。在这个人造的山谷里，机械制造厂正在燃烧。一大堆乱七八糟的管道、锅炉通道、大熔炉、冶炼厂和锻造神殿似乎正在慢慢地被火吞噬。火势失控了，被熔化的金属液体像河水般从它的坩埚溢出。

骑士们将动力灌注到动力传动装置中，操控骑士机甲上了桥。达尼亚尔轻松应对着大桥的颤抖和摇摆，在层层叠叠的光学滤镜后面眨着眼睛，试图让自己的视野更清晰，透过升起的沸腾烟雾看清周围。当他前进时，生锈的军用车在脚下嘎吱作响，就像踩了石头做的蟑螂一样。他的音频拾音器里全是来自下方火焰的咆哮声。

通信报告慢慢传进达尼亚尔的耳朵里。后方没有任何危险的迹象，天空中也没有敌机。当火焰之誓走过路程一半的时，达尼亚尔大胆希望他们顺利通过。他隐约可以看到在桥的尽头一点五千米外的发电机组，地狱之光在它们之间腾空升起。

"危险！"

达尼亚尔的机械王座上突然传来了干巴巴的嘶嘶声，这让他惊了一下。出于本能，他把离子盾牌斜拿在前。

他喊道："骑士们，举盾向前防御！"

从桥另一头的烟雾中，射来了一阵猛烈的炮火。

警告符文在达尼亚尔的仪器上猝然亮起，他的盾牌像颗新生的星星一样闪着光。火焰之誓在途中步履蹒跚，它踩在两条快速车道之间的钢筋混凝土隔板上，发出嘎吱嘎吱的声音。达尼亚尔一边奋力让机甲挺直身体向前移动，一边咒骂。他被强化过的大脑扩展到可以一次过滤几十条信息流。当他完全了解到威胁的严重性时，又开始咒骂起来。

透过飘散的烟雾，达尼亚尔看到怀沃恩家族的骑士机甲拦住了他们的去路。它们聚集在桥的另一端，荷枪实弹，蓄势待发。来自达尼亚尔机械王座的警告让他手下的骑士机甲没有全军覆没，但卢克的英雄之剑的右髋部和胸甲还是被击伤了，而骑士里克哈特·达·米诺托斯则失去了其圣骑士机甲的加特林加农炮，躯干的盔甲也多次被击中。受到最严重打击的是骑士杰瑞米亚尔·达·米诺托斯，雷鸣般的齐射打爆了他的机甲盾牌。三枚尖叫的弹头猛砸在骑士机甲身上，把它的躯干炸开了花，齐肩撕裂了它的右臂。第三枚导弹打得很低，瞄得很准，打穿了机甲的胫骨，撕碎了马达电肌束和装甲镀层。骑士杰瑞米亚尔的机甲被自身动量带动，在双腿被炸飞的情况下向前冲去。机甲像棵受伤的奥利达恩树一样倒在地上，头部先着地，重重地撞在了桥面上。当骑士机甲打滑并减速时，漫天都是火星和火焰。它并没有很快停下来，而是从桥的边缘翻下去，坠入了下面的火堆。

达尼亚尔的内心充满了恐慌，但他借助鬼魂的帮助强行把这种情绪压了下去。

"骑士们！现身并发起攻击。"他的驾驶舱在颤抖，他咬紧牙关，停了一下，"我们冲进他们的防线，直接突破！天龙圣火！"

"天龙圣火！"他们怒吼着，准备操控骑士机甲发起笨拙的冲锋。达尼亚尔用热能加农炮攻击了一群堵住桥口的骑士机甲，那些机甲身披绿色盔甲。能量飞溅到目标的盾牌上，却没起作用，达尼亚尔发出了沮丧的嘶吼声。他的战士们在还击，在后方的队伍中向上方发射导弹，但战场上的情况太紧张了，只有少数保皇派能瞄准目标。敌人又发起了一轮齐射，声音如雷贯耳，然后又是一轮。女骑士伊莲娜特尖叫起来，她的机甲胸骨受到了致命一击。骑士奥尔里克的天龙火焰跌跌撞撞，炮弹撕裂了它的甲壳，点燃了多个反应器核心单元。

"他们是怎么追上我们的？"卢克问道，他的声音随着机甲的奔跑而颤动。英雄之剑盔甲的裂缝冒出了火焰，但自由之刃骑士还是发起了冲锋。

骑士马科斯哼了一声，说道："老把戏。遮住反应堆，用低功率运行，藏在足量的火焰和烟雾后面。直到他们唤醒骑士机甲，追上我们的时候，你才能看到了它们。"

一如往常，怀沃恩家族骑士们的纪律在瓦解，他们的齐射变成了疯狂的乱射。达尼亚尔先锋部队的骑士们被迫放慢了速度，举盾向前防御，直面轰炸。后面的人速度依次减慢，冲锋变成了缓慢前进。一枚炮弹在波卢克西斯的爬行者中引爆，让一辆车猛地侧翻，另一辆车则被炸进了一个弹坑。骑士珀西瓦恩的盾牌闪着光，加特林的连续开火打中了他机甲的头盔和胸甲。热能冲击波炸穿了骑士奥尔里克跛行的天龙火焰。达尼亚尔咒骂起来。高贵的骑士尖叫着，驾驶舱在他周围熔化。

达尼亚尔再次开火，他的炮弹穿透了杀死骑士奥尔里克的敌方骑士机甲，击溃了它的盾牌，引爆了它的装甲躯干，方得片刻满足。

那架机甲的反应堆喷出漫天的等离子体，烧穿了它两侧的装甲。然而下一秒，敌人的火力就变本加厉地狂暴起来，至尊王感觉到火焰之誓在他周围震颤不休。

达尼亚尔在通信器中说道："我们已经失势。前列部队锁住盾牌，架起盾墙，抵挡敌人。集中火力，一个一个地干翻它们。这会让我们付出代价，但我们会通过惩戒之炎击败他们。"

马科斯在通信器中说："我们排得太密了，不能把所有的枪炮都用上。这是个孤注一掷的计划，陛下。"

"这是我们最好的办法，我们承担不起退缩的代价。就算他们没有把我们撕成碎片，我们也永远无法及时到达发电厂。"

突然，怀沃恩家族的机甲群中传出爆炸声。爆炸击中了怀沃恩家族防线左端的要害，一架机甲向前跌进了炼狱般的战壕，另一架机甲的双腿严重受损。

"什么？"达尼亚尔开口道，然后他看到了多纳托斯主战坦克飞驰的身影。它们正沿着与战壕边缘平行的运输通道疾驰而来，黎曼·鲁斯坦克边冲锋边开火。坦克的炮塔上飘扬着叛徒的旗帜，那是怀言者的有角恶魔标志。这次攻击让怀沃恩家族的机甲群陷入了混乱。那些离异教徒装甲冲锋最近的人正调转机甲方向应对袭击，并挥起盾牌以抵挡平射的加农炮弹。

此时，倾泻到阿德拉斯塔波尔人身上的火力有所减弱。而新的目标出现了。

"骑士们！"达尼亚尔说道，他感觉到了天龙圣火的灼热，"我们的敌人为我们双手奉上了一个机会。我的先锋部队和珍妮卡女骑士的先锋部队，继续冲锋。我们要打破他们的防线，驱散他们；马科斯，把你的先锋部队沿着桥的边缘一字排开，向他们纵向射击。"

"我会让他们知道他们背弃我们的后果，小伙子。"马科斯说道，猛烈的炮火掠过开阔的海湾，从背后猛击叛徒骑士。与此同时，达尼亚尔给火焰之誓的动力传动装置输入动力，继续前进。卢克操控着英雄之剑在他的右边，而珍妮卡操控着火之蔑视在他的左边，其余的保皇派骑士紧跟着他们。

他们边冲锋边射击，把一架怀沃恩家族的游侠骑士机甲撞了个仰面朝天，还扯断了一架豪侠骑士机甲的一条腿，使它轰隆一声倒下。敌人的火力仍在重重击打他们的盾牌和机身，但随着越来越多的机甲转身对付那些野蛮的叛徒民兵，敌人攻击的火力每一秒都在减弱。异教徒的坦克被摧毁，被踩踏成残骸，被踢进战壕，或者被强有力的武器炸得四分五裂。敌人的疏忽是帝皇送来的好运，也是保皇派的骑士需要的契机。达尼亚尔满意地咆哮着，他擎着高速运转的链锯剑，猛地捅进了一名怀沃恩家族骑士机甲的内部，火花和碎片从那架机甲的腹部喷涌而出。达尼亚尔感觉火焰之誓的机身在颤抖，它武器的切削齿切碎了艾德曼合金和塑钢，敌方机甲的深处发出一声闷响，紧接着一团火焰和烟雾从那凹凸不平的伤口中滚滚而出。他抽出了武器，敌人的机甲向后倒去，喷出火光。

"为了帝皇！"达尼亚尔喊道，他的声音在机甲的扩音器中隆隆作响。

更多的阿德拉斯塔波尔骑士从他身后的桥上冲了下来。一架豪侠骑士机甲用雷击拳套发出了强力一击，英雄之剑巧妙地避开，然后用热能加农炮在怀沃恩家族的一架机甲躯体上钻了个洞。珍妮卡操控火之蔑视大步跑。她被夹在怀沃恩家族的两架机甲之间。用重机枪向其中一架机甲的头盔开火，然后转身用链锯剑砍穿了另一架机甲的腰部。

第二架机甲被撕成两半，而第一架机甲则近距离发射战斗加农炮，结果击中了珍妮卡向后倾斜的盾牌。女骑士谭·德拉科尼斯操控着骑士机甲的身躯旋转了半圈，冲过剩下的敌军守卫，砍断了它擎着链锯剑的手臂，然后反手一挥把剑刺入那架机甲的胸膛。她给第二架机甲开膛破肚，摧毁了它的内部，然后退后一步，将炮弹狠狠射进了第三架怀沃恩家族骑士机甲的背部。

战局已经逐渐对他们有利。十四架保皇派的骑士机甲还在，虽然被打得遍体鳞伤，但他们正在击退怀沃恩家族的部队。最后一辆异教徒的坦克已经被消灭，防线已经溃败，他们输掉了战斗。那些没被击中或没在近距离被撕成碎片的人，为了自保已经开始沿着通往桥外的主要干道边战边撤。在桥的尽头是一个巨大的广场，周围是建筑物和雕像。根据达尼亚尔的机载内存地图，那是烈士广场。在它的中心升起了一个平台，上面有个奇怪金属笼子的残骸，被火熏得黑黑的。后面，耸立在建筑中间的，是发电机组。在帝皇的恩典下，他的骑士们将会到达那里。

达尼亚尔命令道："所有受损严重无法前进的机甲，留在这里，进行有效维修后再赶上我们。剩下的人，跟我一起，像撵走牲畜一样赶走他们！"

骑士马科斯咆哮道："他们在撤退，我们占了上风。不要浪费这个宝贵时机。"

四名骑士操控机甲退出编队阵形，伊莲娜特女骑士也在其中。所有的机甲都受损严重，但仍高举武器，并做好了准备，多亏波卢克西斯的圣物维保士用手头所剩不多的材料努力进行了维修。

十架机甲在怀沃恩家族逃跑的机甲后面紧追不舍。达尼亚尔、珍妮卡、马科斯这些德拉科尼斯家族尊贵骑士团的幸存者，以及卢克，他们走在一起，靠得很近。

和他们一起的还有苏塞特·达·德拉科尼斯、加拉斯·达·德拉科尼斯、珀西瓦恩·达·德拉科尼斯、骑士费德里希、骑士里克哈特·达·米诺托斯，以及女骑士谭桑娜·达·佩加森。

他们大步走过被废弃的平台和被烧毁的笼子，进入一条长长的大街，两旁都是损毁的雕像。达尼亚尔悲伤地说道："我们曾人数众多，剩下的却寥寥无几。"

马科斯一脸严肃地回答："要做该做的事，我们人数足够了，陛下。"

卢克说："我们可能无法幸存，但我们的荣誉会永垂不朽。这是帝皇的意志，也是多纳托斯的意志。"

"你们这群人要让我来做那个该死的乐观主义者吗？"骑士加拉斯哼了一声。

他们从圣徒大道出来，在高耸的哥特式建筑之间，进入了光线和噪声形成的巨大而可怕的风暴的边缘。战斗在他们面前激烈展开。骑士机甲向咔嗒作响、呼啸轰鸣的恶魔引擎发出雷鸣般的齐射。成群结队的邪教徒与戴着尖刺头盔的叛徒民兵在废墟路障后交火。在发电厂二号大厦的巨大侧翼前，在亚空间异常的地狱之光下，奇迈罗斯家族和怀沃恩家族背信弃义的骑士们与怀言者的部队进行殊死搏斗。

第十六章

　　杰朗特·谭·奇迈罗斯狂怒不已。指挥的担子总是十分沉重，但在这场战争中，他被迫一次又一次地做出可怕的选择和痛苦的牺牲。他的事业是正义而光荣的，艾丽西娅不止一次向他保证过。长久以来，帝国一直是趴在阿德拉斯塔波尔心脏上的一只水蛭，在他昔日的朋友对奇迈罗斯家族、杰朗特唯一的兄弟做了那样的事情之后……他们都必须离开。

　　此外，这是命运之主的命令。谁都不配称神。总之，不是真神。

　　然而，这些理由都不能为他的行为正名。他痛苦地意识到，奇迈罗斯家族和怀沃恩家族看起来像叛徒，而他像个怪物。他自己的儿子成了野心祭坛上的牺牲品。骑士守则中没有任何条文可以宽恕这样的事情，一想到自己是如何背叛了那个孩子，他就羞愧不已。

　　不管过去发生了什么，只有绝对的胜利才能保证杰朗特和他的盟友被他们的人民视为忠诚、高贵和值得尊敬的战士。

　　毕竟，历史由胜者书写。但当他凝视漫天的非自然火柱直冲云霄时，杰朗特比以前更没有把握赢得这场胜利了。

　　一天之前，奇迈罗斯家族有九十二架可操作的骑士机甲，怀沃恩家族有三十架机甲，此外还有邓肯·谭·怀沃恩家族藏起来的某个秘密武器。但他怀疑他们现在的战力还不到之前的一半。三十架奇迈罗斯家族的骑士机甲和十架怀沃恩家族的骑士机甲被部署在外围战区，准备对付坚石要塞的守军，消灭外围的怀言者。如果报告是可信的，那么他们已经可圈可点地履行了他们的职责。杰朗特希望这些机甲跟他一起行动。事情很简单，他和艾丽西娅都低估了怀言者。不仅低估了他们雄厚的实力，也低估了邪教分子为这些怀言者服务的狂热，以及他们为了胜利愿意牺牲一切的绝对信念。

　　在把银金矿山谷的坚石要塞的武器机魂驱逐后，机械师谢迪戴亚·卡曾利用要塞的鸟卜仪阵列来强化、完善奇迈罗斯家族骑士的战略分布图。结果令人绝望。轨道上的怀言者战舰已经向所有目标开火,放弃了它们在银金矿山谷上方的阵地,而且似乎放弃了所有的战略意义,不分青红皂白地肆意猎杀。在星球上,怀言者的战团已经乘飞行器赶回了银金矿山谷,以应对杰朗特的攻击。敌人以惊人的速度重新部署了兵力,放弃了外围战区来确保此处的安全。他曾以为这是困兽犹斗,直到光柱呼啸着从二号发电机组升起,并有报告传来,说怀言者邪教徒在用自己的血画出的五角星上大规模自杀。在那之后,敌人的战略开始显得既疯狂又不祥。

怀言者对抗帝国部队的战斗在几个小时内就已溃败,在帝国大炮气势汹汹的攻击卷土重来之前,多纳托斯成千上万的变节追随者被弃如敝屣。杰朗特是一个出色的战术家,也是一个老练的骗子,但他的整个世界观还是脱离不了责任、纪律和骑士守则的规定。他绝对不可能想到如此丧心病狂的战略,他被弄得措手不及。这可以理解,但帝国所有的正当理由都无法平息他冲天的怒气。

他来到了怀言者的要塞前,发现自己身边只剩下十八名忠心耿耿的骑士。他们奋力穿过银金矿山谷的外围地区时,已经从叛变的多纳托斯人那里获得了一些支持,民兵们改变了效忠对象,不再对抗铁甲战神。然而即使有了他们额外的支持,这也是一场硬仗。怀言者的部队在每一个转弯的拐角伏击他们,用重武器猛烈攻击他的骑士们,然后在被消灭之前就撤退了。为了将敌人赶回他们的内部防线,已经有太多优秀的骑士牺牲了。很多骑士在突围的时候倒下了。

那时,艾丽西娅曾警告,亚空间在窃窃私语。

托尔温的儿子,并没有像他们想象的那样死去,而是率领大军向银金矿山谷进发。在杰朗特的记忆中,这是他的王后第一次讲话语气不定。

听到这个可怕的消息,杰朗特被迫分出兵力,命令邓肯·谭·怀沃恩去对付那个少年国王,而他和艾丽西娅则准备对瓦拉克洛尔给出致命一击。大公邓肯·谭·怀沃恩几乎派出了他家族所有的剩余兵力为保皇派布下陷阱,而他自己则向附近的安吉伦恒星太空港进发。

眼见形势严峻,谭·怀沃恩宣布是时候调遣他家族的隐藏力量了,他带着手下最后几名骑士出征。

那比杰朗特的计划提早了将近一个小时。无论他的盟友在计划什么,都得快点儿，因为战斗已经渐入绝境。

最后，他们在发电厂的阴影中战斗。奇迈罗斯家族的骑士们已经在敌人的防线上打开了一个缺口，杰朗特操控着守护骑士机甲泰瑞安特罗斯打头阵。他戴着从托尔温那缴获的王冠，他骑士机甲的链锯剑已经换成了从老战友那里夺来的圣髑能量剑。

枪炮声如雷声轰鸣，神一般的脚步压扁了狂热教徒，把安放武器的地方夷为平地。机甲正向前推进，势不可挡。火力从三个方向向它们如雨般倾泻而下，激光加农炮光束和克拉克导弹从发电厂的窗口，以及广场两边的高大建筑中，猛击那些机甲的盾牌。更多的火力来自于最后一批怀言者的坦克和恶魔引擎。它们利用废墟作掩护，向奇迈罗斯家族的骑士机甲凶残射击，极为精准、致命。

杰朗特斜持着骑士盾牌，抵挡从右侧射来的激光。他眨了两下眼睛，测距仪便识别出了向他射击的敌人，还有一群冲到前面的狂热信徒。他灵巧地抽动了几下手指，让集束导弹从泰瑞安特罗斯的外壳上呼啸而下，吞没了那些尖叫的狂热者。与此同时，他的机甲的战斗加农炮也发出了怒吼，向一辆怀言者的掠夺者主战坦克投掷了两枚炮弹。第一发炮弹将前部外壳的镀层打变了形。第二发炮弹直接打穿了那台主战坦克，它从内部引爆，并将其埋在了如雪崩般滚滚而下的砖石和瓦砾中。

杰朗特用低沉的、命令式的声音叫道："骑士们，把你们的盾牌联锁在一起筑起盾墙，举起你们的武器。只用链锯剑对付发电厂，留着大炮对付侧翼部队。"

又一阵炮火从发电厂的哥特式拱门上猛然齐射下来，重重锤击着他们的盾牌。骑士德德里克咒骂起来，他的骑士机甲的右膝关节被打残了。

他在通信器中说道："陛下，请允许我们向发电厂全力开火。他们让我们战损众多。"

杰朗特又大步向前走了一步，完全不顾那些在他的骑士机甲脚下像昆虫一样战斗的步兵。他的瞄准标尺锁定了在发电厂楼层上的多个敌人，这座建筑居然没有配置重型装甲武器。

"杀了他们……"在他机械王座上的鬼魂低语着，"屠杀……献祭……"

杰朗特眯起眼睛，把这些声音赶出了脑海。这引发了一股压力，在他的神经插孔中蠕动着，噼里啪啦地响着，让他感到恶心。他知道肯定出事了，但他现在没有时间去质疑。

他愤怒地回答："拒绝，骑士德德里克。我们需要发电机组运转。一枚流弹就能把我们全部炸进神的怀抱。我还不想死在这里，就因为你无法克制。"

"明白了，陛下。"德德里克咆哮道，杰朗特的眉头皱得更深了，因为他听到了在那人声音之外还有听不清的喃喃低语声。看来，命运之主的祝福很快就要显现了，而且是以一种杰朗特没有预料的方式。

骑士赫克图尔问道："那我们怎么才能进入，陛下？"

杰朗特坚定地说："靠豪侠骑士机甲，还有归顺我们的士兵。骑士赫克图尔、马西莫、范德，准备好，收到我的信号就前进。其余的人，保护好他们——他们的骑士机甲是我们开启胜利之门的钥匙。"

杰朗特通过感觉中枢感觉到在他的左边突然有股能量爆发了出来。那是艾丽西娅，她在保护性的光环中高举起手来，释放出了火焰。杰朗特伤痕累累的脸庞一阵扭曲，露出了野蛮的狞笑。他看着变化无常的能量吞噬了怀言者，他们的铠甲形态在蠕动着、熔化着，无力抵挡奸奇的无边威力。

杰朗特沉醉在他的王后令人陶醉的力量中，她那乌黑的头发在她所召唤的以太风中飘动飞舞，她冷艳而美丽，强大无比。杰朗特愿意为她做任何事。他愿意为她进行杀戮，为她赢得一个星球，无论代价如何。

"邓肯，"他在通信器中说道，语气强硬，"你的伏击专家有什么消息？那个男孩死了吗？"

邓肯·怀沃恩回答道："我的王！他们失败了，那些没用的可怜虫。我最后一批骑士现在正朝你的方向撤退，那个孩子可能就在后面不远处。"

杰朗特感到自己怒火中烧。

"听起来你对手下骑士们失败的奇耻大辱毫无悔意，大公。如果你还没有关注你的战略分布图……"

"我没有！"邓肯插话道，"一直忙于穿上某种新盔甲，没错吧？"大公笑了起来，仿佛在说什么笑话，而杰朗特没有听懂。

"你怎么了，邓肯？你喝醉了吗？"

回答这个问题的又是一阵笑声，他笑得近乎歇斯底里。

"哈，没有，陛下！不过，也许是吧？一首歌就能让人醉倒吗？"

杰朗特困惑地摇了摇头，向叛徒的一辆超速行驶的犀牛战车猛轰炮弹，把它变成了一个翻滚的火球。

他咆哮道："你做了什么，你这个笨蛋？这个秘密武器是什么？由于你的家族不堪一击，我现在必须与另一个敌人作战。尽快回到这里，助我一臂之力，或者如果你已经失去理智了，那就别来了，然后祈祷我找不到你吧。"怒火中烧的杰朗特切断了通信。

现在，几架怀沃恩家族的骑士机甲走进了广场，杰朗特的鸟卜仪因为有了新的联系人而亮了起来。大片落下的符文在他的眼角余光中闪烁，他恼怒地眨了眨眼睛，对它们不予理会。这些机甲在战斗中受损，有几架身后拖着火焰，残破不堪，但它们仍然可以战斗。他抑制住了向它们开火的冲动，发出了咆哮，杀戮的欲望正从他的机械王座中渗透出来。

杰朗特隔着一条空旷的通道在通信器中说道："奇迈罗斯家族的骑士们，看清楚耻辱和失败到底是什么样吧。你们这些怀沃恩家族的人，我不想听到你们的警告或借口。你们要与我共同进退，并肩战斗。你们要恢复你们的荣誉，否则你们此刻就会死在我们的枪炮之下。明白了吗？"

新的符文在他的视网膜显示屏上闪烁着。杰朗特以为他们同意了，并据此发号施令。他们即将受到来自第四个方向的围攻。这将是一场恶战。

"我的爱人。"从私人频道里传来了艾丽西娅的声音。他的王后飘落下来，落在他机甲的外壳上。

"我的王后……你带着神的祝福战斗。你像颗炽热的星辰一样美丽而灿烂。"

艾丽西娅报以轻笑，这对他来说如同飘飘仙乐。

"我的王啊，如果我是一颗星星，那么你就是那个追求星星的英雄。我为你照亮了通往荣耀的道路，但这条路现在变得越来越黑暗，不是吗？你比以往任何时候都更需要我的指引。"

"是的，我的王后。使者没有给你更多的信息吗？"

"它……"杰朗特又一次从爱人的声音中听到了那种不确定性，也许甚至是恐惧，他希望能把它赶走。"它没有。"她说道，声音坚定，"我不能随意与那个黑暗中的存在沟通，我的爱人，你知道的。在不必要的情况下召唤使者，质疑它的话的代价……那对我们来说会很糟糕。"

"当然。"杰朗特说道，瞥了一眼他的鸟卜仪和机甲仪器。在他与王后交流时，他手下的几个骑士已经上前将他团团护住，他们的盾牌正承受着对准他的炮火冲击。"那么我们该怎么办呢？如果邓肯的消息可信的话，达尼亚尔和他的叛徒马上就会到这里。公爵谭·怀沃恩恐怕已经疯了，没人知道他疯得有多厉害或者原因是什么。我无法打消这样的念头，无论瓦拉克洛尔的目的是什么，它都快要实现了。如果我让豪侠骑士机甲去攻击发电厂……那就会少三架骑士机甲去反击谭·德拉科尼斯的小狗崽，但如果我们不尽快突破的话……"

"我的主人，"艾丽西娅说道，杰朗特在她的安抚下变得沉默，"不要害怕。你配做至尊王，你会成为至尊王。而当你在战场上赢得这个权力的时候，我会去对付黑暗使徒。"

"我……什么？"杰朗特意识到自己听起来像个傻子，但他无法相信自己听到的话。

"命运之主保佑了我，杰朗特。你已经看到了。让我来帮助你吧。让我在这个黑暗时刻做你的王后。我们将一起赢得这场战斗，你对抗敌人的骑士团，而我对抗那个假牧师。"

"可是，我的夫人。"杰朗特说道，一想到艾丽西娅独自一人在敌人的巢穴里战斗，他突然间变得疯狂，"他们是星际战士，而且他们是怪物。我们不知道他们的神秘圣地里有什么恐怖的东西在等着我们。我目睹了你的魔力，我真的亲眼看到了，但是……"

艾丽西娅坚定地说："没时间来争论这个了，杰朗特。我的王啊，我的魔力比你了解的还要强大。今天我会为你动用这魔力，而且我不会孤身前往。你留下来，面对保皇派，捍卫王冠，那顶王冠他们没人配得上。我将破开怀言者的大本营的门户，带领多纳托斯人冲进去。让他们与怀言者战斗。我要把我的怒火倾泄到瓦拉克洛尔身上。"

杰朗特想拒绝她。骑士守则，他的骑士精神，他对这个女人的爱，都迫使他严禁此事。但他听出了艾丽西娅声音中的信念。她不只是相信自己能做到这件事，而是知道她能做到这件事。在这世间，他最信任的人，是她。

他说："动手吧，但要注意安全。艾丽西娅，如果我失去了你……"

她回答说："我的王啊，我必回到你身边。我爱你。"

艾丽西娅·卡·曼蒂克斯在火焰旋涡中升起，飘落在发电厂的台阶上。

她将多纳托斯人召集到身边，做出手势，将敌人的炮弹化为烟雾，将能量冲击波化为飞舞的水晶虫。

杰朗特被王后的话语激起了雄心壮志，他发号施令。胜利依然会属于他。

咆哮的紫色火焰喷泉吞噬了发电厂的大门，把它们变成了某种烟雾状的玻璃。多纳托斯人的一拨齐射，将它们向内击碎，珍妮卡看到艾丽西娅消失在阴影的后面，她身后跟着一群嚎叫的叛徒。

不过，保皇派骑士们还有更直接的顾虑。前方，在广场对面，杰朗特·谭·奇迈罗斯正在召集他的忠实追随者。他们娴熟地把离子盾牌重叠在一起，奇迈罗斯骑士们轮番上阵，竭尽全力保护着彼此。一群怀沃恩家族的骑士机甲分散潜伏在附近，在逃亡与战斗之间举棋不定。它们的驾驶员看起来很慌张，无论出现什么威胁都胡乱开火。加农炮弹和热能冲击波从他们的武器中跃出，撕裂了建筑物的正面，或者从保皇派的盾牌上反弹回来，但怀言者们的还击将怀沃恩骑士团撕成了碎片。

珍妮卡在通信器中对战友们洋洋得意地发话："怀沃恩家族已经完蛋了。集中精力对付奇迈罗斯家族吧。"

达尼亚尔在开放频道上下令："守在这里，与叛徒骑士团交战。怀言者比我们更想让他们死，至少现在是这样。"

卢克在通信器中急切地发话："达，我要去追杀他。我要杀了那个混蛋。"

雷鸣般的声音响彻天空，保皇派的骑士们开火射击，他们的炮弹击中了奇迈罗斯骑士机甲的盾牌，让盾牌闪出了蓝光。珍妮卡瞄准低空射击，想把目标绊倒或打残他们的腿部制动器。敌人的引擎周围火光冲天，广场上的钢筋混凝土喷出碎石和弹片，像喷泉一样。

马科斯叫道："他亏欠的不止你一个人！那个混蛋杀了我最好的朋友。如果有人要取他的脑袋……"

达尼亚尔在通信器中发话了，他的声音很严厉："责任，骑士守则。我们所有人都有权向杰朗特·谭·奇迈罗斯索偿。我们所有人都因为他而遭受损失。但我们对帝皇有责任，我们首先要履行这个责任，否则就不配当骑士。"

卢克说："达尼亚尔，他是我的父亲。他的罪孽就是我的罪孽，他的生命也是我的。你知道我不必服从你的话。"

"你不是服从我,卢克,你是和我并肩作战。只报仇是不够的。我们向帝皇宣过誓,我们有责任。"

然后他们就没时间再交谈了。一架奇迈罗斯家族的机甲倒在了他们的火力之下,另外两架也被怀言者们打残了或者严重损坏,然而现在叛徒们已经重新调整了阵形。他们带着冷静的决心转动盾牌,顶住火焰风暴的冲击,组成了先锋部队。最前面是三架体形庞大的豪侠骑士机甲,而杰朗特的机甲潜伏在它们后面。

"那个厚颜无耻的混蛋拿了父亲的剑。"珍妮卡的目光落在那把武器上,咆哮道。

达尼亚尔坚定地回答:"他会为偷窃付出代价的。骑士们,做好准备。集中火力攻击他们的先头部队;侧翼的骑士机甲,听我的命令包抄。天龙之颚,现在我们要报仇雪恨。"

达尼亚尔让他的骑士们散开排成一列,类似于在保皇派冲锋过桥时怀沃恩家族的机甲防线。珍妮卡和马科斯把守中心位置,两侧是两名米诺托斯家族的骑士。其余的人分列在两边,达尼亚尔在队伍的左边,卢克在右边。珍妮卡可以看到,女骑士伊莲娜特手下的骑士和幸存的爬行者只落后几分钟的路程——只要坚持抵挡住奇迈罗斯家族的冲锋,他们就能等到增援。同时,达尼亚尔和卢克可以率领侧翼冲锋,野蛮钳制敌人,让他们无力自卫。

珍妮卡用一只触控手套向前打了一拳,炮弹便从广场上呼啸而过,击中了领头的豪侠骑士机甲的盾牌。盾牌不堪重负被炸毁了,声如霹雳。第二轮连射砸向了冲锋的叛徒,是骑士加拉斯的战斗加农炮发射的。炮弹炸碎了那架机甲的头盔,火苗涌入了它后面的驾驶舱。奇迈罗斯家族的那架豪侠骑士机甲东倒西歪、摇摇晃晃地脱离了阵形,像喝醉了酒似的,被随后赶来的机甲用肩膀毫不客气地撞到了一边。它结局惨烈,仰面摔了下去。

加特林炮火撕碎了一架奇迈罗斯家族机甲的右腿,机甲的肢体被打弯。那架战争引擎在一团火焰中倒下了。马科斯胜利的怒吼声在通信器中短暂地响起。女骑士谭桑娜·达·佩加森的萨吉泰尔发射了一连串火箭,撕下了另一架奇迈罗斯家族机甲的双腿。

怀言者也有战果,又击毙了两名发起冲锋的叛徒骑士。

奇迈罗斯家族的骑士机甲来了,它们开火射击。珍妮卡的驾驶舱摇摇欲坠,她的离子盾牌被一发又一发的炮弹重重击打。她听到了女骑士苏塞特的咒骂声，热能冲击波熔化了苏塞特女骑士机甲的链锯剑，还烧焦了它的右侧机身。在她的左边，敌人的火力重创了里克哈特·达·米诺托斯已经受损的机甲，打得它踉踉跄跄，紧急排气口中喷出了烟雾。

"来吧。"珍妮卡喃喃自语，一只眼睛盯着符文，显示女骑士伊莲娜特率领的小部队正迅速从后方逼近。"来吧。"她的机械王座低声安慰她，稳住她瞄准的目标。

"就是现在！"达尼亚尔叫道。机甲的液压系统呼啸着，发电机轰鸣着，骑士们前进时排气口喷出浓烟。珍妮卡、马科斯和米诺托斯家族的骑士们灵巧地后退。同时，他们的战友也在奇迈罗斯家族的冲锋阵容里来回穿梭。

骑士马科斯怒吼道："天龙圣火！"然后，奇迈罗斯家族的机甲击中了其要害，金属摩擦声和震耳欲聋的工业噪声充斥于耳。

敌人的最后一架豪侠骑士机甲向珍妮卡扑来，它挥舞着拳套，砸向珍妮卡的骑士机甲头盔。通信扩音器隆隆作响，流明发出刺眼的光芒。由艾德曼合金和塑钢铸成的机甲重达十六吨，充满了破坏能量，噼啪作响，会像撕破羊皮纸一样撕破她的盔甲。肌肉记忆和多年的战斗经验让她的身体产生自发反应，她的机甲老谋深算的机魂辅助着她。珍妮卡以骑士机甲火之蔑视腰部的万向节为轴心摆动，向后猛退了一步。这是一个回避的动作，很多骑士这样操控机甲时都会失去平衡。而珍妮卡完美地完成了这一动作，无视在仪器上亮起的过度压力警告和危险符文，而拳套的动力场近得让机甲漆面起泡。自身冲力让那架豪侠骑士机甲刹不住脚，它猛地直接撞上了火之蔑视上扬的链锯剑。珍妮卡感受到雷霆万钧的冲击力，在与机甲神经交感的痛苦中尖叫起来，她的骑士机甲双腿、腰部和持剑手臂上的电缆肌腱极力绷紧。猛烈的碰撞使她左边躯干的钢板变形了，压坏了几个机甲上的制动器马达，两个散热器也炸开了。

金属搅动着金属，锯齿撕破了豪侠骑士机甲的躯干装甲，刺入了驾驶舱。她把链锯剑捅得更深，从敌人的驾驶舱里霎时喷出一股鲜血。珍妮卡咆哮着冲向敌人，火焰从敌人机甲被蹂躏的内部结构中狂泻而出。伴随着一声呻吟，这架敌方机甲向后倾斜，撞向奇迈罗斯家族的机甲。它摇摇欲坠的残骸撞上了杰朗特·谭·奇迈罗斯，破坏了他的进攻，迫使他后退。

珍妮卡喊道:"燃起伊克赛尔西厄姆之怒吧!"看到野蛮的杀戮,她兴奋不已。她的感觉中枢里满是金属的相互碰撞和火花。奇迈罗斯家族的进攻势头猛烈,但保皇派的军队守住了防线。敌人停滞不前,巨大的金属骑士机甲因冲力惯性而挤在一起。达尼亚尔的包围圈起了作用,代表奇迈罗斯家族的符文在战略分布图上闪烁起来。女骑士伊莲娜特的援军从柱廊的入口赶来,他们的枪炮不断冒出火光,增强了己方火力。

灼热的激光冲击波激射而出。他们从后面重创了一名奇迈罗斯家族的机甲,炸掉了它的躯干和头盔,然后从骑士珀西瓦恩的骑士机甲上撕下了一条腿,把骑士费德里希的骑士机甲炸成了两截。

就在此时,骑士加拉斯大叫起来:"全能的王座。以天龙之名,那是什么?"

珍妮卡疯狂地扫描着,用鸟卜仪追踪能量信号溯源。她放大光学传感器,清除烟雾和电感精神干扰。她看到一个巨大的身影从北面笨重地进入广场,就像原始神话中的某种巨人,她的血变凉了。

那个身影的高度几乎是标准骑士机甲的两倍,宽度几乎是标准骑士机甲的三倍,它装备了巨大的激光炮阵列,躯干上密密麻麻地布满了导弹架。这东西的发电机产生的热量非常大,而它的枪炮所产生的能量波也同样巨大,跟标准骑士机甲一次齐射差不了多少。它的脚步声犹如雷鸣,每走一步都让地面颤抖不已。

"遗迹骑士。"她深呼吸了一下,然后更大声地说,"我以为阿德拉斯塔波尔上应该没有遗迹骑士了。"

马科斯阴沉着脸说:"该死的波尔费里翁巨神骑士机甲,辅以怀沃恩家族的全套装备。"

"面对末日吧!"通信器中传来一声疯狂的吼叫。珍妮卡认出那是邓肯·谭·怀沃恩的声音,因为疯狂有些失真,"抛弃你们的帝皇,向我俯首称臣吧,因为我现在就是神。"

叛徒和保皇派都犹豫不定,惊恐地盯着广场上行进的遗迹骑士。一批恶魔引擎哐啷哐啷地朝那架巨大的骑士机甲驶去。它炮口旋转,将恶魔引擎一台接一台地炸开。

"邓肯,你这个疯子。"从被侵入的频道里传来一个低沉的声音,珍妮卡带着一丝仇恨意识到,是杰朗特·谭·奇迈罗斯在说话。"你都做了些什么?

你手下的那些战士在哪里？"

"为我的荣耀而牺牲吧！"谭·怀沃恩大吼一声，火流再次闪电般穿过混战的涡流，杀死了两个叛徒。

以骑士赫克图尔为首，一支由奇迈罗斯家族骑士组成的先锋部队退出了混战。他们枪炮齐鸣，轰隆隆地冲向波尔费里翁巨神骑士机甲。那架巨大的机甲对他们的火力不屑一顾，轻轻松松地对攻击者分而击之、各个击破。它越过燃烧的尸体前进，它的武器不断追踪着新的目标，其他机甲在它面前退避三舍，保皇派和叛徒都在逃避这个疯狂战神的愤怒之火。

波卢克西斯在通信器中说道："我已经稳定了频道。"珍妮卡觉得，这是她记忆中第一次从高等圣物维保士的声音中听出了情绪波动。他很生气。"我们的时间不多了。那个异教徒亵渎了一台古老的机甲，它正在抵制他的操控。它的机魂感应到他的污秽，正在攻击他的心灵。公爵谭·怀沃恩无法独自承担驾驶如此庞大机甲的精神负担，在这种条件下不行。他已经被逼疯了。"

珍妮卡的眼角余光中闪过了一丝动静，她本能地举起了她的剑。她剑上颤动的锯齿卡住了一架奇迈罗斯家族机甲所持宝剑的锯齿，火花像雨点般落在两架骑士机甲上。是时候集中注意力了，战斗又开始了。

"如果我们能靠近它，我们就能干掉它。"骑士马科斯咆哮着，嗓音浑厚。他用雷击拳套用力击穿了一架敌方机甲，"但在干掉它之前，我们就会被炸得四分五裂。"

高等圣物维保士答道："我可以从旁协助。波尔费里翁巨神骑士机甲是万机之神古老而又受人尊崇的工具。不过，当没有充分适应的人驾驶它时，它的体积和力量恰会成为它的弱点。趁它的机魂和驾驶员互不相融之时，我将反转数据防护的二进制术语，剥离对发动机的保护，让波尔费里翁巨神骑士机甲敞开，接收我们敌人的垃圾代码，使它迷失方向。我认为这样做会大大提高我们成功接近敌方的概率。"

达尼亚尔通过通信器，在重机枪开火的轰鸣声中说："珍妮卡，你、马科斯、女骑士伊莲娜特，一起上，干掉那东西。"

珍妮卡回答道："达尼亚尔，你有什么打算？"

达尼亚尔说："我们还得压制垃圾代码，让它安静下来。卢克和我将完成这项工作。"

她回答："我明白,我们不会让它阻止你们前进的脚步。不管怎样,杰朗特·谭·奇迈罗斯都会死。"

卢克在通信器中说："要让他吃尽苦头再死。"

"我发誓。"她回答道,语气坚决。

达尼亚尔和卢克的机甲退出了战斗,他们大步穿过广场,怀言者的炮火在他们周围呼啸而过。这两架保皇派的骑士机甲踏上发电厂的台阶,在漫天飞舞的瓦砾和残骸中,一头扎进了破破烂烂的门洞。

珍妮卡发现了杰朗特·谭·奇迈罗斯,他机甲一边的护肩甲板裂开了,冒着浓烟。他背对着她,向迎面而来的波尔费里翁巨神骑士机甲发射炮弹。所有的战斗计划都被巨人机甲的狂暴给毁了。托尔温被盗的宝剑在他身边噼啪作响。

她嘶吼着:"你会为这种侮辱付出代价的。为了德拉科尼斯家族和帝皇!"珍妮卡举起宝剑,澎湃的动力在她机甲的动力传动装置中奔腾,她冲了过去。

第十七章

在珍妮卡的精神催动下,火之蔑视向前猛扑过去。它感受到了驾驶员的愤怒和仇恨,在原始的引擎心脏深处发出了咆哮。她机械王座上的鬼魂已经隐退到意识深处。他们知道,这一刻,这场战斗只属于珍妮卡一个人。她要杀了杰朗特·谭·奇迈罗斯。

当她的骑士机甲撞开两名奇迈罗斯家族的骑士,打得他们的机甲火星四射时,她在通信器中说道:"骑士马科斯。"

马科斯用粗哑的声音回问:"什么事,女骑士?"

她说:"我要杀了杰朗特。你来干掉波尔费里翁巨神骑士机甲。"

"把那个像猪一样贪得无厌的叛徒挖出来。"

珍妮卡给动力传动装置注入动力,她的骑士机甲在金属相互摩擦、撞击的混战中缓慢移动。在她眼角的余光里,目标距离迅速减小。锁定符文闪烁,她的驾驶舱中响起了合唱的声音,意味着她的战斗加农炮瞄准了目标,但她没有理会它们。她将按骑士守则,与他兵戎相见。

距离杰朗特的骑士机甲还有二百七十米。

一架奇迈罗斯家族的守护骑士机甲赫然出现,加特林火力越过她,重重地打向了女骑士伊莲娜特的盾牌。

珍妮卡操控骑士机甲侧身而行,让护肩甲板撞向叛徒骑士,机甲金属被切断,坠落在地。然后她就离开了,向她的目标疾驰而去。

还有一百八十米。

波尔费里翁巨神骑士机甲用一只大脚将一架奇迈罗斯家族的骑士机甲踩在了石板上,炮弹从它的盾牌上反弹出来,盾牌闪起了亮光。更多奇迈罗斯家族的骑士机甲向它开火,不顾一切地想要击倒这个正在屠杀他们的怪物。

还有九十米。

邓肯再次开火,凌厉的炮弹打穿了爬行者,把两台爬行者炸成了碎片,还引爆了骑士里克哈特的机甲。

还有三十六米。

珍妮卡放慢速度,步子迈得很稳,她打开了通信器,呼叫她恨之入骨的仇人。

"杰朗特·谭·奇迈罗斯,"她叫道,她通过通信扩音器高声地发出挑战,"转身面对我,叛徒。"

"女骑士谭·德拉科尼斯,"杰朗特回答道,听起来很失望,"还在为你弟弟而战吗?你本可以成为一位可敬的女王。"

尽管发生了这一切,他听起来还是很平静,很自信。珍妮卡感觉到天龙圣火在燃烧。

"不,骑士。"她回答道,又放慢了速度,小心翼翼地靠近,"我弟弟相信我可以赢得这场战斗,而他关注的是整场战争。如果你是真正的国王,你就会明白这一点。但我认为你不是真正的国王,而是异教徒、叛徒和弃儿。不只是被你的家族遗弃,而且被你的星球遗弃。我要称你为杰朗特·卡·阿德拉斯塔波尔,而且代表我的弟弟判处你死刑,以惩你罪。"

杰朗特转身面对她,但他谨慎地将盾牌向后倾斜,以防波尔费里翁巨神骑士机甲散乱的火力袭来。

在他们周围,他们两个家族的骑士们互相炮击,互相殴打。珍妮卡和杰朗特单独站在那里。没有人会妨碍他们的决斗。

杰朗特冷淡地说:"富有戏剧性,但最终毫无意义,小姑娘。我拥有王冠。阿德拉斯塔波尔的至尊王是我,而不是你的小狗崽弟弟。"

珍妮卡勃然大怒。

"我弟弟是阿德拉斯塔波尔王位的合法继承人,是长子——"

"骗子和小偷的长子。"杰朗特吼道,打断了珍妮卡的话,"他夺走了我哥哥的生命。他夺走了王位。他夺走了……"杰朗特欲言又止。当他再次开口时,他又变得镇定和自信起来。"但是,这一切都发生在你不过是个骑士侍从的时候,你甚至还算不上是个骑士侍从。这些都不是你的罪行,女骑士,不管怎样,我感到遗憾的是,你和你弟弟必须为此付出代价。"

珍妮卡感到自己一方面渴望解开心中疑惑,另一方面渴望复仇,她很矛盾。像她弟弟一样,这场冲突让她对她自以为了解的父亲产生了很多疑问。这个人,虽然他是个叛徒，但他曾经是托尔温的朋友。她可以问他，而且她有种可怕的感觉，不管她愿不愿意让他讲实话，他都会如实回答。摆脱掉病态的诱惑，珍妮卡意识到周围正在进行殊死搏斗。她来这里不是为了获得答案，而是有责任要履行。

她冷冷地回答："也许你的话沾染了异端邪说的色彩，也许是羞耻和耻辱让你头脑变得不清醒，或者也许你说的每句话都是真的。老实说，我并不在意。你谋杀了我的亲人，破坏了骑士守则，诅咒了你的家族。你给阿德拉斯塔波尔带来了巨大的耻辱。我们要花很多年才能从你的背信弃义中恢复过来，而奇迈罗斯家族和怀沃恩家族的名字将会从历史中被永远抹去。你还冷血地杀害了我的父亲，你这条不忠的狗。我唯一在乎的是你的罪行，现在我要为你犯下的罪杀了你。"

杰朗特开口说道："那就这样吧。"

杰朗特的战斗加农炮突然射出炮弹，差点打中珍妮卡，但她对此早有防备。她提起骑士盾牌，向后横移一步，被挡住的炮弹转向射入了地面。火之蔑视在冲击力的作用下被震得向后摇晃，珍妮卡的耳边响起了刺耳的姿态警告，但她还是肆意地笑了。

杰朗特·谭·奇迈罗斯已经违反了骑士守则，正如她所预计的那样。

"多谢了，阁下。"她咆哮道，然后开火。他仍然傲慢地斜持着盾牌对她并不设防，两枚炮弹迅疾划过中间的空隙击中了她的敌人。第一次爆炸在泰瑞安特罗斯的肩关节处开了花，将守护骑士机甲的战斗加农炮从手臂安装处扯了下来；第二次爆炸重重击中了杰朗特的躯干甲板，使他的机甲踉跄后退，火焰卷过其破裂的胸膛。

看起来那个冒牌国王似乎要当场阵亡。但杰朗特身经百战，是个经验丰富的老机甲驾驶员。他一只脚向后一摆，撑住机甲，防止它失去平衡。

杰朗特咆哮道："很好，但现在我要杀了你。"

珍妮卡冷冷一笑。

"你有胆就试试看。"她回答道，然后催动机甲，冲了过去。

马科斯带着苏塞特·达·德拉科尼斯和谭桑娜·达·佩加森在广场上行进，摆出一个广阔的箭头阵形。这让他们更便于防守，抵御邓肯强大火力的攻击。

怀言者们已经撤离了战场，正在返回发电厂。马科斯想：赶紧巩固战果，趁着敌人在自相残杀。或者更糟，也许他们是去阻止达尼亚尔和卢克的。

前方，最后两架怀沃恩家族的骑士机甲逃离了他们发疯的大公的暴怒。邓肯在一片火光中把炮口对准了它们。波尔费里翁巨神骑士机甲的麦格纳激光加农炮炸断了一架机甲的腿，而第二架机甲被炸得摇摇晃晃，它的发电机上布满了燃烧的孔洞。绿色外壳的骑士机甲晃动难行，然后像轨道弹头一样炸开了。

马科斯严肃地说道："好了，女骑士们。我们已经见识过这东西的威力了。尽量别让自己有此下场，好吗？"

女骑士谭桑娜在通信器里冷淡地说道："感谢您，骑士马科斯，我可从没那样想过。"

苏塞特问道："我们要怎么对付这个东西呢？"因为恐惧，她的声音绷得紧紧的。

"我们的人数比敌人多，女骑士。我们身心健康，而听起来谭·怀沃恩那个白痴已经没脑子了。我们围攻他。"

波尔费里翁巨神骑士机甲跺着脚转身面对他们，马科斯甚至隔着机甲都感受到了它的脚步。他能听到邓肯像痛苦的动物一样怒吼尖叫。

"我到中间去，让那个混蛋盯着我。苏塞特，你到左边去，尽量绕过它的盾牌，用热能加农炮烧掉它的膝盖。波卢克西斯已经解开了它的数据防护，所以要密切注意你的鸟卜仪上显示的任何系统弱点。谭桑娜，你往右走，靠近它，用雷击拳套打瘸它的腿。"

那两名骑士在通信器中发声遵从，操控她们的机甲转向波尔费里翁巨神骑士机甲的两侧，大踏步远远绕过巨大的敌人。

马科斯将动力输入骑士机甲的传动装置，准备开火。他看着逼近他的战争引擎，身披那些直到几天前他还认为是盟友家族的装备，感到一阵强烈的悲哀。他曾操控骑士机甲穿过泰拉索斯的火焰风暴；他曾在兽人战争中猎杀过巨兽，目睹过盲目的凶残；他曾在争夺哈多尔之哀的战役中猛攻过斯蒂吉奥普洛斯的围墙。但在多年的作战中，这是马科斯所见过的代价最高也最残酷的冲突。

他的仪器发出尖锐的警告，噼里啪啦的能量积聚在波尔费里翁巨神骑士机甲的麦格纳激光加农炮的炮管周围。马科斯一边诅咒一边斜持盾牌,同时用加特林加农炮和伊卡洛斯阵列开火。炮弹硬生生地打在巨人骑士的离子盾牌上,使其表面闪过蓝色的涟漪,但没有一发炮弹击中目标。

"哦,糟了……"马科斯哼了一声。

波尔费里翁巨神骑士机甲开火了。

红宝石光束倏然而至,轰在他的周围,闪电般的爆炸在钢筋混凝土上炸出了碎玻璃般的弹片,连续击打着他的盾牌。一枚爆矢弹猛地刺穿并撕裂了荣誉之光的右胫骨,劈开了装甲板,损坏了他的动力传动装置。另一次爆炸将伊卡洛斯阵列从他的机甲外壳上撕开,然后又有两发炮弹打穿了他的机甲躯干。他的系统烧坏了,火花如雨点般落在机械王座上。这位传令官大肆咒骂起来。第二轮齐射击穿了他的驾驶舱,摧毁了他的右仪器库,烧穿了他的紧身衣,继而烧焦了他的手臂肌肉。警报器发出了尖叫。等离子体从他身后某处喷出,烧穿了王座后的驾驶舱地板。功率读数下降,损坏警告在仪表板上亮起。马科斯咬紧牙关抵抗着激光灼伤的痛苦,不断以眼动控制仪器。荣誉之光受损严重,用一条伤腿艰难行进,反应堆显示已过黄线即将过载。他的散热器在各种警报的噪声中费力运转,但他已经至少失去了一半的散热器。不过,马科斯冷酷地想,他还活着,他的骑士机甲还在,他的离子盾牌还能用。

他的武器也还能用。

"对不起啊,老姑娘。"他喃喃自语,他的骑士机甲痛苦地颤抖着,"我也感觉到了。我知道。"

"骑士马科斯,你还活着吗?"从马科斯受损的通信器扬声器中,噼里啪啦地传来了谭桑娜的声音。

"显然还没死。"传令官咳嗽了一声,尽量避免吸入过多的烟雾,它们开始弥漫在驾驶舱里,他摸索着去找挂在机械王座边上的再生式氧气面罩,痛苦地把它拉到自己被烫伤的脸上,"不过我不确定自己能不能再承受一次这样的齐射,女骑士。"

谭桑娜回答道:"恐怕你不得不再承受一次,阁下。你的机甲幸免于难,似乎已经激怒了这头野兽。"

在前方,透过一道断断续续的静电帷幕,马科斯看到波尔费里翁巨神骑士机甲的巍峨身影正大踏步前来迎战他。引擎的通信扩音器里传来了尖叫声和嚎叫声，混杂着可怕的痛苦、愤怒和疯狂。

传令官咆哮道："哦，王座。我的战略分布图已经散开了，我的感觉中枢正在重新献祭。该死，我几乎什么都看不见。告诉我你已经就位了。"

女骑士谭桑娜答道："差不多了。我们现在正渐与它平行。只要你再吸引一下怪物的注意力就可以了。"

马科斯透过他的再生式氧气面罩大笑了一声，笑声很沉闷。

"当然，女骑士。我相信我的机甲像节日火堆一样升腾的壮观场面会让谭·怀沃恩有一阵好忙了，对吧？"

伴着哀伤的钟声，马科斯的感觉中枢完全恢复了。尽管传令官表面虚张声势，但还是感觉自己被这巨大的铠甲怪物吓得直冒冷汗。尖啸着的能量已经积聚在它的激光加农炮周围。

"女骑士们，这一直是我的荣幸。"他在通信器中说道，同时他的触控手套向前方猛然击出，操控机甲猛烈炮轰怪物的盾牌，"给我个面子，让我死得有价值，好吗？"在那一刹那，他的耳边又回响起他在战争会议那天对托尔温说的那句关于宿命的话。

他喃喃自语道："让我们俩都战死沙场，马革裹尸。我的愿望实现了，不是吗？我可真傻，是吧？对不起，陛下，我真的尽力了。"

马科斯紧紧闭上了双眼，巨人骑士机甲的武器发出的吼声达到了高潮。

"骑士马科斯，"苏塞特的声音突然从他的通信器噼里啪啦地传出，声音急促，"向它盾牌的这个部分开火，就趁现在！"

传令官睁开了眼睛，他通过测距仪看到，有个被符文照亮的点在波尔费里翁巨神骑士机甲的盾牌上忽隐忽现。就在那巨大的机甲开火的时候，马科斯本能地将触控手套向前猛挥。加特林炮弹穿透了邓肯盾牌上一闪而过的弱点部位，那是苏塞特·达·德拉科尼斯用她的增强传感器定位到的一个关键突破口。马科斯的开火击碎了敌人的瞄准成像器，从而逼退了那架巨大的骑士机甲。

激光冲击波重重击打着荣誉之光的盾牌，产生了内爆式的轰鸣，炸毁了盾牌。激光冲击波也打烂了机甲的铁拳，把它变成了晃动的废金属。机甲的胸甲和左大腿被破坏了，机甲完全瘫痪，丝毫动弹不得。它们打穿了驾驶舱，马科斯痛苦地发出尖叫，同时能量激涌，金属在他周围熔化。蒸汽从破裂的导管中迸发出来，随着一声可怕的哀号，他机械王座的鬼魂从他的脑海中消失了。马科斯的神经连结被猛地切断，他对着再生式氧气面罩喘个不停，四肢痉挛，眼珠乱转。然后骑士机甲的动力耗尽，一切都暗了下来，马科斯什么也不知道了。

珍妮卡疯狂地左右躲闪，她剑刃上旋转的锯齿碰到了杰朗特能量剑的边缘，爆出了一道闪电般的亮光。叛徒的武器损坏了她的武器，猛烈的碰撞让金属碎片向四面八方迸射而出。

珍妮卡一边咒骂，一边用力扳动控制装置。在敌人完全毁掉她的链锯剑之前，敏捷地后退了一步。黑烟从剑的通气孔中翻涌而出，突然发出了刺耳哀鸣，女骑士谭·德拉科尼斯不由得眉头紧锁。

杰朗特在通信器中嘲讽道："这把剑，是好武器。姑娘，你本应带走那件武器。"

"那是我父亲的剑，"珍妮卡咬牙切齿地回答道，小心翼翼地操控骑士机甲在敌人身边兜着圈子，"你不配挥舞它。"

冒牌国王说："然而，我现在就在挥舞它。而且，让你了解一下，我还戴着你父亲的王冠。"

"混蛋。"珍妮卡咆哮着，向着敌人的头盔发射了一枚炮弹。这枚炮弹在泰瑞安特罗斯的盾牌上轰然炸开。那盾牌正转向她。珍妮卡只在最初几次开火的时候侥幸得手，之后就没再打中过杰朗特。相比之下，火之蔑视的机身被叛徒的剑锋划破，留下了一道道深深的、灼热的裂痕。珍妮卡跟她的敌人进行了一场荣誉之战，这对她自己极为不利，她竭力不让自己被他的奚落激怒。

冒牌国王向前猛攻，挥动能量剑划出一道镰刀般的弧线。珍妮卡后退，她的战斗加农炮射出第二发炮弹。这发炮弹击中了杰朗特的盾牌，火花四射，闪闪发光，延迟了他的攻击。在泰瑞安特罗斯跌跌撞撞的时候，珍妮卡操控火之蔑视步步紧逼，用她咆哮的剑刃刺入敌人的躯体。剑刃的锯齿深深嵌入了装甲板，发出刺耳的声音，她割穿装甲板破坏了后面脆弱的系统。火焰和烟雾成团冒出，但珍妮卡受损的剑刃停止了转动，被卡在了泰瑞安特罗斯机身厚重的金属板里，她言辞激烈地咒骂起来。

受损的链锯剑噼啪作响，冒起了青烟，无法重新启动，也无法完全拔出。

火之蔑视和泰瑞安特罗斯被固定在一起，两个头盔几乎紧挨在一起，而周围的战斗还在激烈进行中。

珍妮卡思维敏捷，反应很快，抽动触控手套旋转重机枪。断断续续的重击声响起，一连串的机枪子弹打在了叛变骑士机甲的金属外壳上。

杰朗特咆哮着："这对你没有丝毫帮助，女士。"他的骑士机甲拼命地想把卡在胸口的武器扯出来。泰瑞安特罗斯试图拿起能量刃时，噼啪作响。它的伺服电动机被逼到了极限，发出呜呜的声音。珍妮卡咬紧牙关，她重机枪的弹药计数飞速下降，可嗡嗡作响的能量刃离她的机身越来越近。她不由感谢起帝皇，因为她早早劈断了敌人的战斗加农炮。如果不是这样，他现在一炮就能将她开膛破肚。

突如其来的爆炸震得机械王座上的珍妮卡乱颤。警报闪动，尖锐刺耳，伴随着雷鸣般的震动，她的机甲被撞离了杰朗特的机甲。野蛮的分离撕裂了金属肌腱，撞断了锁紧螺栓，只留下她的骑士之刃深深楔入敌人的胸膛。有架奇迈罗斯家族的机甲来袭，珍妮卡迅速后退，斜持盾牌格挡它的火力重击。

那架圣骑士机甲一瘸一拐地去战斗。这架叛徒机甲已经失去了一条手臂和武器，躯干也残缺不全。但它还是拖着身子靠近，它的加特林加农炮发射出一拨炮弹。女骑士谭·德拉科尼斯的盾牌承受了冲击，闪闪发光。

"这就是你们这些叛徒决斗的方式，是吗？"她在一个开放的频道里唾骂道。

"不。"杰朗特说道，他的骑士机甲举起剑刃，走近她。

"这是我们打赢他们的方式。你已经浪费了我太多时间了，女士。我还要去结束一场战争。"

透过闪光的冲击，珍妮卡可以看到泰瑞安特罗斯正摇摇晃晃地绕着她的侧面缓行，卡在它胸口的武器重量让它走得很艰难。在有人从正面朝她开火的情况下，珍妮卡很难转过身去对付他，但她必须在被包围、撕碎之前做些什么。她王座的鬼魂在她的脑海里坚持不懈地嘀咕着，她突然看到了一个胜利的机会。

珍妮卡抢起战斗加农炮，朝着奇迈罗斯家族新来的那架机甲猛打了几炮。两次都瞄准得很低，在机甲的脚下引爆，炸出了很多弹坑。攻击她的机甲在地面下陷时踉跄了一下，接二连三的猛烈攻击被打断，骑士挣扎着控制机甲。

在那一瞬间，珍妮卡将她能用的每一丝力量都倾注在火之蔑视的动力传动装置上。她放平机甲架炮的那侧肩膀，快走三步，撞上了杰朗特的骑士机甲。那个叛徒惊讶地挥动着能量剑，成功地在珍妮卡的盔甲上切开了一道口子，但这无法阻止她的攻势。折断的剑刃从泰瑞安特罗斯的胸口突了出来，让它很难平衡，她凶猛的冲击更加让它吃不消。过载的驱动器和补偿器电动机炸裂，骑士的双腿和腰间的万向节被炸出了一排洞。金属应力发出可怕的呻吟，杰朗特向侧面翻倒。他的骑士机甲猛地撞在钢筋混凝土上，它偷来的剑被压在下面。在被砍成两半之前，叛徒国王被迫疯狂地解除了武器。杰朗特愤怒地咆哮着，趴在原地，他的骑士机甲因二次爆炸而抽动不已。

珍妮卡及时调整盾牌的角度，又挡住了一阵攻击，开火的是那架仍然站立的受伤的敌方机甲。

那架瘸腿的机甲不是她的对手，然而其驾驶员盲目地不断开火，拖着他的机甲不断靠近。珍妮卡厌恶地想，如果奇迈罗斯家族的疯狂至此，那么也难怪他们会背叛自己的盟友。女骑士谭·德拉科尼斯举起盾牌，操控机甲斜着绕过攻击者，向它闪光的盾牌发射一颗又一颗炮弹。她的弹药数量不多，但用来干掉它绰绰有余。珍妮卡的第一发炮弹击中了叛徒骑士机甲，减慢了它的转弯速度；第二发炮弹水平轰塌了它的盾牌；接着，就在它转身面对她的时候，她攻向它的侧翼，近到可以把战斗加农炮的炮口压在敌人的头盔上。

"停止……对我……射击……"珍妮卡将她的触控手套向前猛击。两枚炮弹击中了另一架机甲的躯干，留下大量的残骸，在半空中旋转。加特林加农炮的炮筒终于呼啸着停了下来，被摧毁内部装置的战争引擎向后倒塌，喷出了火焰和烟雾。

珍妮卡操控她的机甲离开那条疯狗，走回杰朗特倒下的机甲旁。她本以为会看到她的敌人蠕动着从他机甲的舱门逃命，可他仍然留在他倒下的机甲内。

"打得好，女骑士谭·德拉科尼斯。"杰朗特说，他的声音很刺耳。他听起来很痛苦，珍妮卡意识到他肯定是被困住了，很可能是受伤了，被压在了机械王座中。

"我不需要你的称赞，你这个杀人的叛徒。"她啐道，逼近倒下的骑士机甲。它侧身趴在地上，一边的护肩甲板扭成了碎片，双腿缠成了麻花状。他被打败了。

"我不怪你。"他回答道,一边咳嗽一边大笑起来,"你一定很恨我吧。但我有我的理由。"

"我不想听你的理由。"珍妮卡回答道,语气冰冷,"在你对我的家人,对我们的人民犯下了那么多恶行之后,我只想从你那里得到这个。"

火之蔑视站稳脚跟,瞄准了倒下的那架骑士机甲。

第一发炮弹击穿了泰瑞安特罗斯的盔甲。第二发炮弹干净利落地撕裂了它,引爆了它的躯干,弹片飞溅到火之蔑视的金属外壳上。珍妮卡一次又一次开火,叛徒骑士机甲在女骑士谭·德拉科尼斯的轰击下四分五裂。直到弹匣里只剩最后几发炮弹,她才停下来。珍妮卡呼出一口气,长长的、颤抖的一口气,然后转身离开了熊熊燃烧的火葬堆。

她的战友们已经大获全胜。奇迈罗斯家族的机甲残骸在广场周围横七竖八地躺着,中间还夹杂着少量倒下的保皇派骑士机甲。珍妮卡首先关注的是波尔费里翁巨神骑士机甲,但就在她转身走向它的时候,闪出了一道亮光。遗迹骑士正在倒下,一只膝盖被女骑士苏塞特的热能加农炮炸飞了。它带着灾难性的力量砰地砸了下来,犹如山崩地裂。

她满心欢喜。然后她看到了骑士马科斯的机甲已经成了一堆破烂,她的心变得沉甸甸的。荣誉之光被严重损毁,变得黑乎乎的。机甲依然屹立不倒,但已成一堆残骸。火焰从它的躯干和甲壳上的巨大裂缝中喷涌而出。没有谁能在这样的破坏中幸免于难。

"马科斯。"她深吸一口气,内心涌起了悲伤。

然后,她看到了一个小小的身影,从下机甲的最后一级梯子上掉了下来。那位传令官浑身烧得焦黑,鲜血横流,踉踉跄跄地离开了他那架报废的机甲。他又勉强走了几步,就瘫倒在了地上。

"马科斯。"她声音急切。她在通信器里说道:"高等圣物维保士波卢克西斯,骑士马科斯·达·德拉科尼斯下机甲了,受了重伤。我请求您立即来救援,并处理好他的伤口。"

波卢克西斯立刻回答道:"是,女骑士。"当她看着爬行者轰隆隆地冲向她倒下的战友时,珍妮卡向帝皇祈祷,希望他能平安无事。

在头顶上,搏动的恶魔火焰柱冲向天空,声如雷鸣。奇迈罗斯家族和怀沃恩家族已经被击败，尽管付出了惊人的代价，但帝皇在这个星球的伟业还没有完成。保皇派骑士机甲被打得遍体鳞伤、残缺不全，只有少数还能保持站立。这样他们就没机会攻击怀言者的阵地了，而珍妮卡也不会为了不计后果的英雄主义而让达尼亚尔最后一批忠诚的追随者被杀死。相反，她命令幸存者退到广场的另一边，确保找到最好的掩体，以防叛徒再次袭击。最后几辆爬行者肩负重任，尽其所能从陨落的机甲中取回机械王座。阿德拉斯塔波尔最后一批保皇派骑士等待着他们的至尊王凯旋。或者，根本回不来。

"达尼亚尔，"她说道，双手交叉在胸前做出天鹰座的手势，"帝皇护佑你。兄弟，现在就看你的了。"

第十八章

艾丽西娅吐出疯狂的音节，在身前扭动手指。一个怀言者被以太力量抬离地面，痛苦地哼了一声，四肢摊开，爆矢枪从手中掉落。艾丽西娅对他露出一个冷酷而又美丽的微笑，然后握紧双拳。他的盔甲被扭弯，随之，其肉身难抵摧残而殒命。

艾丽西娅手腕一抖，将残缺不全的尸体扔到一边，然后步态轻盈地沿着大理石台阶来到上面的阳台。她在台阶顶端停了下来，去感知周围的建筑。她能听到多纳托斯人的高声战吼，他们在疯狂地射击，她精妙的心灵操控鼓舞了他们。尽管如此，怀言者仍然是无比强大的战士。虽然多纳托斯人的数量远远超过他们，但叛徒星际战士轻而易举地将多纳托斯人撕成了碎片。

对艾丽西娅来说，这些都无关紧要，因为她追求的是另一种胜利。士兵和枪支，领土和损失，像她这样开悟了的人，是不屑于考虑这样平凡的事情的。女巫感受到了帷幕之外的亚空间旋涡，并渴望得到那股力量。实际上，杰朗特的王后从未和杰朗特一样，相信能用纯粹的军事手段在这个星球上取得胜利。她更了解混沌及其本质，以及诸神的崇拜者所能运用的可怕力量。瓦拉克洛尔不容小觑，他的追随者也一样。然而，她的爱人被残存的荣誉感和尽职观念蒙蔽了双眼，还是小看了他们。杰朗特就是这样的人，无论他是否走在命运之主为他选定的道路上。

她没有小看他们。瓦拉克洛尔正在召唤巨大的转化力量，吸引众神的关注，试图超越凡人的层面。他在升天的那个瞬间会很脆弱，她打算就在那时出手，将他的天赋据为己有。只要得到命运之主的真正力量，她就将成为名副其实的女神。她所遵循的预言被证明是假的，或者说看起来是假的，但后来她从残酷的经验中知道，恶魔会说谎。不过，神明他们会奖赏那些赢得天赋的人，如果她不能通过预知力来帮助她的国王取得胜利，那么她久会动用原始力量来帮助他。也许，当这一切完成后，她甚至会当女王，而让他成为她的伴侣。

她突然感到一阵不安，四肢无力。她猛地抓住栏杆想要站稳。艾丽西娅向后仰起头，尖叫着，因为她感觉有重要的东西从她身上被夺走了。

"杰朗特！"她喘着粗气，靠着栏杆慢慢滑下，眼泪在眼眶里打着转，"哦，不。哦，我的爱。不，不，不！"

艾丽西娅痛苦而惊恐地哀嚎着，她感觉到她勇敢的骑士的灵魂被撕扯着离开了他的身体，然后被甩进了亚空间。

她无法呼吸，无法思考。在她家族的人全部死去而她也濒临死亡的时候，那个人把她救了出来；在别人都把她当作女巫唯恐避之不及的时候，那个人理解她、爱护她，但那个人已经不在了，被谋杀了。

艾丽西娅陷入了疯狂，毒药从亚空间的裂缝中渗出，蛛网般缠绕着她破碎的心灵。有那么黯淡无望的几秒钟，她想跟随他而去，结束她自己的生命，好让她的灵魂跟随杰朗特的灵魂一道坠入无尽的深渊。如果艾丽西娅可以用这种方式拯救自己的爱人，哪怕只有一瞬间，她也可能会这么做。但他已经死了，进入了亡者的国度。

艾丽西娅意识到自己消沉地瘫在了阳台的边上。附近传来一阵刺耳的撕扯声，就像有个庞然大物冲进了大楼。她能闻到从前方一座隐约可见的拱门中溢出了硫黄和硫黄石的臭味。她能感觉到咸咸的泪水划过被血和烟灰弄脏的脸，她心跳缓慢，很不舒服，费了好大的劲才压下了在喉头翻涌的胆汁。她慢慢地站了起来，颤抖地深吸了一口气，有种新的东西在她体内膨胀，是愤怒。不止，是盛怒。令人精神错乱的怒火从她灵魂最黑暗的深处喷涌而出，让所有的理智和希望都黯然失色。

他们夺走了他。骑士团、多纳托斯人、怀言者，他们所有人，从她身边夺走了他。他们将为此付出代价，不仅仅要付出生命，还要付出灵魂。艾丽西娅睁开眼睛，蓝色的火光从眼中倾泻而出。亚空间的能量在她周围流动，撩动她乌黑的头发，扬起她撕裂的长袍。她仍然紧抓阳台的栏杆，被她紧握的地方，金属熔化了，古老的木头变成了明亮的蓝色火焰。

三个多纳托斯人从侧门冲上阳台，惊恐地大叫着，向身后的黑暗开枪。艾丽西娅猛地回过头来，那三个人瞬间都变成了水晶，向前翻滚，摔碎在地上。女巫从他们的遗体上踏过，碎片在她脚下嘎吱作响。两个怀言者从门口挤了进来，一看到她就停了下来。两人都举起了武器，他们深谙亚空间的运行之道，能认出危险的灵能者。爆矢枪发出雷鸣般的声音，它们自动开火。艾丽西娅抬起一只手，掌心向外，子弹在无形的能量盾牌上爆炸。爆炸的范围越来越大，不可思议地膨胀成漫天的紫色火焰风暴。艾丽西娅的手指向前刺去，火焰倒涌回怀言者身上，吞噬了他们。

那两名战士抽动着，紫色的火焰从他们头盔的护目镜中狂泻而下。当艾丽西娅催动变形之火进入他们体内时，蒸汽从他们的盔甲中升起，艾德曼合金在狂暴的变异中发出吱吱嘎嘎的响声。他们的封印爆裂，紫色的肉鳞从裂缝中溢出；角和獠牙从内部使他们的头盔变形，叛徒与他们腐朽的盔甲融为一体；新生的触手划过搏动的皮肤，漫无目的地挥舞和拍打；骨头扭曲变形，裂肉而出，形成扭曲的骨质肢体；他们的颌骨在铠甲和血肉中大张着，发出痛苦的尖叫。

两个曾经的怀言者挣扎着、咆哮着，因女巫的魔法扭曲变形，退化成畸形的怪物。

"滚吧。"艾丽西娅啐了一声。两个憎妖便蠕动着去寻找他们以前的弟兄了。

毫无疑问，他们在被杀死之前会进行可怕的大屠杀，但艾丽西娅并不在意。她这是在浪费时间，真正的奖赏在拱门的另一边。艾丽西娅·卡·曼蒂克斯转身离开，穿过拱形门户，走进瓦拉克洛尔神秘圣地内部上层的一条走廊。

女巫在火光之下的阴影里潜伏了一会儿，将下面的场景尽收眼底。献祭用的火葬柴堆在神秘圣地的中心位置燃烧着，巨大而又可怕。邪教徒、奴隶魔法师和被锁链锁住的灵能者们围着烈火站成一个圆，对着万花筒般的火堆摇摆身体，高举手臂吟唱着。在她超人的视力中，数以百万计的鬼魂在火焰中翻滚，那些火焰像河流一样冲破天花板，女巫品尝到了它们带上高空的澎湃力量。她想，这里是黑暗使徒对众神献祭的地方。但黑暗使徒本人在哪里呢？

她很快就找到了他。瓦拉克洛尔站在受损的神秘圣地另一端的数据讲道坛里，抬起双臂，高举着被诅咒的权杖，用黑暗的语言在咆哮。闪烁着微光的能量游荡在黑暗使徒周围，他的轮廓似乎在能量光环笼罩地方变得模糊起来。艾丽西娅可以看到潜藏在敌人体内的潜能，马上就快爆发了。蝙蝠般的双翼已经在黑暗使徒的肩膀上展开，他的身材已经远远超过他的兄弟们，甚至比她看到的那个趴在讲道坛台阶底部血泊中的终结者还要高、还要壮。

她充满恶意地低声说道："你最后的祭品。他是和你最亲近的人，却被谋杀了，违背了他的个人意志。至少，你和我有很多共同点。"

十几名怀言者站在讲道坛前，背对着他们正在念咒的主人，武器已准备就绪。她看到了巴洛克式的火焰喷射器、布满长钉的爆矢枪，下面还有更大更重的武器。

此外，她还感觉到附近潜伏着一个巨大的存在，充满怨恨和仇恨，但被钢铁般坚固的虚无纽带束缚，受制于它的主人。

这一切都没有让艾丽西娅感到不安。尖叫着穿过神秘圣地的亚空间能量是惊人的。她确信她可以让它们服从她的意愿，用它们来彻底毁灭所有那些杀死杰朗特的人。这个过程可能会毁掉她，但在那一刻，女巫并不在意。复仇就是一切。

艾丽西娅高举双臂，走下了长廊。她开放她的心灵，迎接亚空间的潮汐，陶醉在神秘圣地里流淌的力量中。流光溢彩的白炽能量飘带将她高高举起。女巫放任她的怒火成形，闪耀着明亮的光芒，她从空中飘向黑暗使徒。

艾丽西娅听到从下方传来呼喊声，那些摇摆着身体的大批邪教徒在看到她时发出了呼喊。他们的吟唱声被打乱了。一些人争先恐后地去拿枪械，另一些人则号啕大哭。女巫无情的目光扫过他们，几十个人尖叫着倒下，变化之火将他们的肉体重组成新的怪物形态。其他的人则成为闪闪发光的黄金雕像，或者塌陷下去，化作成群的水晶虫。

一些瓦拉克洛尔的凡人信众转身逃离了他们头顶的可怕幽灵。另一些人开了火，或者争夺本就少得可怜的灵能。艾丽西娅对他们的努力毫不在意，一边用闪亮的火焰护住自己，一边继续用目光扫视。

那些怀言者也开了火，爆矢弹、炮弹和能量冲击波的风暴吞没了艾丽西娅。她的怒火开始退去，因为有道激光加农炮发射的光束狠狠击打着她的灵能防护罩，足以把它击碎。两枚爆矢弹炮弹击中了她的胸口，她费了好大的劲才把它们都变成了光和空气。

"不。"她嘶吼着，从身边攫取更多的魔力，"你们无法阻止我。我不会让你们得逞的。"

艾丽西娅将她窃取来的魔力编织成熊熊燃烧的火焰球风暴，像炮击一样将它们掷向怀言者。沾满鲜血的石板被炸成了碎片，那些攻击她的人一哄而散。

她看到他们摇摇晃晃地站起来，只留下两具死尸。其余的人重新开火，艾丽西娅被逼退时沮丧地尖叫起来。她躲在巫术火焰形成的新盾牌后面，恨恨地盯着黑暗使徒。瓦拉克洛尔透过拼凑而成的人肉面具，得意地回望着她。

他的吟唱正达到高潮。女巫拼命地将心神插入灵魂之火的烽火中，深深汲取它的能量。这就像吞下熔化的金属，她尖叫着，原始的力量侵蚀着她的皮肤，将炽热的针扎进她的脑子里。无法控制的能量迅速穿过她的身体，她的身体随时可能炸裂，但艾丽西娅·卡·曼蒂克斯在努力控制，并准备释放她的咒语。

瓦拉克洛尔被恶魔的尖叫声所包围，他的肉体在升天的狂暴能量中扭动着，他用狂热的眼神看着飘浮的女巫将能量引向她自己，能量涌动犹如潮汐。他的头脑尚存部分理智，意识到正如他所怀疑的那样，奇迈罗斯家族中混沌真正的仆人就在此处。他的凡人自我对她打断这个神圣的仪式感到愤怒，即使他正在成为地狱般的存在，对一切都很轻蔑。他的崛起是命中注定的。他为了确保自己的崛起，已经让数个星球的凡人流干了鲜血。他已经达到了众神对他的一切要求，甚至更多。现在，在最后一刻，这个弱小的生物竟然试图偷取本该属于他的东西？

瓦拉克洛尔改变了他的吟唱，他满是獠牙的大嘴不自然地张得大大的，他用自己的能量来对抗女巫的魔力。黑暗使徒不是灵能者，但他转化成的存在能塑造亚空间，就好像那是湿湿的黏土一般。再多说几个音节，他就会以彼之力还施彼身，让它们发狂失去控制，烧毁她的灵魂，让它从此不复存在。所有挑战瓦拉克洛尔强大力量的人都会倒下，他是黑暗诸神的恶魔王子，也是主人……

黑暗使徒还在想着，随着一声轰鸣，他的神秘圣地远处的墙壁向内爆炸了。瓦砾雪崩般落下，金属弹片在神秘圣地呼啸而过，撕碎了更多的异教徒。两架机甲穿过蒸汽和爆裂的能量烟雾出现了。

在宝贵的几秒钟里，达尼亚尔·谭·德拉科尼斯惊恐地盯着满地尸体的房间。从机械王座上传来的嘶嘶声催他采取行动。

"怀言者。"达尼亚尔叫道，他的眼睛不停地眨动，竭力想弄明白眼前的荒唐场面。

卢克喘息着说:"还有艾丽西娅,以帝皇之名,她到底变成什么样子了?"

达尼亚尔催促道:"没时间了,举盾防护,杀死那些叛徒。"

片刻之后,一道激光加农炮光束撞上了他的离子盾牌,至尊王做出退避。更多的炮击接踵而至,等离子体冲击波和爆矢炮弹狂暴地冲击着他们,叛徒们对这次突然入侵做出了反应。

卢克说:"看看她,她是疯了还是怎么的……她可能和他们一样危险!"

"搞定她,但要速战速决。"达尼亚尔命令道,他注意到了讲道坛上的怪物身影。不管这里举行的是什么邪恶仪式,都必须阻止。但首先他必须杀了那些向他的骑士机甲开火的怀言者。

他开了火,把三个叛徒轰成了灰烬,飘浮在空中。

达尼亚尔咒骂起来,因为他其余的目标扑到一边躲过了炮击,然后边冲边开火。拿着激光加农炮的叛徒再次击中他的盾牌,他的盾牌亮了起来。

达尼亚尔操控火焰之誓侧身而行,向一个奔跑中的怀言者射出一阵重机枪子弹。那名叛徒跨步中途被削掉了脚,仰面翻倒。他打滑停住,没再爬起来。达尼亚尔的热能加农炮的瞄准器又捕捉到了两名混沌星际战士,并干掉了他们,然后克拉克手榴弹在他的胫甲上爆炸。

攻击他的人后退了。达尼亚尔抓住这个机会,用热能加农炮向数据讲道坛开火,炮弹正好击中目标,却撞上了一个魔法能量盾。

幸存的怀言者已经在唱诗池周围找到了掩护,并再次向他开火。达尼亚尔向他们靠近,思考着射击方案。

"愚蠢,"他机械王座的鬼魂低声说,"穷途末路——他们将无处可逃。"仅仅是这个念头就让达尼亚尔感到不安。他虽身处困局,但也无法想象他的敌人会如此无能。一种危险的预感在他脑海中掠过,他急忙控制骑士机甲后退。一秒钟后,庞大的生命迹象读数在他的生物成像仪上显示出来,一个巨大而又可怕的东西发出震耳欲聋的尖叫声,从唱诗池中冲了出来。

卢克本以为,他们再次相遇时,他会感到愤怒。相反,他发现自己一看到艾丽西娅就惊恐万分。曾经的记忆充满了温暖和安慰,而现在他只对高高盘旋在神秘圣地上方尖叫着的、浑身火焰缭绕的报丧女妖感到极度厌恶。

"母亲,"他喘着气,惊讶于自己声音里的些许悲伤,"我很抱歉。"

当四处散开的邪教徒从环形靠背长凳那里向他开火时,他的离子盾牌上泛起涟漪。

自由之刃骑士让自动瞄准目标的数据机魂役使他的重机枪,指挥英雄之剑用轻武器扫射。他把瞄准标尺对准了艾丽西娅,以便尽可能干净利落地开火。

他低声自言自语:"又快又干净利落,我不会让她感到痛苦的。"

艾丽西娅低头看着他,面容狰狞,令人毛骨悚然。从她的眼睛和嘴里迸出蓝色的火光。卢克不确定自己在那一刻期待的是什么,也许是某种认可或态度软化,甚至可能是让她停止这种疯狂的行为。相反,他退缩了,因为艾丽西娅的脸扭曲成了恶魔般的怒容,令人生畏,她的声音从他的通信器中涌出,如同相互重合的低语。

她说:"他们杀了你的父亲,然而你还是要为他们而战,为他们的腐尸之神而战吗?"

卢克愤怒地回答:"父亲变成了叛徒,而且你还想杀掉我。不为他们而战的话,我还应该为谁而战呢?"

"为你自己而战。"艾丽西娅的声音传来,就在她的嘴里还忙于吐出其他更黑暗的词时,艾丽西娅的魔力突然爆发,因为瓦拉克洛尔的诅咒沉重打击着她的巫术防护。"为你自己而战吧。我知道你有力量在黑漆漆的塔楼中生存。和我一起,卢克,索取你父亲所追求的奖赏吧。"

卢克问道:"在经历了一切之后,你认为你还能让我回到你身边吗?异端真的已经把你逼疯了。父亲得到了他唯一应得的下场,你也理应得到那样的下场。"

艾丽西娅愤怒地发出了尖叫。就在艾丽西娅手中的蓝紫色火焰柱呼啸而来的时候,意识到危险的卢克用力举起了盾牌。当热浪袭来时,他大叫起来,英雄之剑在猛烈的攻击下摇晃。他的脑海中随即浮现出一个画面:古斯塔夫·谭·米诺托斯所遭受的恐怖命运。他的继母想也那样对他。这个念头又一次击垮了他的精神,但也让他下定了决心。卢克听到了机甲机魂飙升的咆哮,他也跟着咆哮起来。

"为了帝皇和奇迈罗斯家族!"

灰烬骑士卢克·卡·奇迈罗斯攥紧了拳头,他的触控手套猛然向前击出。他热能加农炮内的能量和微波推进器被唤醒了,闪耀着太阳般明亮的光芒,一股破坏性的能量被注入其中。空气中响起了雷鸣般的巨响。在最后一刻，女巫尖叫着交叉双臂护住脸，把一面虚无能量构成的盾牌挡在她面前。卢克的炮击将艾丽西娅轰得倒飞出去，在一场火焰猛烧的爆炸中，她穿过神秘圣地石头和金属垒成的墙壁，消失了。

卢克咒骂着。他正准备去追击艾丽西娅，确认她的死亡，却听到了达尼亚尔的声音。

"卢克！机械王座，帮帮我！"

卢克操控机甲向达尼亚尔走去，然后他惊恐地睁大了眼睛。

那个怪物用身体撞向火焰之誓，凶猛地迫使机甲后退。达尼亚尔眼前的怪物是起伏不定的、拼接在一起的肉体，黏糊糊、滑溜溜的，会不停摆动附肢。他看到了圣物维保士爬行者大小的一张大嘴长满了獠牙，戴着个怪异的小天使面具，长着金属尖刺，发出噼里啪啦的响声，移动速度快得就像高速行驶的磁力列车。达尼亚尔的骑士机甲摇晃着向后退去，在奋力保持直立时，伺服电动机发出尖啸，火花四射。达尼亚尔疯狂地操作着控制装置，后退。当数以百吨计的腐化之肉压在金属上时，金属在压力下发出了吱嘎声，尽管数据保护有效，但他的系统仍然忽明忽灭，吐出无用数据。

"以王座……之名……那东西……是什么？"通信器中传来卢克的声音，模糊不清。

"我不知道。"达尼亚尔喘着粗气说，挥舞着机甲上的链锯剑，向那个怪物的侧面猛击而去。

"但我们得杀死它，现在就动手！"怪物的口中爆发出震耳欲聋的尖叫声，火焰之誓的链锯剑深深陷入它的肉体。污血向四面八方飞溅。达尼亚尔打了个寒战，二进制的反馈充斥着他的系统。巨大的怪物蠕动着离开他身边，它的身体像淤泥一样聚集流动，无数的四肢滑行着、挥舞着。

"卢克，我想这东西就是垃圾代码的源头。"达尼亚尔喊道，但他的通信器里除了静电声之外什么动静也没有。他的驾驶舱系统里火花四溅，而鸟卜仪里满是无用的数据。达尼亚尔对抗着能量涌动，试图使用热能加农炮，但机甲的肢体没有反应。

他机甲的机身受到强力撞击，驾驶舱前部变了形，铆钉从接缝处爆裂开来。

一枚金属铆钉击中他的机械王座，离他的头不到三厘米，达尼亚尔缩成一团。至尊王透过震摇着的光学反馈信号，可以看到那怪物用一条巨大的、肌肉发达的肢体在猛击他的骑士机甲。它正抽回一个由软骨和缠绕在一起的人类肢体组成的拳头，即将再次击出。

这一击没有命中。卢克的热能加农炮发出的灼热冲击波从火焰之誓旁掠过，近到足以让达尼亚尔的机甲响起刺耳的警报声。这一发炮弹钻进了憎妖体内，又引发另一声尖叫，导致达尼亚尔的驾驶舱灯光闪烁。他的发电机瞬间断电，这一刻堪称惊心动魄。怪物缩起了身体，它的肉体上被灼烧出了一个巨大的黑色弹坑。卢克大步走到他的身边，怪物在后退。达尼亚尔看到机甲的一些系统正在恢复。

卢克问道："怎么才能……杀死它？"

达尼亚尔回答道："继续开火。"他将热能加农炮的机魂重新召唤出来。当它的符文亮起绿光的时候，他放了一炮，在怪物的肉体上又钻出了一个洞。

卢克也继续开火。这只怪兽乱动着，尖叫着，从它背上的金属刺上发出一股又一股的垃圾代码脉冲。至尊王看到那怪物滚过最后几个怀言者，巨大的身躯把那些战士碾为齑粉，他感到一丝满意。

怪物猛然出击，将英雄之剑打得摇摇晃晃。卢克用剑锯掉了一条它的肉肢，却又有三条蜿蜒前行，向他撞来。

达尼亚尔再次刺向怪物，将链锯剑深深地刺进了一团冰冷的脓水中。他抽出剑，黑色的闪电噼里啪啦地直直劈在怪物身上，让它的牙齿停住了。

卢克说："我们没有造成……足够的破坏。"

达尼亚尔又瞥了一眼黑暗使徒，成股的火焰从火葬柴堆里跳出来，缠绕在那个叛徒身上。随着时间的推移，他的体形变得越来越大，越来越可怕。"我有个主意。跟我来。"

达尼亚尔用重机枪开火，低空扫射怪物，以最快的速度后退。卢克也跟了上去。随着一声愤怒的咆哮，怪物也紧跟着他们。肉质的卷须和骨质的拳头撞击着他们的骑士机甲，几乎掀翻了机甲，但骑士们继续撤退。

巨大的火葬柴堆在他们背后熊熊燃烧，每退一步，他们就离火更近一些。

卢克说："达，我们离……嗯，火越来越近了。"

"够近了。"达尼亚尔答道，停下他的骑士机甲。那个怪物正在积攒力量，准备再次猛冲。它直立起来,用它的刺刮着圣地的天花板。

卢克喊道:"它……要向我们扑来……像雪崩一样。我们得杀了它!"

"听我的命令开火,并做好规避的准备。"达尼亚尔说,让目标符文锁定在怪物的下腹部,那是怪物躯体被卢克第一炮撕裂的地方。

那只憎妖嚎叫着向他们猛扑过来。

达尼亚尔说道:"注意。"他们的热能加农炮齐齐开火。

两股能量汇聚在一起。它们穿透肉体,将血液变成蒸汽,它非自然的器官爆裂,金属和骨骼都熔化了。能量撕裂了这个巨大的魔物,把它撕了个粉碎,它隆起的背上爆炸开来,咝咝作响的脂肪和灼热的灰烬,如雨般落下。

达尼亚尔操控火焰之誓摇晃着躲开,咬紧牙关,那一大堆血肉潮水般朝他席卷而来。那东西仍在前进,经过他时,金属刺在他的机身上擦出了火花,它径直冲进了仪式用的火葬柴堆。灵魂之火和黑色闪电跳跃着、融合着、腐蚀着汇入数据讲道坛的能量中。黑暗使徒和奄奄一息的憎妖齐声尖叫,震得达尼亚尔的机甲发抖。最后的垃圾代码脉冲像冲击波一样从怪物身上炸开,阿德拉斯塔波尔的至尊王陷入一片漆黑中,火焰之誓的发电机像烛火一样熄灭了。

达尼亚尔在黑暗中努力保持冷静。舱内空气有限,他必须断开电源并打开机甲甲壳上的舱门。他做出假设,没有电源,锁紧螺栓会脱落。他对外面的情况一无所知。卢克是否躲过了怪物?黑暗使徒是生是死?他们是否阻止了仪式?

达尼亚尔抛开恐慌情绪,剥下触控手套,摸索着头顶正在冷却的金属。仅凭触觉,他试图找到能帮他紧急情况下打开舱门的压力缝。黑暗笼罩着他,他呼吸很浅,呼吸声音却显得很大,达尼亚尔觉得恐慌令他窒息。

他知道压力缝在哪里,他的大脑却产生了不理智的想法,想着这些压力缝已经在战斗中被破坏了。当他的小手指拂过熟悉的凹槽边缘时,他感到一阵轻松,意识到自己刚才一直摸索的地方只是往左偏了几厘米。

达尼亚尔暗骂自己是个笨蛋,太希望马上脱困了,他像曾千百遍练习过的那样,按压、扭动。空气嘶嘶作响,轴承吱吱作响,面板升起并转动,然后打开。就在这时,祝福圣光照射出来,那是一个单独的烛形小灯泡,带有自动点火器，专门用于此类紧急情况。达尼亚尔在突如其来的强光中眨了眨眼，找到并展开点火器的手柄。他一边吟唱着觉醒的咒语，一边按照手柄旁用发光的仪式步骤文字进行操作。祈求天龙圣火在他的骑士机甲体内涌动，让它恢复神圣的觉醒状态。达尼亚尔结束了吟唱，同时顺时针扭动两个沉重的金属手柄。手柄转动时响起了刺耳的金属撞击声，一连串吱嘎声传遍了机甲的全身。驾驶舱的灯忽明忽暗，闪了又灭，灭了又闪，在那可怕的瞬间，达尼亚尔确信，损害已无法弥补。

然后，随着一声咆哮，火焰之誓从沉睡中醒来了。至尊王很高兴他的臣民们没在那里目睹他向空中挥拳、大声喊叫庆祝的样子，一点儿都不庄重。他赶紧戴上触控手套，在仪表板上重新进行了献祭仪式。

达尼亚尔机甲的感觉中枢亮了起来，他看到了怀言者神秘圣地的内部，犹如地狱一般。

垃圾代码魔兽被杀死了，它那巨大的身体断成了几截，在火葬柴堆上燃烧。当达尼亚尔看到黑暗使徒时，眼睛睁得大大的。

从魔兽的尸体上流淌出一股股幽灵能量，戴着小天使面具的幽魂与火葬柴堆不自然的火焰交织在一起。它们像风暴似的围绕讲道坛上的巨大身影旋转着。在混沌星际战士用变异的肢体疯狂地打击它们时，它们仇恨地尖叫着。瓦拉克洛尔在逐渐缩小，甚至他的肉体也因众神的不悦而发生扭曲。

第一个幽魂猛然穿过那个怀言者，将盔甲和肉体都撕开了一个参差不齐的血洞。另一个幽魂在高处划出弧线，呆滞地盯着下方，然后撕开了黑暗使徒的胸膛，从他的后背蹦了出来，继而一股鲜血喷涌而出。瓦拉克洛尔死死抓住讲道坛的一侧，痛苦而愤怒地尖叫着。他向火焰柱伸出一只手，仿佛在向他的黑暗众神发出祈求。作为回应，火焰喷涌而出，又突然不自然地消退，并在原地留下了翻腾的烟雾。然后怀言者突然跪倒在地，其中一个幽魂穿过了他的后脑勺，撕开了头骨的另一面，把他的恐怖面具撕得粉碎。

"异端的报应。"卢克深呼吸，而达尼亚尔点了点头。他看到他朋友的机甲在战斗中幸存下来时，松了一口气。然而，没时间来庆祝他们的胜利了。一消除垃圾代码，帝国海军就会出发去摧毁发电厂。等离子体冲击波会将银金矿山谷的一切化为灰烬。

达尼亚尔拿起通信器，疯狂地滚动着各个频道，他的驾驶舱里充斥着掐

头去尾的各种声音和远处发动机的嗡嗡声。

"……调整航向至坐标1-1-7-2，完毕……"

"……明白，所有中队，灯笼是绿色的，重复，灯笼是绿色的……"

"……我的天啊，他们真的干掉了垃圾代码……"

"……他们做到了，空军中尉。现在，在敌人集结之前，我们发动进攻……"

"……明白，长官。中队，在我后面排好队形，准备好对付高射炮和金属龙兽，王座知道还要对付什么……"

达尼亚尔在通信器中急切说道："卢克，我们要离开。现在就走。"

卢克回答道："王座，那些轰炸机，他们不会等我们撤退的，是吧？"

"是。"达尼亚尔说道，他已经让骑士机甲转了一圈，向动力推进器输入动力，"他们不能冒险让我们的敌人恢复防空系统，也不能冒险让一艘怀言者飞船介入。"

"那就来吧。"卢克催促道，他操控英雄之剑加速返回那条穿过发电场的凹凸不平的隧道。

"愿帝皇护佑我们。"达尼亚尔说道，然后跟上了他的朋友。

火焰柱以惊人的速度突然熄灭，珍妮卡喃喃向帝皇祈祷感谢。包括她自己在内，还剩下八名骑士，以及四辆圣物维保士的爬行者，它们身上都载满了伤员。它们被打得遍体鳞伤，再也经不起一场激烈的战斗，但幸运的是，自从波尔费里翁巨神骑士机甲倒下后，他们还没有见过一个敌人。怀言者已经离开了，虽然她不知道他们去了哪里，她希望是逃了。没有一个叛军蠢到进入他们的射程之内。据珍妮卡所知，方圆百里内没有活着的变节骑士。他们只需要等待至尊王和他最亲密的朋友回到他们身边，然后他们就可以离开了。

然而，这种等待变得越发艰难。每当远处响起砰砰的爆炸声，每当珍妮卡的鸟卜仪信号抖动，珍妮卡的耐心都备受考验，她几乎要崩溃了。不到三分钟前，一大股垃圾代码冲击了他们的系统，几乎关闭了火之蔑视的反应堆。女骑士谭·德拉科尼斯曾考虑过解散队列，跟随她的弟弟一起冲进发电厂里。在这场战役中，她已经等过他一次了，那次他差点就没活下来。现在，她的通信频道里全是帝国海军和空中无敌舰队到来的消息，珍妮卡意识到她别无选择。她不能眼睁睁看着她弟弟死去。但她也不能违抗他的命令，只为让他的战士活下来。

她在通信器中说道："女骑士伊莲娜特、骑士加拉斯，我要进去找至尊王。我希望你们把其他人都带到安全的地方去。"

"女骑士。"骑士加拉斯开口说道，但她打断了他的话。

"我不想听你的异议，阁下。只希望你服从命令。我不会让达尼亚尔自生自灭，让天龙的血脉进坟墓。现在，听从我的命令。"

"……命令撤销了吧，姐姐。"一个声音从通信器中传来，珍妮卡觉得心口一松。

"达尼亚尔，"她说道，边微笑边强忍住宽慰的泪水，"你消除了垃圾代码？"

"是我们俩消除了垃圾代码。"卢克的声音传来。她很高兴听到他说话时还伴着几声往日那种高傲的笑声，"该死，可真令人毛骨悚然！"

达尼亚尔说："我们阻止了仪式。黑暗使徒已经死了，他造成的恐怖也随着他一起死去了。"

珍妮卡问道："那艾丽西娅呢？"

"踪迹难寻。"卢克回答道，他的气势消失得无影无踪，"我不知道我是否杀了她。"

"我们以后再谈此事。"珍妮卡说，"就在此时此刻，帝国海军正准备凭其强大武力让整个山谷成为火海。当他们轰炸时，我们最好躲在别处。"

达尼亚尔在通信器中说道："同意。让我们体内的天龙圣火继续燃烧吧。我们差不多该离开了，姐姐。开始撤退，我们会追上你。波卢克西斯，你能告诉我们还有多久吗？"

作为回答，高等圣物维保士将海军的空降时间同步计算传送到了每个人的视网膜显示器上。误差非常小。

珍妮卡给动力传动装置输送动力，然后操控骑士机甲按原路返回。同时，她看到发电厂被毁的门口有动静。火焰之誓从里面大步流星地走了出来，英雄之剑紧随其后。两架骑士机甲看起来都受了重伤，狼狈不堪，但当他们开始在广场上大步奔跑时，这两架骑士机甲看起来运行完全无碍。

"越快越好，达。"珍妮卡一边在私人通信频道上对弟弟发话，一边操控自己的骑士机甲加速奔跑，"时间快到了。"

"我看出来了。"他的回答传来，随着机甲脚步的沉重颠簸，他的声音起伏不定，"珍，荣誉之光是不是死在广场中央了？马科斯，他是不是……？"

"你的传令官还活着。"她回答道，飞奔的机甲向身后瞥了一眼，看到那儿的圣物维保士爬行者们正在发动引擎，并加速前进，"至少现在还活着。"

达尼亚尔松了一口气，回答道："感谢帝皇和天龙。现在让我们保持这样的状态。以王座的名义，希望那座横亘机械制造厂上方的桥还没塌。"

珍妮卡通过通信器确认，然后集中全部注意力驾驭狂奔的骑士机甲。没什么好说的，如果桥塌了，他们都会死。他们能做的就是向帝皇祈祷，希望他们通往安全地带的路线依然完好无损，然后尽快前进。

达尼亚尔的心怦怦直跳，尽管他的机甲奔跑时活塞往复发出了砰砰声，他还是能清楚地听见自己的心跳声。他聚精会神地操控骑士机甲拼命奔跑，避开倒下的残骸，在熊熊燃烧的瓦砾堆中迂回前进。天国圣体的最后几个机仆小天使从头顶掠过，尽最大努力扩展骑士们的自动感应能力，协助他们选择道路。达尼亚尔和卢克已经快追上了他们的战友了，计时器在稳定地倒计时，警报让他们加快了速度。最后一批爬行者正撤出烈士广场，数架阿德拉斯塔波尔的机甲在它们周围大步跑，他们是在这场绝望的战斗中幸存下来的几个勇士。在他们身后，火焰之誓在高耸的荒废建筑间轰鸣而行，黑暗影响了他机甲的感应中枢。他的通信器里满是即将到来的飞行员喋喋不休的交谈声，但幸运的是，他的鸟卜仪上空荡荡的，没有敌人的踪迹。

他在通信器中对卢克说："如果桥垮了，我只想让你知道，我真为你骄傲。你不仅是我的朋友，卢克·卡·奇迈罗斯，你还是我的兄弟。"

"那就感激不尽了。"卢克回答说，声音随着他的骑士机甲雷鸣般的动作而颤抖，"我也为你骄傲。不过，达，闭上嘴，继续跑，好吗？我们创造了这样的传奇，我们不会死的。帝皇编织的现实不会如此惨淡。"

"你知道他会的。"达尼亚尔一边说，一边穿过被烧毁的奇美拉坦克散落的残骸，"每天有多少人死亡？这不是一个仁慈的星系，卢克，而且这不是一个公平的星系。但无论发生什么，我们都尽到了自己的责任。"

卢克说："我们尽到了自己的责任，陛下。"

前方，一大片烟雾沿着街道向他们滚滚涌来。在烟雾中散落着保皇派和叛变骑士机甲的残骸。

达尼亚尔命令道："继续全速前进。"

苏塞特在通信器中说道："你疯了吗？国王达尼亚尔，看看那烟雾！就算不被那些残骸绊倒，我们也看不见桥是否还在那里！如果桥垮了，我们会直接从桥边跑下去的！"

"要么现在就死，要么在二十三分钟后死去。"珍妮卡说道，她的声音很坚决，"无论怎样都是死在火焰之中。死得其所。"

苏塞特说："遵命，女骑士。"然后，他们就进入了达尼亚尔前方的悬崖，它在浓密烟雾中若隐若现。骑士们一个接一个地消失在烟雾中，尽管路面上到处都是残骸，但他们仍然以最快的速度奔跑着。阴暗中闪过火花，骑士加拉斯在通信器里发出了咒骂声。

那位骑士咕哝道："我没事。险些失手。"

达尼亚尔在通信器中急切地发问："珍妮卡？"他已经快到桥上了。他的姐姐肯定已经越过了桥边。他耳中清晰地听到了心跳声，一次、两次、三次……最后，他的通信器噼里啪啦地响了起来。

"确认安全。"珍妮卡的声音传了过来，"本想先看看整座桥。感谢帝皇，桥还没垮。"

达尼亚尔催促道："好吧，那就行动吧。全力催动你们的动力系统。为了帝皇和阿德拉斯塔波尔，我的朋友们，我们要离开这里。"

他们奔跑着，爬行者在他们中间飞驰，颠簸前进，机甲令废墟震动不休。他们穿过那座桥和被烧毁的大片建筑，爬上、越过山脊。达尼亚尔计时器的指针无情地向下旋转，当他和他的战友们经过第一次遭遇敌人哨兵炮火袭击的地方时，倒计时降至个位数。女骑士谭桑娜的机甲差点绊倒，它拖着的那条腿碰到了一块碎石，但她还是让机甲站住了。猛烈的火力从一条小巷呼啸而来，打得卢克的机甲火花四溅，他大叫一声，没有人看到是谁开的枪，不知道是朋友还是敌人。开火片刻就结束了，卢克报告说机甲只有表面受损。

发动机的轰鸣声在空气中回荡，骑士们列队行进，队形庞大，从外侧的工人居住区中间穿过。达尼亚尔瞥了一眼时间计数，还有三分钟。他们头顶上，一大群黑点正掠过群山，从高空中的虚空盾下飞来。此刻，那些黑点的影子越来越近了。帝国海军飞机的十字形机翼一架又一架地镶在天幕中，闪电在轰炸机和快速移动的攻击机庞大的剪影周围噼啪作响。

"肯定有好几百架。"他呼吸着,感受着飞机引擎在胸腔里引发的共振。在骑士前进通道外的伺服炮塔中,有人向猛冲过来的空中舰队断断续续地发射高射炮,就像向牛头戈洛兽投掷石块一样。有几架飞机因为撞击而猛然震荡,或者突然着火从空中坠落。作为回击,攻击机俯冲而下,消灭了那些攻击的炮塔。远处的街道上冒出了火光。

珍妮卡在通信器中说:"快到了,我们已经接近山谷的入口了。如果你们的骑士机甲还能提速,现在是时候了!"

达尼亚尔对他的骑士机甲嘀咕道:"你听到她的话了。"火焰之誓的高温读数急剧上升,它的动力传动装置损坏符文颜色逐渐加深变成红色。骑士机甲是重型战斗引擎,设计初衷没打算让它们以那样的速度跑这么远,但由于帝皇的恩典,他们的骑士机甲没有一架动力推进器损毁,也没有一架倒下。最北角的黑暗山口在前方若隐若现,浩瀚的山脉高耸于两侧。山谷的黑暗边界预示着安全,现在它就近在咫尺。在头顶上,舰队轰隆隆地前进着,发出了雷鸣般的声音,飞机一架接一架掠过银金矿山谷,向着山谷中心的等离子体发电机组飞去。

"第一批飞机正在投掷它们的有效负载……就是现在。"波卢克西斯在通信器中说道。

令达尼亚尔感到惊奇的是,尽管发生了这一切,高等圣物维保士的声音听起来还是很平静。"很可能在两分钟内发生连锁爆炸。"

加拉斯催促道:"赶快,赶快。"数百万吨的爆炸物落在发电厂一号、二号和三号大厦上,他们身后的地平线被爆炸的闪光映得通亮。火箭弹从机翼支架上呼啸而下,砸穿了建筑物的上层建筑,并在深处引爆。激光加农炮齐射,捅穿了装甲金属板,撕裂了一连串缠绕在一起的管道。巨大的地堡炸弹砸穿一层又一层的地板,在等离子体发生器不稳定的中心深处引爆。

达尼亚尔手下的战士们和爬行者们进入了山谷的阴影。片刻后,他和卢克也跟在他们后面冲了进去。

达尼亚尔喊道:"继续走!越远越好!"

当他的机甲冲过山口内部残余的防御工事时,一道巨大的闪光照亮了地平线。片刻后,传来了雷鸣般的爆炸声,爆炸的冲击波击中了火焰之誓的背部,差点把它一下子拍到地上。

他急促地催促道："快走！快走！"当爆炸的轰鸣声响彻山谷时，他把自己的听觉拾音器调至静音。山腰处地动山摇，碎石和岩石翻滚不休。地面在他脚下摇晃，基岩在猛烈的爆炸中裂开。他骑士机甲的身后全是极亮的白色火焰，火舌猛扑上来，将达尼亚尔笼罩在它致命的怀抱中。瞬间黑色的斑点疯狂地攀升以远离爆炸，他希望机组人员能侥幸躲过。

然后，他绕过了山口的急转弯，重数千吨的坚硬岩石隔开了自己和熊熊烈火。

珍妮卡喊道："举盾防护后方！举盾防护后方！保护爬行者！"

当炽热的光充斥山谷时，达尼亚尔猛扭离子盾牌。等离子体的火焰像天龙呼吸一样冲天而起，在山腰之间形成漏斗，巨大的力量冲击着大地。火焰之誓在疯狂地摇晃，被冲击波冲击得跌跌撞撞。达尼亚尔的感觉中枢充斥着炫目的光芒，他最后看到的是离他最近的爬行者慢慢地离开了地面，笨重地向一边倾斜。然后他的机身感受器被毁灭之火烧毁了，达尼亚尔什么也看不到了。

酋长哈尔纳爵士通过望远镜凝视着，试图看穿从最北角冒出的滚滚浓烟。帝国的旗帜在炉子鼓出的风中拍打着，啪啪作响，他的许多部下都蹲伏在被炸毁的围墙后面，把围墙作为掩体。在他身旁，指挥官科尔格护住眼睛，靠在一根金属拐杖上，他敬畏地盯着山脉上方升起的蘑菇云。

指挥官问道："有他们的踪迹吗，长官？"

酋长摇了摇头。

他皱着眉头说："除了烟雾以外，我没看到任何动静。"

科尔格叹了口气，说道："那么，发生了不幸的悲剧。"

"等一等。"酋长深吸了口气，调整放大倍率，用力眯起眼睛。

科尔格问道："什么？你看到了什么？"

酋长的脸上绽放出一个大大的笑容。巨大的身影从黑暗中大步走了出来，他们的照明系统开着。

他回答道："我看到了众神……"

尾 声

随着银金矿山谷的毁灭，以及所有主要叛徒统帅的死亡，多纳托斯的战争实际上已经胜利了。虽然若干小规模的反叛军崛起，填补了权力真空，在多纳托斯普里穆斯大陆的地盘上，仍有少量的怀言者和叛变的骑士逍遥法外，但坚石要塞的失去让叛徒挑起战火的尝试受挫。我们的军队得以再次协调和联系武装力量，重新攻击异教徒敌人，并在各条战线上击退敌人。

特别要表扬的是穆布拉克西斯的酋长哈尔纳爵士，他率领星界军和多纳托斯民兵部队的联军，在七尖塔战役中成功击败了最后一批反叛的骑士。此外还应提及前民兵指挥官科尔格，在军需部和星域指挥部的眼中，他在至少五次不同情况的战斗中凭借非凡的英雄主义赢得了荣誉。

科尔格虽然在七尖塔战役中身负重伤，但还是死里逃生。这位指挥官一装好仿生支架，就有幸率领一支庞大的帝国部队，报复性地向深红群星远征，去追击逃离多纳托斯战区的剩余怀言者。

帝皇向忠心耿耿的阿德拉斯塔波尔骑士团表示感谢，感谢他们在击败多纳托斯的异端祸害时表现出的英雄主义，他们勇气可嘉。然而很遗憾，我必须在本报告结束之时告知大家，帝皇神圣的异端审判庭已派出一名代表，现在正在前往阿德拉斯塔波尔的路上。虽然你们的星语者已经通知我们，奇迈罗斯家族和怀沃恩家族的所有财产和动产都已经被清算，但调查仍不可避免。必须杜绝一切进一步腐化的可能，让神圣的异端审判庭感到满意。我希望你们和你们的贵族家族能全力配合审判官马萨塔。我向你们保证，这一次，你们在多纳托斯战争期间的模范行为和无私牺牲将会被铭记。

帝皇护佑苍生。

——总督大人赫尔利斯，原第一行政长官
曼德西斯三等勋章获得者
平民杂工的捍卫者

"标题列表还在继续，陛下。"骑士马科斯一边读着报告，一边咳嗽，想清除仿生声音发射器的杂音。

"还有……让我想想……是的，今天的一个想法。你想听一听吗？"

达尼亚尔·谭·德拉科尼斯疲惫地叹了口气。

"我想不用了，传令官。我相信我们已经从总督赫尔利斯那里听到了所有我们可能希望听到的东西。"

一阵阵笑声从聚集在王座室柱廊边缘的朝臣中传开来。有些笑声发自内心，有些是阿谀奉承或逼不得已。这就是宫廷，达尼亚尔悲伤地想。让他驾着火焰之誓在战场上过一天，都比听这种荒谬的废话要好得多。

"一位审判官已经上路了。"骑士珀西瓦恩说道，他在达尼亚尔高耸的龙骨宝座右手边，"这可不是什么好兆头，陛下。神圣的异端审判官并不以忍耐或谅解而著称。"

"我们没有什么好隐瞒的。"女骑士珍妮卡回答道，她在达尼亚尔左手边。女骑士谭·德拉科尼斯披着第一骑士的镀金边斗篷，达尼亚尔非常乐意用这样的晋升对他姐姐进行嘉奖。有人曾私下里说这有偏私之嫌，但这也是宫廷政治的本质。达尼亚尔深知珍妮卡是个凶猛忠诚的战士，无人能及。他很高兴她能成为他尊贵骑士团名义上的指挥官。

女骑士苏塞特说道："那倒是真的。"她站的地方离宝座仅有一步之遥，那是尊贵骑士团最初级职位的位置。尽管高等圣物维保士波卢克西斯明显不满，但在达尼亚尔的坚持下，她还是被任命为守门人。在他们从多纳托斯回来后的半年时间里，至尊王发现他非常喜欢苏塞特真诚的陪伴，比起那些精心打扮的贵族女士，她更有魅力。她们成群结队地跟在他的身后，每当他经过时，都会故意聚在一起窃窃私语。达尼亚尔想着，如果他能经受住她们火辣辣的注视，他就有望搞定一个审判官。

但也有一些人可能没那么好对付。这是他最后的任务。在听证会开始前，他在法庭上待了七个小时，外加两个小时的仪式。草原在呼唤着他，驾驶那威武的骑士机甲在广阔的平原上来一场格乌戈尔狩猎。

但首先，他必须处理这件麻烦事。

他发出了命令："马科斯，召唤灰烬骑士。"

传令官转过身来，调整了他通信发射器的刻度盘，放大他那刺耳的声音。

"阿德拉斯塔波尔的至尊王和多纳托斯战争的胜利者，达尼亚尔·谭·德拉科尼斯，召唤灰烬骑士卢克·卡·奇迈罗斯于此时前来觐见。"

马科斯的声音回荡在拱形天花板上。其上华丽的壁画上画着喷火的龙和与黑暗势力作战的帝国天使。伺服头骨穿过巨大的王座大厅，越过聚集在一起的德拉科尼斯、米诺托斯和佩加森家族骑士的头顶，经过成群结队的朝臣、官吏、宫女、请愿者、神甫和机仆。达尼亚尔敲击镶嵌在腕上手镯中的精密控制装置，召唤来了他的三个伺服头骨，在他头顶盘旋。天龙、米诺陶斯和飞马，每一个都刻有王冠的图案，和他头上戴的那顶王冠一样。那些伺服头骨在它们之间投射出一个闪烁的全息投影，放大了他的视野，让达尼亚尔看到他的老朋友正大步流星地穿过敞开的青铜大门。

卢克·卡·奇迈罗斯昂首挺胸地走着，对人群中传来的窃窃私语听而不闻。他把长长的黑发在脑后扎成了一个简单的马尾辫，他铠甲外的无袖外罩上印着新选的自由之刃家徽图案：在一片灰蒙蒙的田野上，一只喀迈拉仰面倒下，被剑刃刺穿了心脏。

达尼亚尔想，如果他没有亲自到场的话，人们可能会大声谩骂，但他与卢克的友谊众所周知。在奇迈罗斯家族叛乱后，这一点对他们两人的关系不利。他不愿意疏远朋友，就像不愿意疏远自己的姐姐一样，所以就让他们嚼舌头去吧。

卢克走完长长一段路，来到王座前，在达尼亚尔面前单膝跪下，低下了头。

他语气严肃地说："陛下。"

达尼亚尔同样严肃地回答道："起身吧，灰烬骑士。我相信你提醒过我，身为自由之刃骑士，你无需称我为王。"

卢克诚恳地回答道："我会永远称你为我的王。"他站了起来，将一只手放在天龙宝剑的剑柄上。那是他朋友送给他的礼物，富有象征意义。

达尼亚尔回答道："我很高兴。那么，你还是打算要去践行你的誓言吗，骑士？"

卢克说："是的，陛下。你和我一样听到了那些消息，不能忽视这样的报告。我们都知道，她也许活下来了。我不能冒这个险，只要那个女巫还活着，我就永远无法恢复我的名誉。"

达尼亚尔说:"如果她还活着的话,那么你发下这个誓言可能会让你离开这个星球,开始一场没有终点的旅途。"

卢克·卡·奇迈罗斯说:"如果这是帝皇的旨意,那就这样吧。我以我身为骑士的荣誉向你起誓,不用自己的剑杀死艾丽西娅·卡·曼蒂克斯,或者证实她已经死了,而且她的异端邪说受到公正的惩罚,我绝不善罢甘休。"

达尼亚尔回答道:"我接受你的誓言。"他站起来拔出天龙宝剑,走下楼梯,和卢克站在一起,用剑面稳稳地拍了拍他朋友的左肩,"我以这把剑来约束你遵守誓言。待你凯旋,我会把剑放在你另一边的肩膀上,重新册封你为骑士。我以阿德拉斯塔波尔国王的身份,在帝皇的面前,发下此誓。"

几个小时之后,达尼亚尔和珍妮卡坐在骑士机甲的机械王座上,在草海的边上等待着。连天芳草,从天龙尖塔的脚下蔓延开。他们愉快地独处,摆脱了宫廷的种种束缚,只有风声和草海的沙沙声与他们为伴。

珍妮卡说:"我们为那个星球失去了太多。我们不顾一切地对帝皇尽职尽责,现在他们却派来了一个审判官,就好像我们要隐藏秘密的事情似的。"

达尼亚尔说:"我感到疑惑。自从我们回来后,马科斯一直不愿意透露父亲过往的历史。出于对他的损失和受伤的尊重,我没去打扰他。但随着这个马萨塔的到来,恐怕我们必须撬开他的嘴追问答案。也许我们隐藏的比我们知道的更多,姐姐。"

珍妮卡叹了口气。

她说:"也许吧。很难想象奇迈罗斯家族,还有艾丽西娅,到底腐败到什么程度。父亲总是说,和平大业比任何战争都要耗费精力。至少我们可以靠狩猎暂时安抚心灵。"

达尼亚尔表示赞同:"确实可以。"

珍妮卡问道:"可是卢克在哪儿呢?他说他会在出发前和我们一起最后走一程,不是吗?"

达尼亚尔眨了眨眼,让一个符文显示在她的视网膜显示屏上。她注意到上方,在他们头顶的云霄之上,一个登陆舱正爬离天龙尖塔。在寒冷的蓝色天空下,它的航迹是一道一道黑色的条纹。

达尼亚尔说:"我想卢克不会来找我们了,姐姐。他的狩猎已经开始了。"

作者简介

安迪·克拉克的作品包括战锤40000系列小说中的《王者之刃》《骑士之剑》和《夜之裹尸布》,以及中篇小说《远征》和短篇小说《雪盲危机》。他还为"战锤:西格玛时代"创作了短篇小说《杀戮神造者》,以及"战锤任务:银塔"系列中的中篇小说《失落者的迷宫》。安迪是游戏工场负责游戏背景设定的作家,为战锤:西格玛时代和战锤40000精心设计世界。他现在居住在英国诺丁汉市。

译者简介

吴天骄:女,西南科技大学教师;喜爱阅读与翻译,拥有十年以上翻译工作经验,累计翻译数百万字;徜徉于魔力无穷的文字空间,营造真实的虚幻世界。

版权所有　侵权必究

图书在版编目（CIP）数据

王者之刃 /（英）安迪·克拉克著；吴天骄译. --杭州：浙江科学技术出版社，2024.4
　　ISBN 978-7-5739-1062-2

　　Ⅰ.①王… Ⅱ.①安… ②吴… Ⅲ.①幻想小说－英国－现代 Ⅳ.①I561.45

中国国家版本馆CIP数据核字(2024)第050686号

著作权合同登记号　图字：11-2020-231号

书　　名	王者之刃	
著　　者	［英］安迪·克拉克	
译　　者	吴天骄	
出版发行	浙江科学技术出版社	
	杭州市体育场路347号　邮政编码：310006	
	办公室电话：0571-85176593	
	销售部电话：0571-85176040	
	E-mail：zkpress@zkpress.com	
排　　版	浙江新华广告有限公司	
印　　刷	浙江海虹彩色印务有限公司	
开　　本	710 mm×1000 mm　1/16	印　张　14.5
字　　数	226千字	
版　　次	2024年4月第1版	印　次　2024年4月第1次印刷
书　　号	ISBN 978-7-5739-1062-2	定　价　45.00元

责任编辑　吕路明　　　　　责任校对　陈宇珊
责任美编　金　晖　　　　　责任印务　叶文炀